U0565879

汪曾祺

作者，摄于二十世纪八十年代末

塔上随笔

汪曾祺

河南文艺出版社

凡例

一、《汪曾祺集》共十种，包括小说集四种：《邂逅集》、《晚饭花集》、《菰蒲深处》、《矮纸集》；散文集六种：《晚翠文谈》、《蒲桥集》、《旅食集》、《塔上随笔》、《逝水》、《独坐小品》。

二、全书均以初版本或初刊本为底本，参校各种文集及作者部分手稿、手校本。不论所据底本为何种形式，全书统一为简体横排。

三、底本误植者，或据校本，或据上下文可明确推断所误为何，由编者径改。异体字可见作者习惯者不做改动；通假字，方言用字，象声词，及外国人名、地名译法，仍存旧貌。

四、在早期作品中，作者习惯使用或现代文学创作中尚不规范的"的"、"地"、"得"、"做"、"作"、"撩天"等特殊用法，悉仍其旧。

五、意义完全相同的同一字，及同一人、地、物名，保持局部（限于一篇）统一。

六、作者原注、编者注统一随文注于当页页脚，编者注特别标出。

七、独立引文统一使用仿宋体，另行起排，段首缩进两字。

八、作者自注的创作时间，一律在文后以中文数字标注。

目录

序

北京人把高层的居民楼叫"塔楼"。我住的塔楼共十五层，我的小三居室宿舍在十二层，可谓高高在上。住在高层有许多缺点。第一是不安静。我缺乏声学常识，搬来之前，以为高处可以安静些，岂料声音是往上走的，越高，下面的声音听得越清楚。窗下就是马路。大汽车、小汽车，接连不断。附近有两个公共汽车站，隔不一会，就听见售票员报站："俱乐部到了，请先下后上。""胡敏！胡敏！""牛牛，牛牛，牛牛……"不远有一个内燃机厂，一架不知是什么机器，昼夜不停地一个劲儿哼哼。尤其不好的，是"接不上地气"。

我这些文章都是在塔楼上写的，因名之为《塔上随笔》，别无深意。没有哲理，也毫不神秘。

这些文章的缺点也正是接不上地气，——和现实生活的距离比较远。

我实在分不清散文、随笔、小品的区别。

散文是一大类，凡是非小说的，用散文形式写的文章，都可说是"散文"。什么是"随笔"？我隐隐约约地觉得游记、带点学术性的论文，像我写过的《天山行色》、《花儿的格律》，不能说是随笔。因此这一类的文章，本集都没有选。随笔大都有点感触，有点议论，"夹叙夹议"。但是有些事是不好议论的，有的议论也只能用曲笔。"随笔"的特点恐怕还在一个"随"字，随意、随便。想到就写，意尽就收，轻轻松松，坦坦荡荡。至于"随笔"、"小品"，就更难区别了。我编过自己的两本小品，说是随笔，也无不可。

近二三年散文忽然兴旺起来，当时我很高兴。听说现在散文又不那么"火"了，今年下半年已经看出散文的势头有点蔫了。我觉得这也未始不是好事。也许在冷下来之后，会出现一些好散文，——包括随笔、小品。

一九九三年十月四日

王磐的《野菜谱》

我对王西楼很感兴趣。他是明代的散曲大家。我的家乡会出一个散曲作家，我总觉得是奇怪的事。王西楼写散曲，在我的家乡可以说是空前绝后，在他以前，他的同时和以后，都不曾听说有别的写散曲的。西楼名磐，字鸿渐，少时薄科举，不应试，在高邮城西筑楼居住，与当时文士谈咏其间，自号西楼。高邮城西濒临运河，王西楼的名曲《朝天子·咏喇叭》："官船来往乱如麻，全仗你，抬声价"，正是运河堤上所见。我小时还在堤上见过接送官船的"接官厅"。高邮很多人知道王西楼，倒不是因为他写散曲。我在亲戚家的藏书中没有见过一本《西楼乐府》，不少人甚至不知"散曲"为何物。大多数市民知道王西楼是个画家。高邮到现在还流传一句歇后语："王西楼嫁女儿——画（话）

多银子少"。关于王西楼的画，有一些近乎神话似的传说，但是他的画一张也没有留下来。早就听说他还著了一部《野菜谱》，没有见过，深以为憾。近承朱延庆君托其友人于扬州师范学院图书馆所藏陶珽重编《说郛》中查到，影印了一册寄给我，快读一过，对王西楼增加了一分了解。

留心可以度荒的草木，绘成图谱，似乎是明朝人的一种风气。朱元璋的第五个儿子朱橚就曾搜集了可以充饥的草木四百余种，在自己的园圃里栽种，叫画工依照实物绘图，加了说明，编了一部《救荒本草》。王磐是个庶民，当然不能像朱橚那样雇人编绘了那样卷帙繁浩的大书，编了，也刻不起。他的《野菜谱》只收了五十二种，不过那都是他目验、亲尝、自题、手绘的。而且多半是自己掏钱刻印的，——谁愿意刻这种无名利可图的杂书呢？他的用心是可贵的，也是感人的。

《野菜谱》卷首只有简单的题署：

野菜谱

高邮王鸿渐

无序跋，亦无刊刻的年月。我以为这书是可信的，这种书不会有人假冒。

五十二种野菜中，我所认识的只有：白鼓钉（蒲公英）、蒲儿根、马兰头、青蒿儿（即茵陈蒿）、枸杞头、野菉豆、蒌蒿、荠菜儿、马齿苋、灰条。其余的不但不识，连听都没听说过，如"燕子不来香"、"油灼灼"……。

《野菜谱》上文下图。文约占五分之三，图占五分之二。"文"，在菜名后有两三行说明，大都是采食的时间及吃法，如：

白鼓钉

一名蒲公英，四时皆有，唯极寒天小而可用，采之熟食。

后面是近似谣曲的通俗的乐府短诗，多是以菜名起兴，抒发感慨，嗟叹民生的疾苦。穷人吃野菜是为了度荒，没有为了尝新而挑菜的。我的家乡很穷，因为多水患，《野菜谱》几处提及，如：

眼子菜

眼子菜，如张目，年年盼春怀布谷，犹向秋来望时熟。何事频年倦不开，愁看四野波漂屋。

猫耳朵

猫耳朵，听我歌，今年水患伤田禾，仓廪空虚鼠弃窠，猫兮猫兮将奈何！

灾荒年月，弃家逃亡，卖儿卖女，是常见的事，《野菜谱》有一些小诗，写得很悲惨，如：

江荠

江荠青青江水绿，江边挑菜女儿哭。爷娘新死兄趁熟，止存我与妹看屋。

抱娘蒿

抱娘蒿，结根牢，解不散，如漆胶。君不见昨朝儿卖客船上，儿抱娘哭不肯放。

读了这样的诗，我们可以理解王磐为什么要写《野菜谱》，他和朱橚编《救荒本草》的用意是不相同的。同时也让我们知道，王磐怎么会写出《朝天子·咏喇叭》那样的散曲。我们不得不想到一个多年来人们不爱用的一个词儿：人民性。我觉得王磐与和他被并称为"南曲之冠"的陈大声有所不同。陈大声不免油滑，而王磐的感情是诚笃的。

《野菜谱》的画不是作为艺术作品来画的，只求形肖。但是王磐是画家，昔人评其画品"天机独到"，原作绝不会如此的毫无笔力。《说郛》本是复刻的，刻工不佳，我非常希望能看到初刻本。

我觉得对王西楼的评价应该调高一些，这不是因为我是高邮人。

一九八九年七月三日

胡同文化

——摄影艺术集《胡同之没》序

北京城像一块大豆腐，四方四正。城里有大街，有胡同，大街、胡同都是正南正北，正东正西。北京人的方位意识极强。过去拉洋车的，逢转弯处都高叫一声"东去！""西去！"以防碰着行人。老两口睡觉，老太太嫌老头子挤着她了，说"你往南边去一点"。这是外地少有的。街道如是斜的，就特别标明是斜街，如烟袋斜街、杨梅竹斜街。大街、胡同，把北京切成一个又一个方块。这种方正不但影响了北京人的生活，也影响了北京人的思想。

胡同原是蒙古语，据说原意是水井，未知确否。胡同的取名，有各种来源。有的是计数的，如东单三条、东四十条。有的原是皇家储存物件的地方，如皮库胡同、惜薪司胡同（存放柴炭的地方），有的是这条胡同里曾住过一个有名的人物，如无量大人胡同、石老娘（老娘是接生婆）胡同。大雅宝胡同原名大哑吧胡同，大概胡同里曾住过一个哑吧。王皮胡同是因为有一个姓王的皮匠。王广福胡同原名王寡妇胡同。有的是某种行业集中的地方。手帕胡同大概是卖手帕的。羊肉胡同当初想必是卖羊肉的。有的胡同是象其形状的。高义伯胡同原名狗尾巴胡同。小羊宜宾胡同原名羊尾巴胡同。大概是因为这两条胡同的样子有点像羊尾巴、狗尾巴。有些胡同则不知道何所取义，如大绿纱帽胡同。

胡同有的很宽阔，如东总布胡同、铁狮子胡同。这些胡同两边大都是"宅门"，到现在房屋都还挺整齐。有些胡同很小，如耳朵眼胡同。北京到底有多少胡同？北京人说：有名的胡同三千六，没名的胡同数不清。通常提起"胡同"，多指的是小胡同。

胡同是贯通大街的网络。它距离闹市很近，打个酱油，约二斤鸡蛋什么的，很方便，但又似很远。这里没有车水马龙，总是安安静静的。偶尔有剃头挑子的"唤头"（像一个大镊子，用铁棒从当中擦过，便发出嗡的一声）、磨剪子磨刀的"惊闺"（十几个铁片穿成一片，摇动作声）、算命的盲人（现在早没有了）吹的短笛的声音。这些声音不但不显得喧闹，倒显得胡同里更加安静了。

胡同和四合院是一体。胡同两边是若干四合院连接起来的。胡同、四合院，是北京市民的居住方式，也是北京市民的文化形态。我们通常说北京的市民文化，就是指的胡同文化。胡同文化是北京文化的重要组成部分，即便不是最主要的部分。

胡同文化是一种封闭的文化。住在胡同里的居民大都安土重迁，不大愿意搬家。有在一个胡同里一住住几十年的，甚至有住了几辈子的。胡同里的房屋大都很旧了，"地根儿"房子就不太好，旧房檩，断砖墙。下雨天常是外面大下，屋里小下。一到下大雨，总可以听到房塌的声音，那是胡同里的房子。但是他们舍不得"挪窝儿"，——"破家值万贯"。

四合院是一个盒子。北京人理想的住家是"独门独院"。北京人也很讲究"处街坊"。"远亲不如近邻"。"街坊里道"的，谁家有点事，婚丧嫁娶，都得"随"一点"份子"，道个喜或道个恼，不这样就不合"礼数"。但是平常日子，过往不多，除了有的街坊是棋友，"杀"一盘；有的是酒友，到"大酒缸"（过去山西人开的酒铺，都没有桌子，在酒缸上放一块规成圆形的厚板以代酒桌）喝两"个"（大酒缸二两一杯，叫做"一个"）；或是鸟友，不约而同，各晃着鸟笼，到天坛城根、玉渊潭去"会鸟"（会鸟是把鸟笼挂在一处，既可让鸟互相学叫，也互相比赛），此外，"各人自扫门前雪，休管他人瓦上霜"。

北京人易于满足，他们对生活的物质要求不高。有窝头，就知足了。大腌萝卜，就不错。小酱萝卜，那还有什么说的。臭豆腐滴几滴香油，可以待姑奶奶。虾米皮熬白菜，嘿！我认识一个在国子监当过差，伺候过陆润庠、王垿等祭酒的老人，他说："哪儿也比不了北京。北京的熬白菜也比别处好吃，——五味神在北京。"五味神是什么神？我至今考查不出来。但是北京人的大白菜文化却是可以理解的。北京人每个人一辈子吃的大白菜摞起来大概有北海白塔那么高。

北京人爱瞧热闹，但是不爱管闲事。他们总是置身事外，冷眼旁观。北京是民主运动的策源地，"民国"以来，常有学生运动。北京人管学生运动叫做"闹学生"。学生示威游行，叫做"过学生"。与他们无关。

北京胡同文化的精义是"忍"，安份守己、逆来顺受。老舍《茶馆》里的王利发说："我当了一辈子的顺民"，是大部分北京市民的心态。

我的小说《八月骄阳》里写到"文化大革命"，有这样一段对话：

"还有个章法没有？我可是当了一辈子安善良民，

从来奉公守法。这会儿，全乱了。我这眼前就跟'下黄土'似的，简直的，分不清东西南北了。"

"您多余操这份儿心。粮店还卖不卖棒子面？"

"卖！"

"还是的。有棒子面就行。……"

我们楼里有个小伙子，为一点事，打了开电梯的小姑娘一个嘴巴。我们都很生气，怎么可以打一个女孩子呢！我跟两个上了岁数的老北京（他们是"搬迁户"，原来是住在胡同里的）说，大家应该主持正义，让小伙子当众向小姑娘认错，这二位同声说："叫他认错？门儿也没有！忍着吧！——'穷忍着，富耐着，睡不着眯着'！""睡不着眯着"这话实在太精彩了！睡不着，别烦躁，别起急，眯着，北京人，真有你的！

北京的胡同在衰败，没落。除了少数"宅门"还在那里挺着，大部分民居的房屋都已经很残破，有的地基柱础甚至已经下沉，只有多半截还露在地面上。有些四合院门外还保存已失原形的拴马桩、上马石，记录着失去的荣华。有打不上水来的井眼、磨圆了棱角的石头棋盘，供人凭吊。西风残照，衰草离披，满目荒凉，毫无生气。

看看这些胡同的照片，不禁使人产生怀旧情绪，甚至有些伤感。但是这是无可奈何的事。在商品经济大潮的席卷之下，胡同和胡同文化总有一天会消失的。也许像西安的虾蟆陵，南京的乌衣巷，还会保留一两个名目，使人怅望低徊。

再见吧，胡同。

一九九三年三月十五日

城隍·土地·灶王爷

　　城隍，《辞海》"城隍"条等云："护城河"，引班固《两都赋序》："京师修宫室，浚城隍，起苑囿，以备制度。"既说是浚，当有水。但同书"隍"字条又注云："没有水的护城壕。"到底是有水没有水？姑且不去管它，反正，城隍后来已经成为神。说是守护城池的神也可以，更准确一点，应说是坐镇一方之神。据《辞海》，最早见于记载的为芜湖城隍，建于三国吴赤乌二年。北齐慕容俨在郢城建城隍神祠一所。唐代以来郡县皆祭城隍。后唐清泰元年封城隍为王。宋以后祀城隍习俗更为普遍。明太祖洪武三年正式规定各府州县的城隍神，并加以祭祀。为什么历代这样重视城隍，以至朱元璋于立国之初就为此特别下了一个红头文件？

乾隆十七年，郑板桥在知潍县事任内曾修葺过潍县的城隍庙，撰过一篇《城隍庙碑记》。我曾见过拓本。字是郑板桥自己写的，写得很好，虽仍有"六分半书"笔意，但是是楷书，很工整，不似"乱石铺阶"那样狂气十足。这篇碑文实在是绝妙文章：

　　……故仰而视之，苍然者天也；俯而临之，块然者地也。其中耳目口鼻手足而能言，衣冠揖让而能礼者，人也。岂有苍然之天而又耳目口鼻而人者哉？自周公以来，称为上帝，而俗世又呼为玉皇。于是耳目口鼻手足晃旒执玉而人之，而又写之以金，范之以土，刻之以木，琢之以玉，而又从之以妙龄之官，陪之以武毅之将。天下后世，遂衰衰然从而人之，俨在其上，俨在其左右矣。至如府州县邑皆有城，如环无端，咶者是也；城之外有隍，抱城而流，汤汤泪泪者是也。又何必乌纱袍笏而人之乎？而四海之大，九州之众，莫不以人祀之；而又予之以祸福之权，授之以死生之柄，而又两廊森肃，陪以十殿之王；而又有刀花、剑树、铜蛇、铁狗、黑风、蒸铈以俱之。而人亦衰衰然从而惧之矣。非唯人惧之，吾亦惧之。每至殿庭之后，寝宫之前，其窗阴阴，其风吸吸，吾亦毛发竖慄，状如有鬼者，乃知古帝王神道设教不虚也。……

这是一篇写得曲曲折折的无神论。城，城也；隍，河也，"又何必乌纱袍笏而人之乎？"这已经说得很清楚。然而大家都"以人祀之，而又予之以祸福之权，授之以死生之柄"，"予之"、"授之"，很可玩味。神本无权，唯人授之，这种"神权人授"的思想很有进步意义。谁授予神这样的权柄呢？下文自明。不但授之以权，而且把城隍庙搞得那样恐怖，人亦衰衰然从而惧之。"非唯人惧之，吾亦惧之矣"，这句话说得很幽默。郑板桥是真的害怕了吗？城隍庙总是阴森森的，"吾亦毛发竖慄，状如有鬼者"，郑板桥是真觉得有鬼么？答案在下面："乃知古帝王神道设教不虚也"，郑板桥对古帝王的用心是一清二楚的。但是郑板桥并未正面揭穿（这怎么可能呢），而且潍县的城隍庙是在他的倡议下，谋于士绅而葺新的，这真是最大的幽默！我们对于明清之后的名士的思想和行事，总要于其曲曲折折处去寻绎。不这样，他们就无法生存。我一向觉得板桥的思想很通达，不图其通达有如此。

我们县里的城隍庙的历史是颇久的，有两棵粗可合抱的白果（银杏）树为证。庙相当大，两进大殿，前殿和后殿。前殿面南坐着城隍老爷，也称城隍菩萨，——这与佛教的"菩提萨埵"无关，中国的老百姓是把一切的神都可称为菩萨的，叫"老爷"时多。发亮的油白大脸，长眉细目，五绺胡须。大红缎地平金蟒袍。按说他只是县团级，但是派头却比县知事大得多，县官怎么能穿蟒呢。而且封了爵，而且爵位甚高，"敕封灵应侯"。如此僭越，实在很怪。他们职权是管生死和祸福。人死之后，即须先到城隍那里挂一个号。京剧《琼林宴》范仲禹的唱词云："在城隍庙内挂了号，在土地祠内领了回文。"城隍庙正殿上有几块匾，除了"威灵显赫"之类外，有一块白话文的特大的匾，写的是"你也来了"。我的二伯母（我是过继给她的）病重，她的母亲（我应该叫她外婆）有一天半夜里把我叫起来，把我带到城隍庙去。我迷迷糊糊地去了。干什么？去"借寿"，即求城隍老爷把我的寿借几年（好像是十年）给二伯母。半夜里到城隍庙里去，黑咕隆咚的，真有点怕人。我那时还小，借几年就借几年吧，无所谓，而且觉得这是应该的。到城隍老爷那里去借寿，我想这是古已有之的习俗，不是我的外婆首创，因为所有仪注好像都有成规。不过借寿并不成功，我的二伯母过了两天还是死了。

我们那里的城隍庙有一个特别处，即后殿还有一个神像，也是五绺长须，但穿着没有城隍那样阔气。这位神也许是城隍的副手。他的名称很奇怪，叫"老戴"。城隍和老戴之间好像有个什么故事的，我忘了。

正殿前的两廊塑着各种酷刑行刑时的景象，即板桥碑记中所说的"刀花、剑树……"。我们那里的城隍庙所塑的是上刀山、下油锅、锯人、磨人等等，一共七十二种酷刑，谓之"七十二司"，这"司"是阴司的意思。七十二司分为十个相通连的单间，左廊右廊各五间。每一间有一个阎王，即板桥所说的"十王"。阎王是"王"，应该是"南面而王"，坐在正面。《聊斋·陆判》所说的十王殿的十王大概是坐在正面的，但多数的十王都是屈居在两廊，变成了陪客，甚至是下属了，我们县里的城隍庙、泰山庙都是这样。中国诸神的品级官阶也乱得很。十王中我只记得一个秦广王，其馀的，对不起，全忘了。《玉历宝钞》上好像有十王的全部称号，且各有像（虽然都长得差不多），不难查到的。

城隍庙正殿的对面，照例有一座戏台。郑板桥碑记云："岂有神而好戏者乎？是又不然。《曹娥碑目》云：'盱能抚节安歌，婆娑乐神'，则歌舞迎神，古人已累有之矣。诗云：'琴瑟击鼓，以迓田祖'，夫田果有祖，田祖果爱琴瑟，谁则闻之？不过因人心之报称，以致其重叠爱媚于尔大神尔。今城隍既以人道祀之，何必不以歌舞之事娱之哉！"郑板桥这里说得有点不够准确。歌舞最初是乐神的，因为他是神，才以歌舞乐之，这是"神道"，并不是因为以人道祀之，才以歌舞之事娱之。到了后来，戏才是演给人看的，但还是假借了乐神的名义。很多地方的戏台都在庙里，都是"神台"。我们县城隍庙的戏台是演戏的重要场地，我小时看的许多戏都是站在戏台与正殿之间的砖地上看的。看的都是"大戏"，即京剧。但有一次在这个戏台上也演过梅花歌舞团那样的歌舞，这种节目演给城隍老爷看，颇为滑稽。

每年七月半，城隍要出巡，即把城隍的大驾用八抬大轿抬出来，在城里的主要街道上游一游。城隍出巡，前面是有许多文艺表演的节目，叫做"会"，许多地方叫"赛会"，"出会"，我们那里叫"迎会"。参与迎会的，谓之"走会"。我乡迎会的情形，我在小说《故里三陈·陈四》中有较详细的描述，不赘。各地赛会，节目有同有异，高跷、旱船，南北皆有。北京的"中幡"、"五虎棍"，我们那里没有。我们那里的"站高肩"，北方没有。

城隍的姓名大都无可稽考，但也有有案可查的。张岱《西湖梦寻·城隍庙》载："吴山城隍庙，宋以前在皇山，旧名永固，绍兴九年徙建于此。宋初，封其神，姓孙名本。永乐时封其神为周新。"周新本是监察御史，弹劾敢言，被永乐杀了。"一日上见绯而立者，叱之，问为谁，对曰：'臣新也，上帝谓臣刚直，使臣城隍浙江，为陛下治奸贪吏。'言已不见，遂封新为浙江都城隍。"这当然只是传说，永乐帝不会白日见鬼。但这记载说明一个问题，即城隍由上帝任命后，还得由人间的皇帝加封，否则大概是无效的。"都城隍"之名他书未见。周新是个省级城隍，比州、府、县的城隍要大，相当于一个巡抚了。都城隍不是各省都有。

《聊斋志异》以《考城隍》为全书第一篇，评书者都以为有深意焉，我看这只是寓言，寄托蒲松龄认为所有的官都应该考一考的愤慨耳。他说这是"予姊夫之祖宋公讳焘"的事情，宋焘亦未必有其人。

土地即社神。《风俗编·神鬼》："凡今社神，俱呼土地"。其所管的地面是不大的，大体相当于明清的坊——凡土地都称为"当坊土地"，解放前的一个保。我家所住的一条街上街的中段和东段即有两座土地祠。《聊斋·王六郎》后为招远县邬镇土地，管一个镇，也差不多。到了乡下，则随便哪个田头，都可立一个土地庙。《王六郎》是一篇写得很美的小说，文长，不具引。土地本也应是有名有姓的，但人都不知道。王六郎只名王六郎，那倒是因为他本没有名字，只是姓王，叫人"相见可呼王六郎"。他当了土地，仍叫王六郎么？这不免有失官体。有一位土地的名字倒是为人所知的，是北京国子监的土地，此人非别，乃韩愈也！韩愈当过国子祭酒，与国子监有点老关系，但让他当国子监的土地爷，实在有点不大像话。我曾看过国子监的土地祠，比一架自鸣钟大不了多少。

河北农村有俗话："别拿土地爷不当神仙！"事实上人们对土地爷是不大尊重的。土地祠（或亦称庙）很简陋，香火冷落，乡下给土地爷上供的只是一块豆腐。《西游记》孙悟空到了一处，遇到妖怪，不知是什么来头，便把土地召来，二话不说，叫土地老儿先把孤拐伸出来教老孙打五百棍解闷。孙悟空对土地的态度实即是吴承恩对土地的态度，也是老百姓对土地的态度：不当一回事。因为，他是最小的神，或神里最小的官。

我们县别有都土地，那可不一样了。都土地祠亦称都天庙，连庙所在的那条巷子也叫都天庙巷。都天庙和城隍庙不能相比，小得多，但也有殿有廊。殿上坐着都土地，比城隍小一号，亦红蟒亦面长圆而白亮，无五绺须。我的家乡把长圆而肥白的脸叫做"都天脸"，此专指女人的面相，男人这样的脸很少，不知道为什么没有人说"城隍脸"。都土地管辖地界大致相当于一个区。他的封爵次于城隍一等，是"灵显伯"。父老相传，我所住的北城的都土地是张巡。张巡怎么会跑到我的家乡来当一个区长级的都土地呢？这里既不是他的家乡（河南南阳），又不是他战死的地方（河南睢阳）？说北城都土地是张巡，根据的是什么？有这样一个在安史之乱时和安禄山打仗，城破而死的有名的忠臣当都土地，我们那一区的居民是觉得很光荣的。都土地也不是每个区都有。

土地城隍属于一个系统，他们的关系是上下级，如表：

土地→都土地→城隍→都城隍

都城隍的上面是什么呢？没有了，好像是一直通到玉皇大帝。土地的下面呢？也没有了，因为土地祠里并未塑有衙役皂隶。他们是上下级，是不是要布置任务，汇报工作？也许要的，但是咱们不知道。

祭灶的起源盖甚早。

《史记·孝武本纪》："是时而李少君亦以祠灶、谷道、却老方见上，上尊之。"《索隐》："如淳云：'祠灶可以致福。'案：礼灶者，老妇之祭，盛于盆，尊于瓶。"这最初本是"老妇之祭"。晋代宗懔《荆楚岁时记》："按礼器，灶者老妇之祭，'尊于瓶，盛于盆'，言以瓶为樽，用盆盛馔也"，意思是拿瓶子当酒樽，盆盛食物。老妇大概没钱，用不起正儿八经的器皿，只好这样马马虎虎，因陋就简。

祭灶本是求福，是很朴素的愿望，到了方士的手里，就变得神乎其神起来。《史记·孝武本纪》："少君言于上曰：'祠灶则致物，致物而丹沙可化为黄金，黄金成以为饮食器则益寿，益寿而海中蓬莱仙者可见，见之以封禅则不死，黄帝是也。"从祠灶到不死，绕了这样大一个圈子，汉代的方士真能胡说八道！而汉武帝偏偏就相信这种胡说八道！

祭灶的礼俗一直相沿不替。唐、五代的材料我没有来得及查，宋代则讲风俗的书几乎没有一本不提到祭灶的。

《东京梦华录》："十二月……二十四日交年，都人至夜请僧道看经，备酒果送神，烧合家替代钱纸，帖灶马于灶上，以酒糟涂抹灶门，谓之'醉司命'。"

《梦粱录》："十二月……二十四日，不以穷富，皆备蔬食饧豆祀灶。"

《武林旧事》："……二十四日，谓之'交年'，祀灶用花饧米饵，及烧替代及作糖豆粥，谓之'口数'。"

祭灶的祭品不拘，但有一样东西是必有的：饧。饧是古糖字，指用麦芽或谷芽熬成的糖，熬干了，就成了关东糖。我们那里就叫做"灶糖"。为什么要请灶王爷吃关东糖？《抱朴子·微旨》："月晦之夜，灶神亦上天白人罪状。"原来灶王爷既是每一家的守护神，又是玉皇大帝的情报员，——一个告密者。人在家里，不是在公开场合，总难免说点错话，办点错事，灶王爷一天到晚窃听监视，这受得了吗！人于是想出一个高招，塞他一嘴关东糖，叫他把牙粘住，使他张不开嘴，说不出人的坏话。不过灶王爷二十三或二十四上天，到除夕才回来，在天上要呆一个星期，在玉皇大帝面前一句话也不说，玉皇大帝不觉得奇怪么？

以酒糟涂抹灶门，其用意与祭之以饧同，让他醉末咕咚的，他还能打小报告么？

灶王爷上天，是骑马去的。《东京梦华录》云："帖灶马于灶上。"我们那里是用红纸折一个小孩子折手工的纸马，祭毕烧掉。折纸马照例是我的一个堂姐的事。这实在有点儿戏。

我们那里的孩子捉蜻蜓，红蜻蜓是不捉的，说这是灶王爷的马。灶王爷骑了这样的马——蜻蜓，上天？

把灶王爷送上天，谓之"送灶"。送灶的日期各地不一样。我们那里一般人家是腊月二十四。俗话说："君（或军）三，民四，龟五。"按规定，娼妓家送灶应是二十五，不过妓女都不遵守。二十五送灶，这不等于告诉别人：我们家是妓女？北京送灶，则都在二十三。

到除夕，把灶王爷接回来，或谓之"迎灶"，我们那里叫做"接灶"。

谁参加祭灶？各地，甚至各家不一样。有的人家只许男的参加，女的不参加，有的人家则只有女的跪拜，男人不参与；我们家则男女都拜，先由男的拜，后由女的拜。我觉得应该由女的祭拜合适。女人一天围着锅台转，与灶王爷关系密切，而且，这本是"老妇之祭"，不关老爷们的事！

灶王爷是什么长相？《庄子·达生》："灶有髻"，司马彪注："髻，灶神，著赤衣，状如美女。"我见过木刻彩印的灶王像，面孔略圆，有二三十根稀稀疏疏的胡子，并不像美女，倒像个有福气的老封翁。我们家灶王龛里则只贴了一张长方的红纸，上写"东厨司命定福灶君"。

灶王爷姓什么，叫什么？《荆楚岁时记》说他"姓苏名吉利"。不单他，连他老婆都有名字："妇姓王名搏颊"。但我曾看过一个华北的民间故事，说他名叫张三，因为做了见不得人的事，钻进了灶膛里，弄得一脸乌七抹黑，于是成了灶王。北京俗曲亦云："灶王爷本姓张"。他到底叫什么？吁，鬼神之事，难言之矣。

城隍、土地、灶君是和中国人民大众生活关系最密切的神。

这些神是"古帝王"造出来的神话，是谣言，目的是统一老百姓的思想，是"神道设教"。

老百姓也需要这样的神。这些神的意象一旦为老百姓所掌握，就会变成一种自觉的、宗教性的、固执的力量。没有这些神，他们就会失去伦理道德的标准、是非善恶的尺度，失去心理平衡，遑遑然不可终日。我们县的城隍，在北伐的时候曾由以一个姓黄的党部委员为首的一帮热血青年用粗绳拉倒，劈成碎片。这触怒了城乡的许多道婆子。我们县有很多的道婆子，她们没有任何文化，只会念一句"南无阿弥陀佛"，是神就拜，念"南无阿弥陀佛"，不管这神是什么教的神。不管哪个庙的香期，她们都去，一坐一大片，叫做"坐经"。她们的凝聚力很大，心很齐。她们听说城隍老爷被毁了，"哈！这还行！"她们一人拿了一炷香，要把姓黄的党部委员的家烧掉。黄某事先听到消息，越墙逃走，躲藏了好多天。这帮道婆子捐钱募化，硬是重新造了一个城隍老爷，和原来的一样。她们的道理很简单："怎么可以没有城隍老爷！"

愚昧是一种伟大的力量。

大多数人对城隍、土地、灶王爷的态度是"诚惶诚恐，不胜屏营待命之至"，但是也有人不是这样，有的时候不是这样。很多地方戏的"三小戏"都有《打城隍》、《打灶王》，和城隍老爷、灶王爷开了点小小玩笑，使他们不能老是那样俨乎其然，那样严肃。送灶时的给灶王喂点关东糖，实在表现了整个民族的幽默感。

也许正是这点幽默感，使我们这个民族不至被信仰的铁板封死。

一九九〇年十二月八日

八仙

　　我的老师浦江清先生（他教过我散曲）曾写过一篇《八仙考》。这是国内讲八仙的最完备的一篇文章。本文的材料都是从浦先生的文章里取来的，可以说是浦先生文章的一个缩写本。所以要缩写，是因为我对八仙一直很有兴趣，而浦先生的文章见到的人又不很多。当然也会间出己意，说一点我的看法。

　　小时候到一个亲戚家去拜寿。是这家的老太爷的整生日，很热闹，寿堂布置得很辉煌。最使我发生兴趣的是供桌上一堂"八仙人"。泥塑的头，衣服是绢制的，真是栩栩如生，好看极了。我看了又看，舍不得离开。

　　八仙的形成大概在宋元之际。最初好像出现在戏曲里。元人杂剧如马致远《吕洞宾三醉岳阳楼》、谷子敬《吕洞宾三度城南柳》、岳伯川《吕洞宾度铁拐李岳》、范子安《陈季卿误上竹叶舟》，都提到八仙，只是八仙的名单与后世稍有出入。明初的周宪王《诚斋杂剧》中《群仙庆寿蟠桃会》第四折毛女唱：

"〔水仙子〕这个是吕洞宾手把太阿携。这个是蓝采和身穿绿道衣。这个是汉钟离头挽双髻鬟。这个是曹国舅拿着笊篱。这个是韩湘子将造化能移。这个是白髭髵唐张果。这个是皂罗衫铁拐李。这个是徐神翁喜笑微微。"

除了缺一名何仙姑（多了一位徐神翁），与今天流传的已无区别。稍后，八仙出现在绘画里。王世贞《题八仙像后》云："八仙者，钟离、李、吕、张、蓝、韩、曹、何也。不知其会所由始，亦不知其画所由始。余所睹仙迹及图史亦详矣，凡元以前无一笔，而我明如冷起敬、吴伟、杜堇稍有名者亦未尝及之。"更后，八仙就成为工艺美术的重要题材，凡瓷器、木雕、漆画、泥塑、面人、刺绣、剪纸，无不有八仙。不但八仙的形象为人熟悉，就是他们所持的"道具"，大家也都一望就知道：汉钟离的芭蕉扇、吕洞宾的宝剑、张果老的渔鼓简板、韩湘子的笛子、蓝采和的花篮、何仙姑的荷花、铁拐李的葫芦、曹国舅的拍板。这八样东西成了八位仙人的代表。这在工艺上有个专用名称，叫做"小八仙"。"小八仙"往往用飘舞的绸带装饰，这样才好看，也才有仙意。我曾在内蒙的一个喇嘛庙的墙壁上看到堆塑出来的"小八仙"，这使我很为惊奇了：八仙和喇嘛教有什么关系呢？后来一想：大概修庙的工匠是汉人，他就不管三七二十一，把他所熟悉的装饰图样安到喇嘛庙的墙上来了。喇嘛们也不知道这是什么东西，糊里糊涂地就接受了。于此可见八仙影响之广。中国人不认得八仙的大概很少。"八仙过海，各显其能"，"一个人唱不了《八仙庆寿》"已经成为家喻户晓的民间俗话。如果没有八仙，中国的民间工艺就会缺了一大块，中国人的精神生活也会缺了一块。

八仙是一个仙人集体，一个八人小组。但是他们之间其实没有多大关系。他们不是一个时代，也不是一个地方的人。他们不是一同成仙得道的。他们有个别的人有师承关系，如汉钟离和吕洞宾，吕洞宾和铁拐李，大多数并没有。比如何仙姑和韩湘子，可以说毫不相干。不知道这八位是怎样凑到一起的。因此像王世贞那样有学问的人，也"不知其会所由始"。

这八位，原来都是单个的仙人。

张果老比较实在，大概曾经有过这样一个人，其人见于正史，他是唐玄宗时人，隐于中条山，应明皇诏入朝，道号通玄先生。《旧唐书》、《新唐书》皆入方士传。但是所录亦已异常。他的著名故事是骑驴。他乘一白驴，日行万里，休则折叠之，其厚如纸，置于巾箱中，乘则以水噀之，还成驴矣。这怎么可能呢？然而它分明写在"正史"里！大概唐玄宗好道，于是许多奇奇怪怪，不近情理的事，虽史臣也不得不相信。这以后，张果老和驴遂分不开了。单幅的张果画像，大都骑驴。若是八仙群像，他大都也是地下走，因为画驴太占地方。别人都走着，他骑驴，也未免特殊化。单幅画张果老，往往画他倒骑毛驴。这实在是民间的一大创造。毛驴倒骑，咋走呢？这大概是有寓意的。倒骑，表示来去无定向，任凭毛驴随意地走，走到哪里算哪里，这样显出仙人的洒脱；另外，倒骑，是向后看。不看前而看后，有一点哲学的意味了。总之张果老倒骑毛驴，是可以使老百姓失笑，并且有所解悟的。至于此老何时从赵州桥上过，并在桥石上留下一串驴蹄的印迹，则不可考。"张果老骑驴桥上走"，《小放牛》的歌声传唱了有多少年了？

八仙里最出风头的是吕洞宾。吕洞宾据说名巖，大概是残唐五代时的人，读过书，屡举进士不第，后来学了道。元曲里关于他的仙迹特多，大都是度人。他后来，到了元朝，被王重阳创立的全真教（全真教为道教的一派，即北京的白云观邱处机所信奉的那一派）的宗师，地位很高了。不少地方都有他的专祠。山西的永乐宫就是他的专祠之一。著名的永乐宫壁画，画的就是此公的事迹。他俨然成了八人小组的小组长。他的出名是在岳州，即今岳阳。岳阳楼挹洞庭之胜，加以范仲淹作记，名重天下。"先天下之忧而忧，后天下之乐而乐"，千古名句。于是有人造出仙迹，说是吕洞宾曾在城南古寺留诗。诗共两首，被人传诵的是：

朝游鄂渚暮苍梧，

袖有青蛇胆气粗。

三醉岳阳人不识，

朗吟飞过洞庭湖。

诗写得真不赖，于仙风道骨之中含豪侠之气。但也有人怀疑这是江湖间人乘醉而作的奇纵之笔，未必真是仙迹。他的出名和汤显祖的《邯郸梦》很有关系。《三醉》一折慷慨淋漓，声容并茂，是冠生的名曲。民间流传他曾三戏白牡丹，在他的形象上加了一笔放荡的色彩。总之，他是一位风流倜傥的仙人，很有诗人气质。他的诗人气质是为老百姓所理解的，并且是欣赏的。

何仙姑一说是广州增城人，一说是永州人，总之是南方人，——她和张果老交谈大概是相当费事的。十四五岁时梦见神人教她食云母粉，一说是遇到仙人给了她枣子吃，一说是给了她桃子吃，于是"不饥无漏"。既不要吃东西，又不用解大小便，实在是省事得很。一说给她桃子吃的就是吕洞宾。她的本事只是能"言人休咎"。没有什么稀奇。她的出名和汤显祖也是有关系的。汤显祖《邯郸梦》写吕洞宾度卢生，即有名的"黄粱梦"故事。吕度卢生，事出有因。东华帝君敕修蓬莱山门，门外蟠桃一株，时有浩韧刚风，等闲吹落花片，塞碍天门。先是吕洞宾度得何仙姑在天门扫花，后奉帝君旨，何姑征入仙班，需再找一人，接替何姑扫花之役，吕洞宾这才往赤县神州去度卢生。何仙姑扫花，纯粹是汤显祖想象出来的，以前没有人这样说过。不过《扫花》一折，词曲俱美，于是便流传开了。何仙姑送吕洞宾下凡，叮咛嘱咐，叫他早些回来，使人感到有一种说不出来的感情。"错教人遗恨碧桃花"，这说的是什么呢？腔也很软，很绵缠的。

汉钟离说不清是汉朝人还是唐朝人。一般都说他复姓钟离。名权。他是个大汉，梳着两个鬐髻，"虬髯蓬鬓，睥睨物表"，相貌长得很不错。据说他会写字，写的字当然是龙飞凤舞，飘飘然很有仙人风度。他不知怎么在全真教的系统上变为东华帝君的大弟子，纯阳吕真人之师。到元世祖至元六年封赠"正阳开悟传道真君"，元武宗至大元年加赠"正阳开悟垂教帝君"，头衔极阔。但是实际上他并无任何事迹可传。他为什么拿一把芭蕉扇？大概是因为他块儿大，怕热。

现在画里的蓝采和是个小孩子，很秀气，在戏里是用旦角扮的，以致赵瓯北竟以为他是女的，这实在是一大误会。他的事迹最早见于沈汾的《续仙传》。沈氏原传略云："蓝采和不知何许人也。常衣破蓝衫，六铐黑木腰带阔三寸余，一脚著靴，一脚跣行。夏则衫内加絮，冬则卧于雪中，气出如蒸。每行歌于城市乞索，持大拍板长三尺余。……行则振靴，言曰：'踏踏歌，蓝采和，世界能几何？红颜一春树，流年一掷梭！古人混混去不返，今人纷纷来更多。朝骑鸾凤到碧落，暮见桑田生白波。长景明晖在空际，金银宫阙高嵯峨。'……"大概此人本是一个行歌的乞者。他用"踏踏歌，蓝采和"作为歌曲的开头，是可能的。"蓝采和"是没有意义的泛声，类似近世的"呀呼嗨"。沈汾所录歌词一看就是文人的手笔。浦先生说："好事者目为神仙，文人足成乐府"，极有见地。此人的相貌装束原本是相当邋遏的，后来不知怎么变俊了。他的大拍板也借给别人了，却给他手里塞了一个花篮。为什么派给他一个花篮，大概后人以为他姓蓝或篮，正如让何仙姑手执一朵荷花一样。

八仙里铁拐李的形象最为奇特。他架着单拐，是个跛子。他的来历有两种说法。元人杂剧以为他本姓岳，名寿，在郑州做都孔目，因忤韩魏公惊死，吕洞宾使他借李屠的尸首还了魂，度登仙箓。《东游记》则说他姓李名玄，得道以后，离魄朝山，命他的徒弟守尸，说明七天回来，而其徒守到六天，母亲病了，他要回家，就把李玄的尸首焚化了。李玄没法，只好借一饿莩还魂。总之，他原来不是这模样。现在的铁拐李具有二重性：别人的躯壳，他的灵魂。一个人借了别人的躯体而生活着，这将如何适应呢，实在是难以想象。

又有一说，他本来就跛，他姓刘。赵道一《真仙通鉴》有其传，略云："刘跛子，青州人也，挂一拐，每一岁必一至洛中看花。……陈莹中素爱之，作长短句赠之曰：'槁木形骸，浮云身世，一年两到京华。又还乘兴，闲看洛阳花。闻道鞓红最好，春归后，终委泥沙。忘言处，花开花谢，不似我生涯。年华，留不住，饥餐困卧，触处为家。这一轮明月，本自无瑕。随分冬裘夏葛，都不会赤火黄芽。谁知我，春风一拐，谈笑有丹砂。""春风一拐"，大是妙语！至于他怎么又姓了李呢，那就不晓得了。吁，神仙之事，难言之矣！

韩湘子是韩愈的侄子或侄孙。他的奇迹是"能开顷刻花"。他曾当着韩愈，取土以盆覆之，良久花开，乃碧花二朵，似牡丹差大，于花间拥出金字一联云："云横秦岭家何在，雪拥蓝关马不前。"韩愈不解是什么意思。后来韩愈以谏佛骨事贬潮州，一日途中遇雪，有一人冒雪而来，乃湘子也。湘子说："还记得花上句么，就是说的今天的事。"韩愈问这是什么地方，正是蓝关。韩文公嗟叹久之，说："我给你把诗补全了吧！"诗曰："一封朝奏九重天，夕贬潮阳路八千。本为圣朝除弊事，岂将衰朽惜残年？云横秦岭家何在，雪拥蓝关马不前。知汝远来应有意，好收吾骨瘴江边。"

元曲里有《蓝关记》。大概此类剧本还不少。韩文公是被韩湘子度脱的。韩愈一生辟佛，也不会信道，说他得度，实在冤枉。此类剧本，未免唐突先贤，因此臧晋叔的《元曲选》里不收。

八仙里顶不起眼的，是曹国舅。他几乎连一个名字都没有。有人查出，他大概叫曹佾。因为他是宋朝人，宋朝当国舅的只有这么一个曹佾。但是老百姓并不知道，多数老百姓连这个"佾"字也未必认识（这个字字形很怪）！他有什么事迹么？没有的。只知道"美仪度"，手里拿一个笊篱，化钱度日。用笊篱化钱，不知有什么讲究。除了曹国舅，别人好像没有这样干过。笊篱这东西和仙人实在有点"不搭界"，拿在手里也不大好看，南方人甚至有人不知道这是啥物事，于是便把蓝采和的大拍板借给他了，于是他便一天到晚唱曲子，蛮写意。

八仙的形象为什么流传得这样广？

八仙的形成与戏曲是有关系的。元代盛行全真教，全真教几乎成了国教。元曲里有"神仙道化"一科，这自然是受了全真教的影响。八仙和全真教的关系是密切的（吕洞宾、汉钟离都是祖师），但又不是那么十分密切。传说中的八仙故事和全真教的教义——以"澄心定意、抱元守一、存神固气"为"真功"，"济贫拔苦、先人后己、与物无私"为"真行"，实在说不上有多少内在的联系。对八仙有感情的人未必相信全真教。在全真教已经不很盛行的时候，八仙的形象也并没有失去光彩。这恐另有原因在。

原来这和祝寿是很有关系的。中国人的生活理想很重要的一条是长寿——不死。中国人是现实的，他们原来不相信天国，也不信来生，他们只愿意在现世界里多活一些时候，最好永远地活下去。理想的人物便是八仙。八仙有一个特点，即他们都是"地仙"，即活在地面上的神仙，也就是死不了的活人。他们是不死的，因此请他们来为生人祝寿，实在是最合适不过。八仙戏和庆寿关系很密切。胡应麟《少室山房笔丛》考八仙云："今所见庆寿词尚是元人旧本。"周宪王编过两本庆寿剧。其《瑶池会八仙庆寿》第四折吕洞宾唱：

"[水仙子]汉钟离遥献紫琼钩。张果老高擎千岁韭。蓝采和漫舞长衫袖。捧寿面的是曹国舅。岳孔目这铁拐拄护得千秋。献牡丹的是韩湘子。进灵丹的是徐信守。贫道呵，满捧着玉液金瓯。"

这唱的是给王母娘娘祝寿，实际上是给这一家办生日的"寿星"祝寿。我的那家亲戚的寿堂供桌上摆设着八仙人，其意义正是如此。

活得长久，当然很好。但如果活得很辛苦，那也没有多大意思，成了"活受"。必须活得很自在，那才好。谁最自在？神仙。"自在神仙"，"神仙"和"自在"几乎成了同义语。你瞧瞧八仙，那多自在啊！他们不用种地，不用推车挑担，也不用买卖经商，云里来，雾里去，扇扇芭蕉扇，唱唱曲子，吹吹笛子，耍耍花篮……他们不忧米盐，只要吃

34

点鲜果，而且可以"不饥无漏"，嘿，那叫一个美，真是"神仙过的日子"！咱们凡人怎么能到得这一步呀！我简直地说：八仙是我们这个劳苦的民族对于逍遥的生活的一种缥缈的向往。我们的民族太苦了啊，你能不许他们有一点希望吗？我每当看到陕北剪纸里的吕洞宾或铁拐李，总是很感动。陕北呀，多苦呀，然而他们向往着神仙。因此，我不认为八仙在我们的民族心理上是一个消极的因素。

八仙何以是这八位？这没有什么道理可讲。中国人对数字有一种神秘观念，八是成数，即多数。以八聚人，是中国人的习惯。陶渊明《圣贤群辅录》列举了很多"八"，八这个，八那个。古代的道教里大概就有八仙。四川有"蜀八仙"。杜甫有《饮中八仙歌》。既云"饮中八仙"，当还有另外的八仙。到了元朝以后，因为已经有了这几位仙人的单独的故事流传，数一数，够八个了，便把他们组织了起来。把他们组织在一起，是为了画面的好看，王世贞《题八仙像后》云："意或妄庸画工，合委卷丛俚之谈，以是八公者，老则张，少则蓝、韩，将则钟离，书生则吕，贵则曹，病则李，妇女则何，为各据一端作滑稽观耶！""各据一端作滑稽观"，这揣测是近情理的。这八个人形象不同，放在一起，才能互相配衬，相得益彰。王世贞说这是"妄庸画工"搞出来的。"妄庸画工"，说得很不客气。但这是民间艺人的创造，则似可信。这组群像不大像是画院的待诏们的构思。也许这最初是戏曲演员弄出来的，为了找到各自不同的扮相。八仙究竟是先出现于戏曲，还是先出现于民间绘画呢？这不好说。我倾向于先出现于戏曲。不过他们后来成为工艺美术的重要题材，戏曲里反而不多见了，则是事实。

八仙在美术上的价值似不如罗汉。除了张果老、吕洞宾、铁拐李，个性都不很突出。其中最值得注意的是铁拐李。宋元人画单幅的仙人图以画铁拐李的为多，他的形象实在很奇特：浓眉，大眼，大鼻子，秃头，脑后有鬈发，下巴上长了一丛乱七八糟的连鬓胡子，驼背，赤足，架着一支拐，胳臂和腿部的肌肉都很粗壮，长了很多黑毛，手指头脚趾头都很发达。他常常背着一个大葫芦，葫芦口冒出一股白气，白气里飞着几个红蝙蝠，他便瞪大了眼睛瞧着这几个蝙蝠。他是那样丑，又那样美；那样怪，又那样有人情。中国的神、仙、佛里有几个是很丑而怪的。铁拐李和罗汉里的宾头卢尊者、钟馗以及后来的济公，属于一类。以丑为美，以怪为美，这在中国人的审美观念里是一个值得研究的现象。

一九八五年八月十八日

罗汉

家乡的几座大寺里都有罗汉。我的小学的隔壁是承天寺，就有一个罗汉堂。我们三天两头于放学之后去看罗汉。印象最深的是降龙罗汉，——他睁目凝视着云端里的一条小龙；伏虎罗汉，——罗汉和老虎都在闭目养神；和长眉罗汉。大概很多人都对这三尊罗汉印象较深。昆曲（时调）《思凡》有一段"数罗汉"，小尼姑唱道：

> 降龙的恼着我，
>
> 伏虎的恨着我，
>
> 那长眉大仙愁着我：
>
> 说我老来时，有什么结果！

她在众多的罗汉中单举出来的，也只是这三位。——她要是挨着个儿数下去，那得数多长时间！

罗汉原来是十六个，传贯休的画"十六应真"即是十六人，后来加上布袋和尚和一个什么什么尊者，——罗汉的名字都很难念，大概是古梵文音译，这就成了通常说的"十八罗汉"。李龙眠画"罗汉渡江"，就已经是十八人了。不知道从什么时候起这队伍扩大了，变成了五百罗汉。有些寺里在五百塑像前各竖了一个木牌，墨书某某某某尊者，也不知从哪里查考出来的。除了写牌子的老和尚，谁也弄不清此位是谁。有的寺里，比如杭州的灵隐寺竟把济公活佛也算在里头，这实在有点胡来了。

罗汉本是印度人，贯休的"十六应真"就多半是深目高鼻且长了大胡子，后来就逐渐汉化。许多罗汉都是个中国和尚。

罗汉大致有两种。一种是装金的，多半是木胎。"五百罗汉"都是装金的。杭州灵隐寺、苏州××寺（忘寺名）、汉阳归元寺，都是。装金罗汉以多为胜，但实在没有什么看头，都很呆板，都差不多，其差别只在或稍肥，或精瘦。谁也没有精力把五百个罗汉一个一个看完。看了，也记不得有什么特点。一种是彩塑。精彩的罗汉像都是彩塑。

我所见过的中国精彩的彩塑罗汉有这样几处：一是昆明筇竹寺。筇竹寺的罗汉与其说是现实主义的不如说是一组浪漫主义的作品。它的设计很奇特。不是把罗汉一尊一尊放在高出地面的台子上，而是于两壁的半空支出很结实的木板，罗汉塑在板上。罗汉都塑得极精细。有一个罗汉赤足穿草鞋，草鞋上的一根一根的草茎都看得清清楚楚，跟真草鞋一样。但又不流于琐细，整堂（两壁）有一个通盘的、完整的构思。这是一个群体，不是各自为政，十八人或坐或卧，或支颐，或抱膝，或垂眉，或凝视，或欲语，或谛听，情绪交流，彼此感应，增一人则太多，减一人则太少，气足神完，自成首尾。另一处是苏州紫金庵。像比常人小，身材比例稍长，面目清秀。这些罗汉好像都是苏州人。他们都在安静沉思，神情肃穆。如果说筇竹寺罗汉注意外部筋骨，颇有点流浪汉气；紫金庵的罗汉则富书生气，性格内向。再一处是泰山后山的宝善寺（寺名可能记得不准确）。这十八尊是立像，比常人高大，面形浑朴，是一些山东大汉，但塑造得很精美。为了防止参观的人用手扪触，用玻璃笼罩起来了，但隔着玻璃，仍可清楚地看到肌肉的纹理，衣饰的刺绣针脚。前三年在苏州甪直看到几尊较古的罗汉。原来有三壁。东西两壁都塌圮了，只剩下正面一壁。这一组罗汉构思很有特点，背景是悬崖，罗汉都分散地趺坐在岩头或洞穴里（彼此距离很远）。据说这是梁代的作品，正中高处坐着的戴风帽着赭黄袍子的便是梁武帝，不知可靠否，但从衣纹的简练和色调的单纯来看，显然时代是较早的。据传紫金庵罗汉是唐塑，宝善寺、筇竹寺的恐怕是宋以后的了。

罗汉的塑工多是高手，但都没有留下名字来，只有北京香山碧云寺的几尊，据说是刘銮塑的。刘銮是元朝人，现在北京西四牌楼东还有一条很小的胡同叫做"刘銮塑"，据说刘銮原来就住在这里，但是许多老北京都不知道有这样一条名字奇怪的胡同，更不知道刘銮是何许人了。像传于世，人不留名，亦可嗟叹。

中国的雕塑艺术主要是佛像，罗汉尤为杰出的代表。罗汉表现了较多的生活气息，较多的人性，不像三世佛那样超越了人性，只有佛性。我们看彩塑罗汉，不大感觉他们是上座佛教所理想的最高果位，只觉得他们是一些人，至少比较接近人，他们是介乎佛、菩萨和人之间的那么一种理想的化身，当然，他们也是会引起善男子、善女人顶礼皈依的虔敬感的。这是一宗非常重要的文化遗产，不论是从宗教史角度、美术史角度乃至工艺史角度、民俗学角度来看。我们对于罗汉的重视程度是很不够的。紫金庵、筇竹寺的罗汉曾有画报介绍过，但是零零碎碎，不成个样子。我希望能有人把几处著名的罗汉好好地照一照相，要全，不要遗漏，并且要从不同角度来拍，希望印一本厚厚的画册：《罗汉》；希望有专家能写一篇长文作序，当中还要就不同寺院的塑像，不同问题写一些分论；我希望能把这些罗汉制成幻灯片，供研究用，供雕塑系学生学习用，供一般文化爱好者欣赏用。

六月十三日

苏三、宋士杰和穆桂英

洪洞县的出名，是因为有了京剧《玉堂春》。"苏三离了洪洞县"，凡有井水处都有人会唱，至少听过。我到山西，曾特为到洪洞县去弯了一趟，去看苏三遗迹。

一位本地研究苏三传说的专家陪着我们参观。进了县政府的大堂，这位专家告诉我们：苏三就是在这里受审的。他还指了一块方砖，说：她就跪在这块砖上回话的。他说苏三的案卷原来还保存在县里，后来叫一个国民党军官拿走了。

我们参观了苏三监狱。这是一座很小的监狱。监门只有普通人家的独扇门那样大。门头上画着一个老虎脑袋，这就是所谓"狴犴"了。进门，外边是男监。往里走，过一个窄胡同，是女监。女监是一个小院子，除了开门的一边，三间都有监号。专家指指靠北朝南的一个号子，说苏三就是关在这里的。院子当中有一口井，不大，青石井栏。据说苏三就是从这口井里汲水洗头洗脸洗衣裳的。井栏的内圈已经叫井绳磨出一道一道很深的沟槽。没有几百年的功夫，是磨不出这样的沟的。这座监狱据说明朝就有，这是全国保存下来少数明代监狱里的一个，这是有记载可查的。如果有一个苏三，苏三曾蹲过洪洞县的监狱，那么便只能是在这里。苏三从这口井里汲水，这想象很美，同时不能不引起人的同情。

我们还去参观赵监生买砒霜的药铺。当年盛砒霜的药罐还在，白地青花，陈放在柜台的一头，下面垫了一块红布，——那当然是为了引人注目。这家药铺是明代就有的。砒霜是剧毒，盛砒霜的罐子是不能随便倒换的。如果有一个赵监生，他来买过砒霜，那么便只有取之于这个药罐。据我的一点关于瓷器的知识，这倒真是明青花。要是卖给施叔青，能要她一个好价钱！

据说洪洞县过去是禁演《玉堂春》的，因为戏里有一句"洪洞县内无好人"。洪洞县的人真可爱，何必那样认真呢？有人曾著文考证，力辟苏三监狱之无稽，苏三根本不是历史人物，《玉堂春落难逢夫》纯属小说家言，关于苏三的遗迹都是附会。这些有考据癖的先生也很可爱，何必那样认真呢？洪洞县的人愿意那样相信，你就让他相信去得了嘛！

河南信阳州宋士杰开的店原来还在，店门的门槛是铁的。铁门槛，这很有意思！这当然也是附会。

如果都认真考据，那就没完了。山海关外有多少穆桂英的点将台？几乎凡有一块比较平整的大石头，都是穆桂英的点将台！

老百姓相信许多虚构的戏曲人物是真有的，他们附会出许多戏曲人物的古迹，并且相信，这反映了市民和农民的爱憎。这是民族心理结构的一个层次，我们应该重视、研究，不只是"姑妄听之"而已。这一点，倒是可以认一点真。

三月九日

吴三桂

　　高邮县志办公室把新修的县志初稿寄来给我，我翻看了一遍，提了几点不成熟的意见。有一条记不得是否提过：应该给吴三桂立一个传。

　　我的家乡出过两个大人物，一个是张士诚，一个是吴三桂。张士诚不是高邮人，是泰州的白驹场人，但是他于元至正十三年（一三五三）攻下了高邮，并于次年在承天寺自称诚王。吴三桂的家不知什么时候迁到了辽东，但祖籍是高邮。他生于一六一二年。"五百年必有王者兴"，敝乡于二百六十年之间出过两位皇上，——吴三桂后来是称了帝的，大概曾经是有过一点"王气"的。

　　我知道吴三桂很早了。小时读《正续三字经》，里面就有"吴三桂，请清兵"。长大后到昆明住了七年，听到一些关于吴三桂的传闻。昆明五华山下有一斜坡，叫做"逼死坡"，据说是吴三桂逼死明朝最后一个皇帝永历帝的地方。永历帝兵败至云南，由腾冲逃到缅甸，吴三桂从缅甸把他弄回来杀了。云南人说是吴三桂逼得他上吊死的。这大概是可靠的。另外的传说则大概是附会的了。昆明市东凤鸣山顶有一座金殿，梁柱门窗，都是铜铸的，顶瓦也是铜的。说是吴三桂冬天住在这里，殿外烧了火，殿里暖和而无烟气，他在里面饮酒作乐。这大概是不可能的。昆明冬天并不冷，无须这样烤火。而且住在一间不大的铜房子里，又有多大趣味呢？此外，昆明大西门外莲花池畔有一座陈圆圆石像。石像是用单线刻在石碑上的，外面有一石龛，高约四尺，额上题："比丘尼陈圆圆像"，是一个中年的尼姑的样子。据说陈圆圆是投莲花池死的。吴三桂镇云南，握重兵，形成割据势力，清圣祖为了加强统一，实行撤藩。康熙十二年（一六七三），吴三桂叛，自称周王。十七年在衡州称帝。吴三桂举兵叛乱时，已经六十一岁，这时陈圆圆也相当老了，她大概是没有跟着。死于昆明，是可能的。是不是投了莲花池，就难说了。陈圆圆晚年为女道士，改名寂静，字玉庵。莲花池畔的石像却说她是比丘尼，不知是什么缘故。

逼死坡今犹在，金殿也还好好的。莲花池畔的陈圆圆像则已于"文化大革命"中被毁掉了。干嘛要毁陈圆圆的像呢？毁像的红卫兵大概是受了吴梅村的影响，相信"痛哭六军齐缟素，冲冠一怒为红颜"，认为吴三桂的当汉奸，陈圆圆是罪魁祸首。冤哉！

"冲冠一怒为红颜"，早就有人说没有这回事，一宗巨大的历史变故，原因岂能如此简单！如果说吴三桂引清兵入关，与陈圆圆有一定关系，那么他后来穷追永历帝以至将其逼死，再后来又从拥兵自重到叛乱称王，又将怎样解释呢？这和陈圆圆又有什么关系呢？吴三桂自是吴三桂，陈圆圆对他的一生负不了责。

我希望有人能认真研究一下吴三桂其人，给他写一个传。写成历史小说也可以，但希望忠实一些，不要有太多的演义。

一九八七年五月二十四日

张大千和毕加索

　　杨继仁同志写的《张大千传》是一本有意思的书。如果能挤去一点水分，控制笔下的感情，使人相信所写的多是真实的，那就更好了。书分上下册。下册更能吸引人，因为写得更平实而紧凑。记张大千与毕加索见面的一章(《高峰会晤》)写得颇精彩，使人激动。

　　……毕加索抱出五册画来，每册有三四十幅。张大千打开画册，全是毕加索用毛笔水墨画的中国画，花鸟鱼虫，仿齐白石。张大千有点纳闷。毕加索笑了："这是我仿贵国齐白石先生的作品，请张先生指正。"

　　张大千恭维了一番，后来就有点不客气了，侃侃而谈起来："毕加索先生所习的中国画，笔力沉劲而有拙趣，构图新颖，但是有一个很大的问题，就是不会使用中国的毛笔，墨色浓淡难分。"

毕加索用脚将椅子一勾，搬到张大千对面，坐下来专注地听。

"中国毛笔与西方画笔完全不同。它刚柔互济，含水量丰，曲折如意。善使用者'运墨而五色具'。墨之五色，乃焦、浓、重、淡、清。中国画，黑白一分，自现阴阳明暗；干湿皆备，就显苍翠秀润；浓淡明辨，凹凸远近，高低上下，历历皆入人眼。可见要画好中国画，首要者要运好笔，以笔为主导，发挥墨法的作用，才能如兼五彩。"

这一番运笔用墨的道理，对略懂一点国画的人，并没有什么新奇。然在毕加索，却是闻所未闻。沉默了一会，毕加索提出：

"张先生，请你写几个中国字看看，好吗？"

张大千提起桌上一支日本制的毛笔，蘸了碳素墨水，写了三个字："张大千"。

（张大千发现毕加索用的是劣质毛笔，后来他在巴西牧场从五千只牛耳朵里取了一公斤牛耳毛，送到日本，做成八支笔，送了毕加索两支。他回赠毕加索的画画的是两株墨竹，——毕加索送张大千的是一张西班牙牧神，两株墨竹一浓一淡，一远一近，目的就是在告诉毕加索中国画阴阳向背的道理。）

毕加索见了张大千的字，忽然激动起来：

"我最不懂的，你们中国人为什么跑到巴黎来学艺术！"

"……在这个世界谈艺术，第一是你们中国人有艺术；其次为日本，日本的艺术又源自你们中国；第三是非洲人有艺术。除此之外，白种人根本无艺术，不懂艺术！"

毕加索用手指指张大千写的字和那五本画册，说："中国画真神奇。齐先生画水中的鱼，没一点色，一根线画水，却使人看到了江河，嗅到水的清香。真是了不起的奇迹。……有些画看上去一无所有，却包含着一切。连中国的字，都是艺术。"这话说得很一般化，但这是毕加索说的，故值得注意。毕加索感伤地说："中国的兰花墨竹，是我永远不能画的。"这话说得很有自知之明。

"张先生，我感到，你是一个真正的艺术家。"

毕加索的话也许有点偏激，但不能说是毫无道理。

毕加索说的是艺术，但是搞文学的人是不是也可以想想他的话？

有些外国人说中国没有文学，只能说他无知。有些中国人也跟着说，叫人该说他什么好呢？

一九八六年十二月三日

太监念京白

京剧里的太监都念京白(一般生、旦都念"韵白",架子花偶尔念几句京白——行话叫"改口",花旦多念京白,但也有念韵白的),《法门寺》的刘瑾的"自报家门"是其代表。特别是经金少山那么一念:"咱家,姓刘名瑾,字表春华,乃是陕西延安府的人氏。自幼儿七岁净身,九岁进宫,一十三岁,伺候老王,老王驾崩,扶保正德皇帝登基。我与万岁,明是君臣,暗同手足的一般……"吐字归音,铿锵顿挫,让人相信,太监就是那样说话的。

大概从明朝起(更准确地说,从永乐年间起),太监就说一种特殊韵味的京白,不论在宫里、宫外,在京、出京。

《陶庵梦忆·龙山放灯》:

> 万历辛丑年,父叔辈张灯龙山……庙门悬禁条,禁

车马，禁烟火，禁喧哗，禁豪家奴不得行辟人。……
十六夜，张分守宴织造太监于山巅星宿阁，傍晚至山下，见禁条，太监忙出舆笑曰："遵他！遵他！自咱们遵他起。"

张岱文每喜用口语写人物对话。这一篇写织造太监的说话如闻其声，是口语，而且是地道的京白。

明朝的太监横行天下，他们有一个特点是到哪里都说京白。王世贞《弇山堂别集·中官考》载：

> 西厂太监谷大用遣逻卒四出刺访。江西南康县民吴登显等三家于端午竞渡，以擅造龙舟捕之，籍其家。自是偏州下邑，见有华衣怒马作京师语者，辄相惊告，官司密略之，冀免其祸。

这些"逻卒"都是锦衣卫的太监。

刘瑾说的是什么话呢？他是陕西兴平人（《法门寺》他自称是"陕西延安府的人氏"，差不多），本姓谈，按说该有点陕西口音，但他"幼自宫投中官刘姓者得进，因冒其姓"（《弇山堂别集》），他从小就进了宫，在太监堆里混大，一定已经说得一口太监味儿的京白了。他犯罪被捕，由驸马蔡震审问，他还仰起头来说："若何人？忘我德！"这显然是由记录者把他的话译成文言了。他被捕时，"时夜旦半，瑾宿于内直房，闻喧声，曰：'谁也？'应曰：'有旨。'瑾遂披青蟒衣以出……"（《弇山堂别集》）。这一声"谁也？"还很像是京白。

明清两代太监说京白，是没有问题的。到了民国后，还有《茶馆》里的庞太监，说了那样一口阴阳怪气，听了叫人起鸡皮疙瘩的醋溜京白。

至于明以前的太监，如宋朝的童贯，说的是什么话，就不知道了。《白逼宫》里的穆顺也说京白，不知道有什么根据。

贾似道之死

到漳州，除了想买几头水仙花，还想去看看木棉庵。木棉庵离漳州市不远，汽车很快就到了。庵就在公路旁边，由漳州至福州，此为必经之地，用不着专程跑去看。木棉庵是个极小的庵。门开着，随便进出，无人管理。矮佛一尊，佛前一只瓦香炉，空的。殿上无钟磬，庭前有衰草，荒荒凉凉。庵当是后建的，南宋末年，想不是这样，应当是个颇大的去处。庵外土坡上，有碑两通，高过人，大字深刻："郑虎臣诛贾似道于此"。两碑都是一样，字体亦相类。碑阴无字，于贾似道、郑虎臣事皆无记述。

我对贾似道所知甚少，只知道他是一个荒唐透顶的误国奸相。他在元人大兵压境，国家危如累卵的时候还在葛岭赐第的半闲堂里斗蟋蟀。很多人知道贾似道，是因为看了《红梅阁》(川剧、秦腔、昆曲和京剧)。通过李慧娘这个复仇的女鬼的形象，使人对贾似道的专横残忍留下深刻的印象。但《红梅阁》是虚构的传奇。年轻时看过《古今小说》里的《木棉庵郑虎臣报冤》，隔了五十年，印象已淡；而且看的时候就以为这是小说家言，不足为据，不相信它有什么史料价值。近读元人蒋正子《山房随笔》，并取《木棉庵郑虎臣报冤》相对照，发现两者记贾似道事基本相同。这位蒋正子不知道为什么对贾似道那么感兴趣，《山房随笔》只是薄薄的一册，最后的三大段倒都是有关贾似道的。我对蒋正子一无所知，但看来《山房随笔》是严肃的书，不是信口开河，成书距南宋末年当不甚远，有一段注明："季一山闰为郡学正，为予道之。"非得之道听途说，当可信。于是，我对《木棉庵郑虎臣报冤》就另眼相看起来。

贾似道是宋理宗贾贵妃的兄弟，历仕理宗、度宗、恭帝三朝，位极人臣，恶迹至多，不可胜数，自有《宋史》可查。他的最主要的罪恶是隐匿军情，出师溃败，断送了南宋最后一点残山剩水，造成亡国。

蒙古主蒙哥南侵，屯合州，遣忽必烈围鄂州、襄阳。湖北势危，枢密院一日接到三道告急文书，朝野震惊，理宗乃以贾似道兼枢密使京湖宣抚大使，进师汉阳，以解鄂州之围。贾似道不得已拜命。师次汉阳，蒙古攻城甚急，鄂州将破，贾似道丧胆，乃密遣心腹诣蒙古营中，求其退师，许以称臣纳贝。忽必烈不许。会蒙古主蒙哥死于合州，忽必烈急于奔丧即位，遂许贾似道和议。约成，拔寨北归。鄂州围解，贾似道将称臣纳币一手遮瞒，上表夸张鄂州之功。理宗亦以贾似道功同再造，下诏褒美。

元军一时未即南下，南宋小朝廷暂得晏安。贾似道以中兴功臣自居，日夕优游湖上，门客作词颂美者以千计。陆景思词中称之为"上天将相，平地神仙"。

理宗传位度宗，加似道太师，封魏国公，许以十日一朝，大小朝政皆于私第裁决。平章私第，成了宰相衙门。

度宗在位十年，卒，赵㬎继位，是为恭帝。恭帝是个懦弱的小皇帝，在位仅仅两年，凡事离不开贾似道。元军分兵南下，襄、邓、淮、扬，处处告急。贾似道遮瞒不过，只得奏闻。恭帝对似道说："元兵逼近，非师相亲行不可。"于是下诏，以贾似道都督诸路军马。贾似道上表出师，声势倒是很大。其时樊城陷，鄂州破，元军乘势破了池州，贾似道不敢进前，次于鲁港。部将逃的逃，死的死，诸军已溃，战守俱难，贾似道走入扬州城中，托病不出。宋室之亡，关键实在鲁港一战。

一时朝议，以为贾似道丧师误国，乞族诛以谢天下，御史交章劾奏，恭帝醒悟，乃下诏暴其罪，略云：

大臣具四海之瞻，罪莫大于误国；都督专阃外之寄，律尤重于丧师。具官贾似道，小才无取，大道未闻。历相两朝，曾无一善。变田制以伤国本①，立士籍以阻人才②。匿边信而不闻，旷战功而不举。至于寇逼，方议师征，谓当缨冠而疾趋，何为抱头而鼠窜？遂致三军解体，百将离心，社稷之势缀旒，臣民之言切齿。姑示薄罚，俾尔奉祠。呜呼！膺狄惩荆，无复周公之望；放兜殛鲧，尚宽《虞典》之诛，可罢平章军马重事及都督诸路军马。

这篇诏令见于《古今小说》，但看来是可靠的。诏令写得四平八稳，对贾似道的罪恶概括得很全面。这样典重合体的四六，也不是一般书会先生所能措手的。

贾似道罢相，朝议以为罪不止此，台史交奏，都以为似道该杀。恭帝柔弱，念似道是三朝元老，不但没有"族诛"，对似道也未加刑，只是谪为高州团练副使，仍命于循州安置。"安置"一词，意思含混。如此发落，实在过轻。

宋制，大臣安置远州，都有个监押官。监押贾似道的，

---

① 凡有田者,皆须验契,查勘来历,质对四至,稍有不合,没入其田;又丈量田地尺寸,如是有余,即为隐匿,亦没入。没入田产,不知其数,一时骚然。
② 似道极恨秀才,凡秀才应举,须亲书详细履历。又密令亲信查访,凡有词华文采者,皆疑其造言生谤,寻其过误,皆加黜落。

是郑虎臣。郑虎臣的确定，《木棉庵郑虎臣报冤》与《山房随笔》微有不同。《郑虎臣报冤》云："朝议斟酌个监押官，须得有力量的，有手段的，又要平日有怨隙的，方才用得"，只云"朝议"；《随笔》则具体举出"陈静观诸公欲置之死地，遂寻其平日极仇者监押"。郑虎臣和贾似道有什么仇？《随笔》云："武学生郑虎臣登科，（似道）辄以罪配之"；《郑虎臣报冤》则说："此人乃是太学生郑隆之子，郑隆被似道黥配而死"。至于郑虎臣请行，出于自愿，是一致的。——循州路远（在今广东惠州市东），本不是一趟好差事。

郑虎臣官职不高，只是新假的武功大夫，但他是"天使"，路上一切他说了算。贾似道一路备受凌辱，苦不堪言，《郑虎臣报冤》有较详细的记载。到了漳州，漳州太守赵介如（此从《山房随笔》，《郑虎臣报冤》作赵分如），本是贾似道的门下客，设宴款待郑虎臣及贾似道。《随笔》云："似道遂坐于下。"《报冤》云："只得另设一席于别室，使通判陪侍似道。"细节不同，似以《报冤》说较合理。赵介如察虎臣有杀贾意，劝虎臣要杀不如趁早，免得似道活受罪。《郑虎臣报冤》云：

> 饮酒中间，分如察虎臣口气，衔恨颇深，乃假意问道："天使今日押团练至此，想无生理，何不教他速死，免受薾恼，却不干净？"

《山房随笔》则云：

> 介如察其有杀贾意，命馆人启郑，且以辞挑之……其馆人语郑云："天使今日押练使至此，度必无生理，曷若令速殒，免受许多苦恼。"

两相比较，《随笔》似更近情，这样的话哪能在酒席上当面直说，有一个中间人（馆人）传话，便婉转得多。

郑虎臣的回答，《报冤》云：

> 虎臣笑道："便是这恶物事，偏受得许多苦恼，要他好死却不肯死。"

《随笔》云：

> "便是这物事，受得这苦，欲死而不死。"

《随笔》较简练，也更像宋朝人的语气。《报冤》"虎臣笑道"，"笑道"颇无道理，为何而笑？

贾似道原是想服毒自杀的。《随笔》云：

> 虎臣一路凌辱，至漳州木棉庵病泄泻。踞虎子，欲绝。虎臣知其服脑子求死。

《郑虎臣报冤》写得较细致：

> 似道自分必死，身边藏有冰脑一包，因洗脸，就掬水吞之。觉腹中痛极，讨个虎子坐下，看看命绝。

脑子、冰脑，即冰片，是龙脑树干分泌的香料，过去常掺入香末同烧，"瑞脑销金兽"便是指的这东西。中药铺以微量入丸散，治疮疖有效，多吃了，是会致命的。

似道服毒后，还是叫郑虎臣打死的。《郑虎臣报冤》：

> 虎臣料他服毒，乃骂道："奸贼，奸贼，百万生灵死于汝手，汝延捱许多路程，却要自死，到今日老爷偏不容你！"将大槌连头连脑打下二三十，打得希烂，呜呼死了。

这未免有点小说的渲染，《随笔》只两句话，反倒干脆：

> 乃云："好教作只恁地死！"遂趯数下而殂。

《木棉庵郑虎臣报冤》应该说是历史小说，严格意义的历史小说。是小说，当然会有些虚构，有些想象之词，但检对《山房随笔》，觉得其主要情节都是有根据的。其立意也是严肃的：以垂炯戒。这和《拗相公饮恨半山堂》的存有偏见，《苏小妹三难新郎》纯为娱乐，随意杜撰，是很不相同的。现在许多写历史题材的作品，尤其是电视剧，简直是瞎编，如写李太白与杨贵妃恋爱，就更不像话了。我觉得《木棉庵郑虎臣报冤》是短篇历史小说的一个典范：材料力求有据，写得也并非不生动。今天写历史题材的作品仍可取法。这，就是我写这篇文章的目的。

一九九〇年十月二十五日

谈风格

一个人的风格是和他的气质有关系的。布封说过："风格即人"。中国也有"文如其人"的说法。人和人是不一样的。趋舍不同，静躁异趣。杜甫不能为李白的飘逸，李白也不能为杜甫的沉郁。苏东坡的词宜关西大汉执铁绰板唱"大江东去"，柳耆卿的词宜十三四女郎持红牙板唱"今宵酒醒何处，杨柳岸晓风残月"。中国的词大别为豪放与婉约两派。其他文体大体也可以这样划分。不知从什么时候起，因为什么，豪放派占了上风。茅盾同志曾经很感慨地说：现在很少人写婉约的文章了。十年浩劫，没有人提起风格这个词。我在"样板团"工作过。江青规定："要写'大江东去'，不要'小桥流水'！"我是个只会写"小桥流水"的人，也只好跟着唱了十年空空洞洞的豪言壮语。三中全会以后，我才又重新开始发表小说，我觉得我可以按照我自己的样子写小说了。三中全会以后，文艺形势空前大好的标志之一，是出现了很多不同风格的作品。这一点是"十七年"所不能比拟的。那时作品的风格比较单一。茅盾同志发出感慨，正是在这样的时候。一个人要使自己的作品有风格，要能认识自己、发现自己，并且，应该不客气地说，欣赏自己。"我与我周旋久，宁作我"。一个人很少愿意自己是另外一个人的。一个人不能说自己写得最好，老子天下第一。但是就这个题材，这样的写法，以我为最好，只有我能这样的写。我和我比，我第一！一个随人俯仰，毫无个性的人是不能成为一个作家的。

其次，要形成个人的风格，读和自己气质相近的书。也就是说，读自己喜欢的书，对自己口味的书。我不太主张一个作家有系统地读书。作家应该博学，一般的名著都应该看看。但是作家不是评论家，更不是文学史家。我们不能按照中外文学史循序渐进，一本一本地读那么多书，更不能按照文学史的定论客观地决定自己的爱恶。我主张抓到什么就读什么，读得下去就一连气读一阵，读不下去就抛在一边。屈原的代表作是《离骚》，我直到现在还是比较喜欢《九歌》。李、杜是大家，他们的诗我也读了一些，但是在大学的时候，我有一阵偏爱王维，后来又读了一阵温飞卿、李商隐。

诗何必盛唐。我觉得龚自珍的态度很好："我论文章恕中晚，略工感慨是名家。"有一个人说得更为坦率："一种风情吾最爱，六朝人物晚唐诗。"有何不可。一个人的兴趣有时会随年龄、境遇发生变化。我在大学时很看不起元人小令，认为浅薄无聊。后来因为工作关系，读了一些，才发现其中的淋漓沉痛处。巴尔扎克很伟大，可是我就是不能用社会学的观点读他的《人间喜剧》。托尔斯泰的《战争与和平》，我是到近四十岁时，因为成了右派，才在劳动改造的过程中硬着头皮读完了的。孙犁同志说他喜欢屠格涅夫的长篇，不喜欢他的短篇；我则正好相反。我认为都可以。作家读书，允许有偏爱。作家所偏爱的作品往往会影响他的气质，成为他的个性的一部分。契诃夫说过：告诉我你读的是什么书，我就可知道你是一个怎样的人。作家读书，实际上是读另外一个自己所写的作品。法郎士在《生活文学》第一卷的序言里说过："为了真诚坦白，批评家应该说：'先生们，关于莎士比亚，关于拉辛，我所讲的就是我自己。'"作家更是这样。一个作家在谈论别的作家时，谈的常常是他自己。"六经注我"，中国的古人早就说过。

一个作家读很多书，但是真正影响到他的风格的，往往只有不多的作家，不多的作品。有人问我受哪些作家影响比较深，我想了想：古人里是归有光，中国现代作家是鲁迅、沈从文、废名，外国作家是契诃夫和阿左林。

我曾经在一次讲话中说到归有光善于以清淡的文笔写平常的人事。这个意思其实古人早就说过。黄梨洲《文案》卷三《张节母叶孺人墓志铭》云：

"予读震川文之为女妇者，一往情深，每以一二细事见之，使人欲涕。盖古今来事无巨细，唯此可歌可泣之精神，长留天壤。"

姚鼐《与陈硕士》尺牍云：

"归震川能于不要紧之题，说不要紧之语，却自风韵疏淡，此乃是于太史公深有会处，此境又非石士所易到耳。"

王锡爵《归公墓志铭》说归文"无意于感人，而欢愉惨恻之思，溢于言表"。连被归有光诋为"庸妄巨子"的王世贞在晚年也说他"不事雕饰而自有风味"（《归太仆赞序》）。这些话都说得非常中肯。归有光的名文有《先妣事略》、《项脊轩志》、《寒花葬志》等篇。我受到影响的也只是这几篇。归有光在思想上是正统派，我对他的那些谈学论道的大文实在不感兴趣。我曾想：一个思想迂腐的正统派，怎么能写出那样富于人情味的优美的抒情散文呢？这问题我一直还没有想明白。归有光自称他的文章出于欧阳修。读《泷冈阡表》，可以知道《先妣事略》这样的文章的渊源。但是归有光比欧阳修写得更平易，更自然。他真是做到"无意为文",写得像谈家常话似的。他的结构"随事曲折",若无结构。他的语言更接近口语,叙述语言与人物语言衔接处若无痕迹。他的《项脊轩志》的结尾:

　　庭有枇杷树,吾妻死之年所手植也,今已亭亭如盖矣!

平淡中包含几许惨恻,悠然不尽,是中国古文里的一个有名的结尾。使我更为惊奇的是前面的:

"吾妻归宁,述诸小妹语曰:'闻姊家有阁子,且何谓阁子也?'"话没有说完,就写到这里。想来归有光的夫人还要向小妹解释何谓阁子的,然而,不写了。写出了,有何意味?写了半句,而闺阁姊妹之间闲话神情遂如画出。这种照生活那样去写生活,是很值得我们今天写小说时参考的。我觉得归有光是和现代创作方法最能相通,最有现代味儿的一位中国古代作家。我认为他的观察生活和表现生活的方法很有点像契诃夫。我曾说归有光是中国的契诃夫,并非怪论。

中国现代作家的作品我读得比较熟的是鲁迅。我在下放劳动期间曾发愿将鲁迅的小说和散文像金圣叹批《水浒》那样,逐句逐段地加以批注。搞了两篇,因故未竟其事。中国五十年代以前的短篇小说作家不受鲁迅的影响的,几乎没有。近年来研究鲁迅的谈鲁迅的思想的较多,谈艺术技巧的少。现在有些年轻人已经读不懂鲁迅的书,不知鲁迅的作品好在哪里了。看来宣传艺术家鲁迅，还是我们的责任。这一课必须补上。

我是沈从文先生的学生。

废名这个名字现在几乎没有人知道了。国内出版的中国现代文学史没有一本提到他。这实在是一个真正很有特点的作家。他在当时的读者就不是很多，但是他的作品曾经对相当多的三十年代、四十年代的青年作家，至少是北方的青年作家，产生过颇深的影响。这种影响现在看不到了，但是它并未消失。它像一股泉水，在地下流动着。也许有一天，会汩汩地流到地面上来的。他的作品不多，一共大概写了六本小说，都很薄。他后来受了佛教思想的影响，作品中有见道之言，很不好懂。《莫须有先生传》就有点令人莫名其妙，到了《莫须有先生坐飞机以后》就不知所云了。但是他早期的小说，《桥》、《枣》、《桃园》和《竹林的故事》，写得真是很美。他把晚唐诗的超越理性，直写感觉的象征手法移到小说里来了。他用写诗的办法写小说，他的小说实际上是诗。他的小说不注重写人物，也几乎没有故事。《竹林的故事》算是长篇，叫做"故事"，实无故事，只是几个孩子每天生活的记录。他不写故事，写意境。但是他的小说是感人的，使人得到一种不同寻常的感动。因为他对于小儿女是那样富于同情心。他用儿童一样明亮而敏感的眼睛观察周围世界，用儿童一样简单而准确的笔墨来记录。他的小说是天真的，具有天真的美。因为他善于捕捉儿童的飘忽不定的思想和情绪，他运用了意识流。他的意识流是从生活里发现的，不是从外国的理论或作品里搬来的。有人说他的小说很像弗·沃尔芙，他说他没有看过沃尔芙的作品。后来找来看看，自己也觉得果然很像。这是一个很有趣的现象。身在不同的国度，素无接触，为什么两个作家会找到同样的方法呢？因为他追随流动的意识，因此他的行文也和别人不一样。周作人曾说废名是一个讲究文章之美的小说家。又说他的行文好比一溪流水，遇到一片草叶，都要去抚摸一下，然后又汪汪地向前流去。这说得实在非常好。

我讲了半天废名，你也许会在心里说：你说的是你自己吧？我跟废名不一样（我们的世界观首先不同）。但是我确实受过他的影响，现在还能看得出来。

契诃夫开创了短篇小说的新纪元。他在世界范围内使"小说观"发生了很大的变化，从重情节、编故事发展为写生活，按照生活的样子写生活。从戏剧化的结构发展为散文化的结构。于是才有了真正的短篇小说，现代的短篇小说。托尔斯泰最初很看不惯契诃夫的小说。他说契诃夫是一个很怪的作家，他好像把文字随便地丢来丢去，就成了一篇小说了。托尔斯泰的话说得非常好。随便地把文字丢来丢去，这正是现代小说的特点。

"阿左林是古怪的"（这是他自己的一篇小品的题目）。他是一个沉思的、回忆的、静观的作家。他特别擅长于描写安静，描写在安静的回忆中的人物的心理的潜微的变化。他的小说的戏剧性是觉察不出来的戏剧性。他的"意识流"是明澈的，覆盖着清凉的阴影，不是芜杂的、纷乱的。热情的恬淡，入世的隐逸，阿左林笔下的西班牙是一个古旧的西班牙，真正的西班牙。

以上，我老实交待了我曾经接受过的影响，未必准确。至于这些影响怎样形成了我的风格（假如说我有自己的风格），那是说不清楚的。人是复杂的，不能用化学的定性分析方法分析清楚。但是研究一个作家的风格，研究一下他所曾接受的影响是有好处的。如果你想学习一个作家的风格，最好不要直接学习他本人，还是学习他所师承的前辈。你要认老师，还得先见见太老师。一祖三宗，渊源有自，这样才不至流于照猫画虎，邯郸学步。

一个作家形成自己的风格大体要经过三个阶段：一、摹仿；二、摆脱；三、自成一家。初学写作者，几乎无一例外，要经过摹仿的阶段。我年轻时写作学沈先生，连他的文白杂糅的语言也学。我的《汪曾祺短篇小说选》第一篇

《复仇》，就有摹仿西方现代派的方法的痕迹。后来岁数大了一点，到了"而立之年"了吧，我就竭力想摆脱我所受的各种影响，尽量使自己的作品不同于别人。郭小川同志在"文化大革命"后期有一次碰到我，说："你说过的一句话，我到现在还记得。"我问他是什么话，他说："你说过：凡是别人那样写过的，我就决不再那样写！"我想想，是说过。那还是反右以前的事了。我现在不说这个话了。我现在岁数大了，已经无意于使自己的作品像谁，也无意使自己的作品不像谁了。别人是怎样写的，我已经模糊了，我只知道自己这样的写法，只会这样写了。我觉得怎样写合适，就怎样写。我现在看作品，已经很少从形成自己的风格这样的角度去看了。对于曾经影响过我的作家的作品，近几年我也很少再看。然而：

　　　　菌子已经没有了，但是菌子的气味留在空气里。

　　影响，是仍然存在的。

　　一个人也不能老是一个风格，只有一种风格。风格，往往是因为所写的题材不同而有差异的，或庄，或谐；或比较抒情，或尖刻冷峻。但是又看得出还是一个人的手笔。一方面，文备众体；另一方面又自成一家。

　　　　　　　　　一九八四年二月二十一日

谈谈风俗画

　　有几位评论家都说我的小说里有风俗画。这一点是我原来没有意识到的。经他们一说，我想想倒是有的。有一位文学界的前辈曾对我说："你那种写法是风俗画的写法。"并说这种写法很难。风俗画的写法是怎样一种写法？这种写法难么？我不知道。有人干脆说我是一个风俗画作家……

　　我是很爱看风俗画的。十七世纪荷兰学派的画，日本的浮世绘，我都爱看。中国的风俗画的传统很久远了。汉代的很多画像石刻、画像砖都画（刻）了迎宾、饮宴、耍杂技——倒立、弄丸、弄飞刀……有名的说书俑，滑稽中带点愚蠢，憨态可掬，看了使人不忘。晋唐的画以宗教画、宫廷画为大宗。但这当中也不是没有风俗画，敦煌壁画中的杰作《张议潮出行图》就是。墓葬中的笔致粗率天真的壁画，也多涉及当时的风俗。宋代风俗画似乎特别的流行，《清明上河图》是一个突出的例子。我看这幅画，能够一看看半天。我很想在清明那天到汴河上去玩玩，那一定是非常好玩的。南宋的画家也多画风俗。我从马远的《踏歌图》知道"踏歌"是怎么回事，从而增加了对"桃花潭水深千尺，不及汪伦送我情"的理解。这种"踏歌"的遗风，似乎现在朝鲜还有。我也很爱李嵩、苏汉臣的《货郎图》，它让我知道南宋的货郎担上有那么多卖给小孩子们的玩意，真是琳琅满目，都蛮有意思。元明的风俗画我所知甚少。清朝罗两峰的《鬼趣图》可以算是风俗画。幸好这时兴起了年画。杨柳青、桃花坞的年画大部分都是风俗画，连不画人物只画动物的也都是，如《老鼠嫁女》。我很喜欢这张画，如鲁迅先生所说，所有俨然穿着人的衣冠的鼠类，都尖头尖脑的非常有趣。陈师曾等人都画过北京市井的生活。风俗画的雕塑大师是泥人张。他的《钟馗嫁妹》、《大出丧》，是近代风俗画的不朽的名作。

我也爱看讲风俗的书。从《荆楚岁时记》直到清朝人写的《一岁货声》之类的书都爱翻翻。还是上初中的时候，一年暑假，我在祖父的尘封的书架上发现了一套巾箱本木活字聚珍版的丛书，里面有一册《岭表录异》，我就很有兴趣地看起来。后来又看了《岭外代答》。从此就对讲地理的书、游记，产生了一种嗜好。不过我最有兴趣的是讲风俗民情的部分，其次是物产，尤其是吃食。对山川疆域，我看不进去，也记不住。宋元人笔记中有许多是记风俗的，《梦溪笔谈》、《容斋随笔》里有不少条记各地民俗，都写得很有趣。明末的张岱特长于记述风物节令，如记西湖七月半、泰山进香，以及为祈雨而赛水浒人物，都极生动。虽然难免有鲁迅先生所说的夸张之处，但是绘形绘声，详细而不琐碎，实在很教人向往。我也很爱读各地的竹枝词，尤其爱读作者自己在题目下面或句间所加的注解。这些注解常比本文更有情致。我放在手边经常看看的一本书是古典文学出版社出的《东京梦华录》（外四种——《都城纪胜》、《西湖老人繁胜录》、《梦粱录》、《武林旧事》）。这样把记两宋风俗的书汇为一册，于翻检上极便，是值得感谢的，只是断句断错的地方太多。这也难怪。有一位历史学家就说过《东京梦华录》是一本难读的书。因为对当时的情形和语言不明白，所以不好断句。

我对风俗有兴趣，是因为我觉得它很美。我曾经在一篇文章里说过："我以为风俗是一个民族集体创作的生活的抒情诗"（《〈大淖记事〉是怎样写出来的》）。这是一句随便说说的话，没有任何学术意义。但也不是一点道理没有。我以为，风俗，不论是自然形成的，还是包含一定的人为的成分（如自上而下的推行），都反映了一个民族对生活的挚爱，对"活着"所感到的欢悦。他们把生活中的诗情用一定的外部的形式固定下来，并且相互交流，溶为一体。风俗中保留一个民族的常绿的童心，并对这种童心加以圣化。风俗使一个民族永不衰老。风俗是民族感情的重要的组成部分。斯大林把民族感情列为民族的要素之一。民族感情是抽象的，看不见摸不着，但它确实存在着。民族感情常常体现在风俗中。风俗，是具体的。一种风俗对维系民族感情的作用是不可估量的，如那达慕、刁羊、麦西来甫、三月街……

所谓风俗，主要指仪式和节日。仪式即"礼"。礼这个东西，未可厚非。据说辜鸿铭把中国的"礼"翻译成英语时，译为"生活的艺术"。这传闻不知是否可靠，但却很有意思。礼是具有艺术性的，很好玩的，假如我们抛开其中迷信和封建的内核，单看它的形式。礼，包括婚礼和丧礼。很多外国的和中国少数民族的民间舞蹈常常以"××人的婚礼"作题目，那是在真实的婚礼的基础上加工而成的。结婚，对一个少女来说，意味着迈进新的生活，同时也意味着向过去的一切告别了。因此，这一类的舞蹈大都既有喜悦，又有悲哀，混和着复杂的感情，其动人处，也在此。中国西南几个民族都有"哭嫁"的习俗。临嫁的姑娘要把要好的姊妹约来哭（唱）一夜甚至几夜。那歌词大都是充满了真情，很美的。我小时候最爱参加丧礼，不管是亲戚家还是自己家的。我喜欢那种平常没有的"当大事"的肃穆的气氛，所有的人好像一下子都变得雅起来，多情起来了，大家都像在演戏，扮演一种角色，很认真地扮演着。我喜欢"六七开吊"，那是戏的顶点。我们那里开吊都要"点主"。点主，就是在亡人的牌位上加点。白木的牌位上事先写好了某某人之"神王"，要在王字上加一点，这才成了"神主"，点主不是随随便便点的，很隆重。要请一位有功名的老辈人来点。点主的人就位后，生喝道："凝神，——想象，请加墨主！"点主人用一枝新墨笔在"王"字上点一点；然后再："凝神，——想象，请加硃主！"点主人再用朱笔点一点，把原来的墨点盖住。这样，那个人的魂灵就进了这块牌位了。"凝神——想象"，这实在很有点抒情的意味，也很有戏剧性。我小时看点主，很受感动，至今印象很深。

至于节日，那更不用说了。试想一下，如果没有那样多的节，我们的童年将是多么贫乏，多么缺乏光彩呀。日本人对传统的节日非常重视。多么现代化的大企业，到了盂兰盆节这一天，也要停产放假，举行集体的娱乐活动。

这对于培养和增强民族的自信，无疑是会有好处的。

风俗，仪式和节日，是历史的产物，它必然是要消亡的。谁也不会提出恢复所有的传统的风俗，但是把它们记录下来，给现在的和将来的人看看，是有着各方面的意义的。我很希望中国民俗学会能编出两本书，一本《中国婚丧礼俗》，一本《中国的节日》。现在着手，还来得及。否则，到了"礼失而求于野"，要到穷乡僻壤去访问搜集，就费事了。

为什么要在小说里写进风俗画？前已说过，我这样做原是无意的。只是因为我的相当一部分小说是写我的家乡的，写小城的生活，平常的人事，每天都在发生，举目可见的小小悲欢。这样，写进一点风俗，便是很自然的事了。"人情"和"风土"原是紧密关联。写一点风俗画，对增加作品的生活气息、乡土气息，是有帮助的。风俗画和乡土文学有着血缘关系，虽然二者不是一回事。很难设想一部富于民族色彩的作品而一点不涉及风俗。鲁迅的《故乡》、《社戏》，包括《祝福》，是风俗画的典范。《朝花夕拾》每篇都洋溢着罗汉豆的清香。沈从文的《边城》如果不是几次写到端午节赛龙船，便不会有那样浓郁的色彩。"风俗画小说"，在一般人的概念里，不是一个贬词。

风俗画小说的文体几乎都是朴素的。风俗本身是自自然然的。记述风俗的书原来不过是聊资谈助，大都是随笔记之，不事雕饰。幽兰居士孟元老《东京梦华录序》云："此录语言鄙俚，不以文饰者，盖欲上下通晓耳，观者幸详焉。"用华丽的文笔记风俗的人好像还很少。同样，风俗画小说所记述的生活也多是比较平实的，一般不太注重强烈的戏剧化的情节。写风俗而又富于浪漫主义的戏剧性的情节的，似乎只有梅里美一人。但他所写的往往是异乡的奇俗（如世代复仇），而且通常是不把梅里美列在风俗画作家范围内的。风俗画小说，在本质上是现实主义的。

记风俗多少有点怀旧，但那是故国神游，带抒情性，并不流于伤感。风俗画给予人的是慰藉，不是悲苦。就我所见过的风俗画作品来看，调子一般不是低沉的。

小说里写风俗，目的还是写人。不是为写风俗而写风俗，那样就不是小说，而是风俗志了。风俗和人的关系，大体有这样三种：

一种是以风俗作为人的背景。

一种是把风俗和人结合在一起，风俗成为人的活动和心理的契机。比如：

去年元夜时，

花市灯如昼，

月上柳梢头，

人约黄昏后。

又如苏北民歌《探妹》：

正月里探妹正月正，

我带小妹子看花灯，

看灯是假的，

妹子呀，试试你的心。

《边城》几次写端午节赛龙船，和翠翠的情绪的发育和感情的变化是紧紧扣在一起的，并且是情节发展不可缺少的纽带。

也有时，看起来是写风俗，实际上是在写人。我的小说里写风俗占篇幅最长的大概是《岁寒三友》里描写放焰火的一段。因为这篇小说见到的人不是很多，我把这一段抄录在下面：

这天天气特别好。万里无云，一天皓月。阴城的正中，立起一个四丈多高的架子。有人早早吃了晚饭，就扛了板凳来等着了。各种卖小吃的都来了。卖牛肉高粱酒的，卖回卤豆腐干的，卖五香花生米的、芝麻灌香糖的，卖豆腐脑的，卖煮荸荠的，还有卖河鲜——卖紫皮鲜菱角和新剥鸡头米的……到处是"气死风"的四角玻璃灯，到处是白蒙蒙的热气、香喷喷的茴香八角气味。人们寻亲访友，说短道长，来来往往，亲亲热热。阴城的草都被踏倒了。人们的鞋底也叫秋草的浓汁磨得滑溜溜的。

忽然，上万双眼睛一齐朝着一个方向看。人们的眼睛一会儿睁大，一会儿眯细；人们的嘴一会儿张开，一会儿又合上；一阵阵叫喊，一阵阵欢笑，一阵阵掌声。——陶虎臣点着了焰火了。

中间还有一段具体描写几种焰火的，文长不录。

……火光炎炎，逐渐消隐，这时才听到人们呼唤：

"二丫头，回家咧！"

"四儿，你在哪儿哪？"

"奶奶，等等我，我鞋掉了！"

人们摸摸板凳，才知道：呀，露水下来了。

这里写的是风俗，没有一笔写人物。但是我自己知道笔笔都着意写人，写的是焰火的制造者陶虎臣。我是有意在表现人们看焰火时的欢乐热闹气氛中表现生活一度上升时期陶虎臣的愉快心情，表现用自己的劳作为人们提供欢乐，并于别人的欢乐中感到欣慰的一个善良人的品格的。这一点，在小说里明写出来，也是可以的，但是我故意不写，我把陶虎臣隐去了，让他消融在欢乐的人群之中。我想读者如果感觉到看焰火的热闹和欢乐，也就会感觉到陶虎臣这个人。人在其中，却无觅处。

写风俗，不能离开人，不能和人物脱节，不能和故事情节游离。写风俗不能留连忘返，收不到人物的身上。

风俗画小说是有局限性的。一是风俗画小说往往只就人事的外部加以描写，较少刻画人物的内心世界，不大作心理描写，因此人物的典型性较差。二是，风俗画一般是清新浅易的，不大能够概括十分深刻的社会生活内容，缺乏历史的厚度，也达不到史诗一样的恢宏的气魄。因此，风俗画小说常常不能代表一个时代的文学创作的主流。这一点，风俗画小说作者应该有自知之明，不要因为自己的作品没有受到重视而气愤。

因此，我希望自己，也希望别人，不要只是写风俗画。并且，在写风俗画小说时也要有所突破，向生活的深度和广度掘进和开拓。

小小说是什么

　　小小说原来就有。外国也有小小说。但是中国近年来小小说特别流行，读者面很广，于是小小说就成了一个值得注意的新事物，"小小说"也就在事实上形成一个新的概念。小小说是什么？这个概念包含一些什么内容？探索一下这个问题，将有助于小小说创作的发展。

　　小小说的流行，不只是因为现在的生活节奏快，人们生活紧张，缺少闲豫的时间。如果是这样，那么长篇小说就没有人读了。更重要的原因恐怕是读者对文学形式的要求更多了。他们要求有新的品种、新的样式、新的口味。承认这一点，小小说才能真正在文学大宴中占到一个席位，小小说的作者才能有自己独特的追求。

　　小小说不就是小的小说。小，不只是它的外部特征。

小小说仍然可以看作是短篇小说的一个分支，但它又是短篇小说的边缘。短篇小说的一般素质，小小说是应该具备的。小小说和短篇小说在本质上既相近，又有所区别。大体上说，短篇小说散文的成份更多一些，而小小说则应有更多的诗的成份。小小说是短篇小说和诗杂交出来的一个新的品种。它不能有叙事诗那样的恢宏，也不如抒情诗有那样强的音乐性。它可以说是用散文写的比叙事诗更为空灵，较抒情诗更具情节性的那么一种东西。它又不是散文诗，因为它毕竟还是小说。小小说是四不像。因此它才有意思，才好玩，才叫人喜欢。

　　小小说是小的。小的就是小的。从里到外都是小的。"小中见大"，是评论家随便说说的，有一点小小说创作经验的人都知道这在事实上是办不到的。谁也没有真的从一滴水里看见过大海。大形势、大问题、大题材，都是小小说所不能容纳的。要求小小说有广阔厚重的历史感，概括一个时代，这等于强迫一头毛驴去拉一列火车。小小说作者所发现、所思索、所表现的只能是生活的一个小小的片段。这个片段是别人没有表现过，没有思索过，没有发现过的。最重要的是发现。发现，必然就伴随着思索，同时也就比较容易地自然地找到合适的表现形式。文学本来都是发现。但是小小说的作者需要更有"具眼"，因为引起小小说作者注意的，往往是平常人易于忽略的小事。这件小事得是天生来的一块小小说的材料。这样的材料并非俯拾皆是，随手一抓就能抓得到的。小小说的材料的获得往往带有偶然性，邂逅相逢，不期而遇。并且，往往要储存一段时间，作者才能大致弄清楚这件小事的意义。写小小说确实需要一点"禅机"。

小小说不大可能有十分深刻的思想，也不宜于有很深刻的思想。小小说可以有一点哲理，但不能在里面进行严肃的哲学的思辨（中篇小说、长篇小说可以）。小小说的特点是思想清浅。半亩方塘，一湾溪水，浅而不露。小小说应当有一定程度的朦胧性。朦胧不是手法，而是作者的思想本来就不是十分清楚。有那么一点意思，但是并不透彻。"此中有真意，欲辨已忘言"。世界上没有一个人真正对世界了解得十分彻底而且全面，他只能了解他所感知的那一部分世界。海明威说十九世纪的小说家自以为是上帝，他什么都知道。巴尔扎克就认为他什么都知道，读者只需听他说。于是读者就成了听什么是什么的老实人，而他自己也就说了许多他其实并不知道的东西。所谓含蓄，并不是作者知道许多东西，故意不多说，他只是不说他还不怎么知道的东西。小小说的作者应该很诚恳地向读者表示：关于这件小事，它的意义，我到现在，还只能想到这个程度。一篇小小说发表了，创作过程并未结束。作者还可以继续想下去，读者也愿意和作者一起继续想下去。这样，读者才能既得到欣赏的快感，也得到思考的快感。追求，就是还没有达到。追求是作者的事，也是读者的事。小小说不需要过多的热情，甚至不要热情。大喊大叫，指手划脚，是会叫读者厌烦的。小小说的作者对于他所发现的生活片段，最好超然一些，保持一个客观者的态度，尽可能的不动声色。小小说总是有个态度的，但是要尽量收敛。可以对一个人表示欣赏，但不能夸成一朵花；可以对一件事加以讽刺，但不辛辣。小小说作者需要的是：聪明、安静、亲切。

小小说是一串鲜樱桃，一枝带露的白兰花，本色天然，充盈完美。小小说不是压缩饼干、脱水蔬菜，不能把一个短篇小说拧干了水分，紧压在一个小小的篇幅里，变成一篇小小说。——当然也没有人干这种划不来的傻事。小小说不能写得很干，很紧，很局促。越是篇幅有限，越要从容不迫。小小说自成一体，别是一功。小小说是斗方、册页、扇面儿。斗方、册页、扇面的画法和中堂、长卷的画法是不一样的。布局、用笔、用墨、设色，都不大一样。长江万里图很难缩写在一个小横披里。宋人有在纨扇上画龙舟竞渡图、仙山楼阁图的。用笔虽极工细，但是一定留出很大的空白，不能挤得满满的。空白，是小小说的特点。可以说，小小说是空白的艺术。中国画讲究"计白当黑"。包世臣论书，以为应使"字之上下左右皆有字"。因为注意"留白"，小小说的天地便很宽余了。所谓"留白"，简单直截地说，就是少写。小小说不是删削而成的。删得太狠的小说是可以看得出来的，往往不顺，不和谐，不"圆"。应该在写的时候就控制住自己的笔，每捉摸一句，都要想一想：这一句是不是可以不写？尽量少写，写下来的便都是必要的，一句是一句。那些没有写下来的仍然是存在的，存在于每一句的"上下左右"。这样才能做到句有余味，篇有余意。

小幅画尤其要讲究"笔墨情趣"。小小说需要精选的语言。古人论诗云："七言绝句如二十八个贤人，著一个屠酤不得。"写小小说也应如此。小小说最好不要有评书气、相声气，不要用一种半文不白的轻佻的文体。小小说当有幽默感，但不是游戏文章。小小说不宜用奇僻险怪的句子，如宋人所说的"恶硬语"。小小说的语言要朴素、平易，但有韵致。

虽不能至，心向往之。

　　　　　　　　　一九八六年七月二十四日密云水库

万寿宫丁丁响

——《废名小说选集》代序

    冯思纯同志编出了他的父亲废名的小说选集，让我写一篇序，我同意了。我觉得这是义不容辞的事，因为我曾经很喜欢废名的小说，并且受过他的影响。但是我把废名的小说反复看了几遍，就觉得力不从心，无从下笔，我对废名的小说并没有真的看懂。

    我说过一些有关废名的话：

      废名这个名字现在几乎没有人知道了。国内出版的中国现代文学史没有一本提到他。这实在是一个真正很有特点的作家。他在当时的读者就不是很多，但是他的作品曾经对三十年代、四十年代的青年作家，至少是北方的青年作家，产生过颇深的影响。这种影响现在看不到了，但是它并未消失。它像一股泉水，在地下流动着。也许有一天，会汩汩地流到地面上来的。他的作品不多，一共大概写了六本小说，都很薄。他后来受了佛教思想的影响，作品中有见道之言，很不好懂。《莫须有先生传》就有点令人莫名其妙，到了《莫须先生坐飞机以后》就不知所云了。但是他早期的小说，《桥》、《枣》、《桃园》和《竹林的故事》写得真是很美。他把晚唐诗的超越理性，直写感觉的象征手法移到小说里来了。他用写诗的办法写小说，他的小说实际上是诗。他的小说不注重写人物，也几乎没有故事。《竹林的故事》算是长篇，叫做"故事"，实无故事，只是几个孩子每天生活的记录。他不写故事，写意境。但是他的小说是感人的，使人得到一种不同寻常的感动。因为他对于小儿女是那样富于同情心。他用儿童一样明亮而敏感的眼睛观察周围世界，用儿童一样简单而准确的笔墨来记录。他的小说是天真的，具有天真的美。因为他善于捕捉儿童的思想和情绪，他运用了意识流。他的意识流是从生活里发现的，不是从外国的理论或作品里搬来的。……因为他追随流动的意识，因此他的行文也和别人不一样。周作人曾说废名是一个讲究文章之美的小说家。又说他的行文好比一溪流水，遇到一片草叶都要去抚摸一下，然后又汪汪地向前流去。这说得实在非常好。

我的一些说法其实都是从周作人那里来的。谈废名的文章谈得最好的是周作人。周作人对废名的文章喻之为水，喻之为风。他在《莫须有先生传》的序文中说：

> 这好像是一道流水，大约总是向东去朝宗于海，他流过的地方，凡有什么汊港弯曲，总得灌注潆洄一番，有什么岩石水草，总要披拂抚弄一下子，再往前走去，再往前去，这都不是他的行程的主脑，但除去了这些，也就别无行程了。

周作人的序言有几句写得比较吃力，不像他的别的文章随便自然。"灌注潆洄"、"披拂抚弄"，都有点着力太过。有意求好，反不能好，虽在周作人亦不能免。不过他对意识流的描绘却是准确贴切且生动的。他的说法具有独创性，在他以前还没有人这样讲过。那时似还没有"意识流"这个说法，周作人、废名都不曾使用过这个词。这个词是从外国迻译进来的。但是没有这个名词不等于没有这个东西。中国自有中国的意识流，不同于普鲁斯特，也不同于弗吉尼亚·吴尔芙，但不能否认那是意识流，晚唐的温（飞卿）李（商隐）便是。比较起来，李商隐更加天马行空，无迹可求。温则不免伤于轻艳。废名受李的影响更大一些。有人说废名不是意识流，不是意识流又是什么？废名和《尤利西斯》的距离诚然较大，和吴尔芙则较为接近。废名的作品有一种女性美，少女的美。他很喜欢"摘花赌身轻"，这是一句"女郎诗"！

冯健男同志（废名的侄儿）在《我的叔父废名》一书中引用我的一段话，说我说废名的小说"具有天真的美"以为"这是说得新鲜的，道别人之所未道"。其实这不是"道别人之所未道"。废名喜爱儿童（少年），也非常善于写儿童，这个问题周作人就不止一次地说过。我第一次读废名的作品大概是《桃园》。读到王老大和他的害病女儿阿毛说："阿毛，不说话一睡就睡着了"，忽然非常感动。这一句话充满一个父亲对一个女儿的感情。"这个地方太空旷吗？不，阿毛睁大的眼睛叫月亮装满了"，这种写法真是特别。真是美。读《万寿宫》，至程林写在墙上的字："万寿宫丁丁响"，我也异常的感动，本来丁丁响的是四个屋角挂的铜铃，但是孩子们觉得是万寿宫在丁丁响。这是孩子的直觉。孩子是不大理智的，他们总是直觉地感受这个世界，去"认同"世界。这些孩子是那样纯净，与世界无欲求、无争竞，他们对世界是那样充满欢喜，他们最充分地体会到人的善良、人的高贵，他们最能把握周围环境的颜色、形体、光和影、声音和寂静，最完美地捕捉住诗。这大概就是周作人所说的"仙境"。

另一位真正读懂废名，对废名的作品有深刻独到的见解的美学家，我以为是朱光潜。朱先生的论文说："废名先生不能成为一个循规蹈矩的小说家，因为他在心境原型上是一个极端的内倾者。小说家须得把眼睛朝外看，而废名的眼睛却老是朝里看；小说家须把自我沉没到人物性格里面去，让作者过人物的生活，而废名的人物却都沉没在作者的自我里面，处处都是过作者的生活。"朱先生的话真是打中了废名的"要害"。

前几年中国的文艺界（主要是评论家）闹了一阵"向内转"、"向外转"之争。"向内转、向外转"与"向内看、向外看"含义不尽相同，但有相通处。一部分具有权威性的理论家坚决反对向内，坚持向外，以为文学必须如此，这才叫文学，才叫现实主义；而认为向内是离经叛道，甚至是反革命。我们不反对向外的文学，并且认为这曾经是文学的主要潮流，但是为什么对向内的文学就不允许其存在，非得一棍子打死不可呢？

废名的作品的不被接受，不受重视，原因之一，是废名的某些作品确实不好懂。朱光潜先生就写过："废名的诗不容易懂，但是懂得之后，你也许要惊叹它真好。"这是对一般人而言，对平心静气，不缺乏良知的读者，对具有对文学的敏感的解人而言的。对于另一种人则是另一回事。他们感觉到废名的文学对他们是一种潜在的威胁，会危及他们的左派正宗，一统天下。他们不像十年前一样当真一棍子打死，他们的武器是沉默，用不理代替批判。他们可以视若无睹，不赞一辞，仿佛废名根本不存在。他们用沉默来掩饰对废名，对一切高雅文学的刻骨的仇恨。他们是一些粗俗的人，一群能写恶札的文艺官。但是他们能够窃踞要津，左右文运。废名的价值被认识，他在中国现代文学史上的地位被真正的肯定，恐怕还得再过二十年。

一九九六年三月六日

读一本新笔记体小说①

　　这一册小说里有一部分是可以称为笔记体小说的。笔记体小说是前几年有几位评论家提出的。或称为新笔记体小说，以别于传统的笔记小说。我觉得这个概念是可以成立的，因为确实有那么一类小说存在，并且数量相当多，成了一时的风气，这是十年前不曾有过的。笔记体小说是个相当宽泛、不很明确的概念，谁也没有给它科学地界定过：它有些什么素质，什么特点，但是大家就这么用了。说哪一篇小说是笔记体，大体上也不会错。

　　中国短篇小说有两个传统，一是唐传奇，一是宋以后的

---

　　① 此为王明义、龙冬、苏北、钱玉亮小说集《江南江北》序言。——编者注

笔记。这两种东西写作的目的不一样，写作的态度不同，文风也各异。传奇原来是士人应举前作为"行卷"投送达官，造成影响的。因此要在里面显示自己的文采，文笔大都铺张华丽，刻意求工。又因为要引起阅览者的兴趣，情节多曲折，富戏剧性。笔记小说的作者命笔时不带这样功利的目的。他们的作品是写给朋友看的，茶后酒边，聊资谈助。有的甚至是写给自己看的，自己写着玩玩的，如《梦溪笔谈》所说："所与谈者，唯笔砚而已"，因此只是随笔写去，如"秀才撰写家书"，不太注意技巧。笔下清新活泼，自饶风致，不缺乏幽默感，也有说得很俏皮的话，则是作者性情的自然流露，不是做作出来的。大概可以这样说：传奇是浪漫主义的，笔记是现实主义的。前几年流行笔记体小说，我想是出于作者对现实主义精神的要求。读者接受这样的小说，也是对于这种精神的要求。说得严重一点，是由于读者对于缺乏诚意的、浮华俗艳的小说的反感。笔记体小说所贵的是诚恳、亲切、平易、朴实。这一册小说中的若干篇正是这样。

但是我要对四位小说家说一句话：不要过早地归于平淡。郑板桥有一副对子："删繁就简三秋树，领异标新二月花"。由繁入简，由新奇到朴素，这是自然规律。梅兰芳说一个演员的艺术历程一般要经过三个阶段："少——多——

少"。年轻时苦于没有多少手段可用，中年时见的多，学的多了，就恨不得在台上都施展出来，到了晚年，才知道有所节制，以少胜多。你们现在年纪还轻，有权利恣睢放荡一点，写得放开一点。如果现在就写得这样简约，到了我这个岁数，该怎么办呢？我倒觉得你们现在缺少一点东西：浪漫主义。

故乡和童年是文学的永恒主题。本书多篇是写童年往事的，这是非常自然的。一个人写小说，总离不开他所生活的环境。陆文夫说他决不离开苏州，因为他对苏州的里巷生活非常熟悉，一条巷子里所住的邻居，他们的祖宗三代，他都能倒背下来，写时可以信手拈来。我居住过比较久的地方是我的家乡高邮、昆明、北京、张家口的沙岭子，我写的小说也只能以这些地方为背景。我曾为调查一个剧本的材料数下内蒙古，也听了不少故事，但是我写不出一篇关于内蒙古的小说，因为我对蒙古族生活太不熟悉，提起笔来捉襟见肘，毫无自信。但是我觉得你们应该走出小十字口和蚂蚁湾，到处去看看。五岳归来，再来观察自己的生身故土，也许能看得更真切、更深刻一些。

四位对生活的态度是客观的，冷静的，他们隐藏了激情，对于蚁民的平淡的悲欢几乎是不动声色的。亚宝和小林打架，一个打破了头，一个头颅被切了下来，这本来是很可怕的，但是作者写得若无其事。好的，坏的，都不要叫出来，这种近似漠然的态度是很可佩服的。但是我希望你们能更深刻地看到平淡的，山水一样的生活中的严重的悲剧性，让读者产生更多的痛感，在平静的叙述中也不妨有一两声沉重的喊叫。能不能在你们的小说里注入更多的悲悯、更多的忧愤？

写作的初期阶段，受某个人的影响，甚至在文章的节奏、句式上有意识地学某个人，这都是难免的，或者可以说是青年作家的必经之路，但是这一段路应该很快地走过去，愿四位作家能早早发现自己，认识自己的气质，找到自己的位置，自成一家，不同于别人。

四位都还年轻，他们都还会变，不会被自己限制住。希望在不远的将来，他们的创作各各步入一个新的天地。

用韵文想

一位有经验的戏曲作家曾对一个初学写戏曲的青年作者说：你就把它先写成一个话剧，再改成戏曲。我觉得这不是办法。戏曲和话剧有共同的东西，比如都要有人物，有情节，有戏剧性。但是戏曲和话剧不是一种东西。戏曲和话剧体制不同。首先利用的语言不一样。话剧的语言（对话）基本上是散文；戏曲的语言（唱词和念白）是韵文。语言是思想的直接的现实。思维的语言和写作的语言应该是一致的。要想学好一门外语，要做到能用外语思维。如果用汉语思维，而用外语表达，自己在脑子里翻译一道，这样的外语总带有汉语的痕迹，是不地道的。写戏曲也是这样。如果用散文思维，却用韵文写作，把散文的思想翻成韵文，这样的韵文就不是思想直接的现实，成了思想的间接的现实了。这样的韵文总是隔了一层，而且写起来会很别扭。这样的韵文不易准确、生动，更谈不上能有自己的风格。我觉得一个戏曲作者应该养成这样的习惯：用韵文来想。想的语言就是写的语言。想好了，写下来就得了。这样才能获得创作心理上的自由，也才会得到创作的快乐。

唱词是戏曲的重要组成部分。写好唱词是写戏曲的基本功。我们通常所说的一个戏曲剧本的文学性强不强，常常指的是唱词写得好不好。唱词有格律，要押韵，这和我们的生活语言不一样。有的民间歌手运用格律、押韵的本领是令人惊叹的。我在张家口遇到过一个农民，他平常说的话都是押韵的。在兰州听一位诗人说过，他有一次和婆媳二人同船去参加一个花儿会，这婆媳二人一路上都是用诗交谈的！这媳妇到一个娘娘庙去求子，她跪下来祷告，那祷告词是这样的：

> 今年来了我是跟您要着哩，
>
> 明年来我是手里抱着哩，
>
> 咯咯嘎嘎地笑着哩！

民间歌手在对歌的时候，都是不加思索，出口成章。写戏曲的同志应该向民间歌手学习。驾驭格律、韵脚，是要经过训练的。向民歌学习是很重要的。我甚至觉得一个戏曲作者不学习民歌，是写不出好唱词的。当然，要向戏曲名著学习。戏曲唱词写得最准确、流畅、自然的，我以为是《董西厢》和《琵琶记》的《吃糠》和《描容》。我觉得多读一点元人小令有好处。元人小令很多写得很玲珑，很轻快，很俏。另外，还得多写，熟能生巧。戏曲，尤其是板腔体的格律看起来是很简单，不过是上下句，三三四，二二三。但是越是简单的格律越不好捉摸，因为它把作者的思想捆得很死。我们要能"死里求生"，在死板的格律里写出生动的感情。戏曲作者在构思一段唱词的时候，最初总难免有一个散文化的阶段，即想一想这段唱词大概的意思。但是大概的意思有了，具体地想这段唱词，就要摆脱散文，进入诗的境界。想这段唱词，就要有律，有韵。唱词的格律、韵辙是和唱词的内容同时生出来的，不是后加的。写唱词有个选韵的问题。王昆仑同志有一次说他自己是先想好哪一句话非有不可，这句话是什么韵，然后即决定全段用什么韵。这是很实在的经验之谈。写唱词最好全段都想透了，再落笔。不要想一句写一句。想一句，写一句，写了几句，觉得写不下去了，中途改辙，那是很痛苦的。我们要熟练地掌握格律和韵脚，使它成为思想的翅膀，而不是镣铐。带着格律、韵脚想唱词，不但可以水到渠成，而且往往可以情文相生。我写《沙家浜》的"人一走，茶就凉"，就是在韵律的推动下，自然地流出来的。我在想的时候，它就是"人一走，茶就凉"，不是想好一个散文的意思，再寻找一个喻象来表达。想的是散文，翻成唱词，往往会削足适履，舌本强硬。我们应该锻炼自己的语感、韵律感、音乐感。

戏曲还有引子、定场诗、对子。我以为这是中国戏曲语言的特点，而且关系到戏曲的结构方法。不但历史题材的戏曲里应该保留，就是现代题材的戏曲里也可运用。原新疆京剧团的《红岩》里就让成岗打了一个虎头引子，效果很好。小时候听杨小楼《战宛城》唱片，张绣上来念了一句对子："久居人下岂是计，暂到宛城待来时"，觉得有一种说不出来的悲怆之情。"丈夫有泪不轻弹，只因未到伤心处"①，"看看不觉红日落，一轮明月照芦花"②，这怎么能去掉呢？我以为戏曲作者应该在引子、对子、诗上下一点功夫。不可不讲究。我写《擂鼓战金山》，让韩世忠念了一副对子："楼船静泊黄天荡，战鼓遥传采石矶"，自以为对得很巧，只是台上没有产生预期的效果，大概是因为太文了。看来引子、对子、诗，还是俗一点为好。

戏曲的念白，也是一种韵文。韵白不用说。就是京白

---

① 《宝剑记·夜奔》。
② 《打渔杀家》。

的韵律感也是很强的，不同于生活里的口语，也不同于话剧的对话。戏曲念白，明朝人把它分为"散白"和"整白"。"整白"即大段念白。现在善写唱词的不少，但念白写得好的不多。"整白"有很强的节奏，起落开阖，与中国的古文很有关系。"整白"又往往讲求对偶，这和骈文也很有关系。我觉得一个戏曲工作者应该读一点骈文。汉赋多平板，《小园赋》、《枯树赋》却较活泼。刘禹锡的《陋室铭》不可不读。我觉得清代的汪中的骈文是很有特点的。他写得那样自然流畅，简直不让人感到是骈文。我愿意向青年戏曲作者推荐此人的骈文。好在他的骈文也不多，就那么几篇。当然，要熟读《四进士》宋士杰和《审头·刺汤》里的陆炳的大段念白。

中国戏曲和小说的血缘关系

　　自从布莱希特以后，世界戏剧分作了两大类。一类是戏剧的戏剧，一类是叙事诗式的戏剧。布莱希特带来了戏剧观念的革命。布莱希特的戏剧观可能受了中国戏曲的影响。元杂剧是个很怪的东西。除了全剧一个人唱到底，还把任何生活一概切成四段（四出）。或许，元杂剧的作者认为生活本身就是天然地按照四分法的逻辑进行的，这也许有道理。四是一个神秘的数字。元杂剧的分"出"，和十九世纪西方戏剧的分"幕"不尽相同，但有暗合之处（古典西方戏剧大都是四幕）。但是自从传奇兴起，中国的剧作者的戏剧观点、思想方式，发生了很大的变化，同时带来结构方式的变化。传奇的作者意识到生活的连续性、流动性，不能人为地切做四块，于是由大段落改为小段落，由"出"改

100

为"折"。西方古典戏剧的结构像山，中国戏曲的结构像水。这种滔滔不绝的结构自明代至近代一直没有改变。这样的结构更近乎是叙事诗式的，或者更直截了当地说：是小说式的。中国的演义小说改编为戏曲极其方便，因为结构方法相近。

中国戏曲的时空处理极其自由，尤其是空间，空间是随着人走的，一场戏里可以同时表不同的空间（中国剧作家不知道所谓三一律，因此不存在打破三一律的问题）。《打渔杀家》里萧恩去出首告状，被县官吕子秋打了四十大板，轰出了县衙。他的女儿桂英在家里等他，上场唱了四句：

"老爹爹清晨起前去出首，

倒叫我桂英儿挂在心头。

将身儿坐至在草堂等候，

等候了爹爹回细问根由。"

在每一句之后听到后台的声音："一十，二十，三十，四十，赶了出去！"这声音表现的是萧恩在公堂上挨打。一个在江那边，一个在江这边，一个在公堂上，一个在家里，这"一十，二十"怎么能听得到？谁听见的？《一匹布》是一出极其特别的、带荒诞性的"玩笑剧"。李天龙的未婚妻死了，丈人有言，等李天龙续娶时，把女儿的四季衣裳和赔嫁银子二百两给他。李天龙家贫，无力娶妻，张古董愿意把妻子沈赛花借给他，好去领取钱物，声明不能过夜。不想李天龙沈赛花被老丈人的儿子强留住下了。张古董一看天晚了，赶往城里，到了瓮城里，两边的城门都关了，憋在瓮城里过了一夜。舞台上一边是老丈人家，李天龙、沈赛花各怀心事；一边是瓮城，张古董一个人心急火燎，咕咕哝哝。奇怪的是两边的事不但同时发生，而且两处人物的心理还能互相感应，又加上一个毫不相干，和张古董同时被关在瓮城里的一个名叫"四合老店"的南方口音的老头儿跟着一块瞎打岔，这场戏遂饶奇趣。这种表现同时发生在不同空间的事件的方法，可以说是对生活的全方位观察。

中国戏曲，不很重视冲突。有一个时期，有一种说法，戏剧就是冲突，没有冲突不成其为戏剧。中国戏曲，从整出看，当然是有冲突的，但是各场并不都有冲突。《牡丹亭·游园》只是写了杜丽娘的一脉春情，什么冲突也没有。《长生殿·闻铃·哭象》也只是唐明皇一个人在抒发感情。《琵琶记·吃糠》只是赵五娘因为糠和米的分离联想到她和蔡伯喈的遭际，痛哭了一场。《描容》是一首感人肺腑的抒情诗，赵五娘并没有和什么人冲突。这些著名的折子，在西方的古典戏剧家看来，是很难构成一场戏的。这种不假冲突，直接地抒写人物的心理、感情、情绪的构思，是小说的，非戏剧的。

戏剧是强化的艺术，小说是入微的艺术。戏剧一般是靠大动作刻划人物的，不太注重细节的描写。中国的戏曲强化得尤其厉害。锣鼓是强化的有力的辅助手段。但是中国戏曲又往往能容纳极精微的细节。《打渔杀家》萧恩决定过江杀人，桂英要跟随前去，临出门时，有这样几句对白："开门哪！""爹爹呀请转！这门还未曾上锁呢。""这门呃！——关也罢，不关也罢！""里面还有许多动用家具呢。""傻孩子呀，门都不要了，要家具则甚哪！""不要了？喂噫……""不省事的冤家呀……！"

从戏剧情节角度看，这几句话可有可无。但是剧作者（也算是演员）却抓住了这一细节，表现出桂英的不懂事和失路英雄准备弃家出走的悲怆心情，增加了这出戏的悲剧性。

《武家坡》里，薛平贵在窑外述说了往事，王宝钏确信是自己的丈夫回来了，开门相见。

王宝钏（唱）

　　开开窑门重相见，

　　我丈夫哪有五绺髯？

薛平贵（唱）

　　少年子弟江湖老，

　　红粉佳人两鬓斑。

三姐不信菱花照，

不似当年在彩楼前。

王宝钏（唱）

寒窑哪有菱花镜？

薛平贵（白）

水盆里面——

王宝钏（接唱）

水盆里面照容颜。

（夹白）老了！

（接唱）

老了老了真老了，

十八年老了我王宝钏！

水盆照影，是一个非常精彩的细节。王宝钏穷得置不起一面镜子，她茹苦含辛，也无心对镜照影。今日在水盆里一照：老了！"十八年老了我王宝钏"，千古一哭！

这种"闲中著色"，涉笔成情，手法不是戏剧的，是小说的。

有些艺术品类，如电影、话剧，宣布要与文学离婚，是有道理的。这些艺术形式绝对不能成为文学的附庸，对话的奴仆。但是戏曲，问题不同。因为中国戏曲与文学——小说，有割不断的血缘关系。戏曲和文学不是要离婚，而是要复婚。中国戏曲的问题，是表演对于文学太负心了！

一九八九年五月七日

关于"样板戏"

有这么一种说法:"样板戏"跟江青没有什么关系,江青没有做什么,"样板戏"都是别人搞出来的,江青只是"剽窃"了大家("样板团"的全体成员)的劳动成果。我认为这种说法是不科学的,这不符合事实。江青诚然没有亲自动手做过什么,但是"样板戏"确实是她"抓"出来的。她抓的很全面,很具体,很彻底。从剧本选题、分场、推敲唱词、表导演、舞台美术、服装,直至铁梅衣服上的补丁、沙奶奶家门前的柳树,事无巨细,一抓到底,限期完成,不许搪塞违拗。北京京剧团曾将她历次对《沙家浜》的"指示"打印成册,相当厚的一本。我曾经把她的"指示"摘录为卡片,相当厚的一沓(这套卡片后来散失了,其实应当保存下来,这是很好的资料)。江青对"样板戏"确是花了很多"心血"的（不管花的是什么样的"心血"），说江青对"样板戏"没有做过什么事，这是闭着眼睛说瞎话。有人企图把"样板戏"和江青"划清界线"，以此作为"样板戏"可以"复出"的理由，我以为是不能成立的。你可以说："样板戏"还是好的，虽然它是江青抓出来的（假如这种逻辑能够成立），但是不能说"样板戏"与江青无关。

前几年有人著文又谈"样板戏"的功过，似乎"样板戏"还可以一分为二。我以为从总体上看，"样板戏"无功可录，罪莫大焉。不说这是"四人帮"反党夺权的工具（没有那样直接），也不说"八亿人民八出戏"，把中国搞成了文化沙漠（这个责任不能由"样板戏"承担），只就"样板戏"的创作方法来看，可以说：其来有因，遗祸无穷。"样板戏"创作的理论根据是：革命的现实主义和革命的浪漫主义相结合（即所谓"两结合"），具体化，即是主题先行和"三突出"。"三突出"是于会泳的发明，即在所有的人物里突出正面人物，在正面人物中突出英雄人物，在英雄人物中突出主要英雄人物。这个阶梯模式的荒谬性过于明显了，以致江青都说："我没有说过'三突出'，我只说过'一突出'。"她所谓"一突出"，即突出英雄人物。在这里，不想讨论英雄崇拜的是非，只是我知道江青的"英雄"是地火风雷，全然无惧，七情六欲，一概没有的绝对理想，也绝对虚假的人物。"主题先行"也是于会泳概括出来，上升为理论的，但是这种思想江青原来就有。她十分强调主题，抓一个戏总是从主题入手：主题不能不明确；这个戏的主题是什么；主题要通过人物来表现——也就是说人物是为了表现主题而设置的。她经常从一个抽象的主题出发，想出一个空洞的故事轮廓，叫我们根据这个轮廓去写戏，她曾经叫我们写一个这样的戏：抗日战争时期，从八路军派一个干部，打入草原，发动奴隶，反抗日本侵略者和附逆的王爷。我们为此四下内蒙，作了很多调查，结果是没有这样的事。我们还访问了乌兰夫同志、李井泉同志。李井泉同志（当时是大青山李支队的领导人）说："我们没有干过那样的事，不干那样的事。"我们回来向于会泳汇报，说："没有这样的生活"，于会泳说了一句名言："没有这样的生活更好，你们可以海阔天空。""样板戏"多数——尤其是后来的几出戏，就是这样无中生有，"海阔天空"地瞎编出来的。"三突出"、"主题先行"是根本违反艺术创作规律，违反现实主义的规律的。这样的创作方法把"样板戏"带进了一条绝径，也把中国的所有的文艺创作带进了一条绝径。直到现在，这种创作方法的影响还时隐时现，并未消除干净。

从局部看，"样板戏"有没有可以借鉴的经验？我以为是有的。"样板戏"试图解决现代生活和戏曲传统表演程式之间的矛盾，做了一些试验，并且取得了成绩，使京剧表现现代生活成为可能。最初的"样板戏"（《沙家浜》、《红灯记》）的创作者还是想沿着现实主义的路走下去的。他们写了比较口语化的唱词，希望唱词里有点生活气息，人物性格。有些唱词还有点朴素的生活哲理，如《沙家浜》的"人一走，茶就凉"，《红灯记》的"穷人的孩子早当家"。到后来就全为空空洞洞的"豪言壮语"所代替了。"样板戏"的唱腔有一些是不好的。有一个老演员听了一出"样板戏"的唱腔，说："这出戏的唱腔是顺姐的妹妹——别妞（别扭）。"行腔高低，不合规律。多数"样板戏"拼命使高腔，几乎所有大段唱的结尾都是高八度。但是应该承认有些唱腔是很好听的。于会泳在音乐上是有才能的。他吸收地方戏、曲艺的旋律入京戏，是成功的。他所总结的慢板大腔的"三送"（同一旋律，三度移位重复），是很有道理的。他所设计的"家住安源"（《杜鹃山》）确实很哀惋动人。《海港》"喜读了全会的公报"的"二黄宽板"，是对京剧唱腔极大的突破。京剧加上西洋音乐，加了配器，有人很反对。但是很多搞京剧音乐的同志，都深感老是"四大件"（京胡、二胡、月琴、三弦）实在太单调了。加配器势在必行。于会泳在这方面是有贡献的，他所设计的幕间音乐与下场的唱腔相协调，这样的音乐自然地引出下面一场戏，不显得"硌生"，《智取威虎山》"打虎上山"的幕间曲可为代表。

"样板戏"与"文化大革命"相始终，在中国舞台上驰骋了十年。这是一个畸形现象，一个怪胎。但是我们还是应该深入、客观对它进行一番研究。"大百科全书"、《辞海》都应该收入这个词条。像现在这样，不提它，是不行的。中国现代戏曲史这十年不能是一页白纸。

一九八八年九月三十日

书到用时

　　我曾经想写一短文，谈中国人的吃葱，想引用两句谚语："宁吃一斗葱，莫逢屈突通"，说明中国有些人是怕吃葱的。屈突通想必是个很残暴的人。但是他是哪一朝代的人，他做过什么事，为什么叫人望而生畏，却不甚了了。这一则谚语只好放弃。好像是《梦溪笔谈》上说过，对于读书"用即不错，问却不会"。很多人也像我一样，对于人物、典故能用，但是出处和意义不明白，记不住，知其然而不知其所以然。这样读书实在是把时间白白地浪费了。

　　我曾有过一本影印的汤显祖评点本《董西厢》，我很喜欢这本书。汤显祖是大戏曲作家，又是大戏曲评论家。他的评点非常深刻，非常生动。他的语言也极富才华，单是读评点文章，就是很大的享受，比现在的评论家不知道要强多少倍，——现在的评论家的文章特点，几乎无一例外：噜嗦！汤显祖谈《董西厢》的结尾有两种。一是"煞尾"，一是"度尾"。"煞尾"如"骏马收缰，寸步不移"；"度尾"如"画舫笙歌，从远处来，过近处，又向远处去"。这样用比喻写感受，真是妙喻！我很喜欢"汤评"，经常要翻一翻。这本书为一戏曲史家借去不还。我不蓄图书，书丢了就丢了，这本书丢了却叫我多年耿耿，因为在写文章时不能准确地引用，只能凭记忆背出来，字句难免有出入。——汤显祖为文是字字都精致讲究的。

为什么读书？是为了写作。朱光潜先生曾说，为了写作而读书，比平常地读书的理解、记忆要深刻，这是非常正确的经验之谈。即使是写写随笔、笔记，也比空过了强。毛泽东尝言：不动笔墨不读书。肯哉斯言。

语文短简

普通而又独特的语言

鲁迅的《高老夫子》中高尔础说："女学堂越来越不像话，我辈正经人确乎犯不着和他们酱在一起。"（手边无鲁迅集，所引或有出入）"酱"字甚妙。如果用北京话说："犯不着和他们一块掺和"，味道就差多了。沈从文的小说，写一个水手，没有钱，不能参加赌博，就"镶"在一边看别人打牌。"镶"字甚妙。如果说是"靠"在一边，"挤"在一边，就失去原来的味道。"酱"字、"镶"字，大概本是口语，绍兴人（鲁迅是绍兴人）、凤凰人（沈从文是湘西凤凰人），大概平常就是这样说的。但是在文学作品里没有人这样用过。

屠格涅夫的散文诗写伐木，有句云"大树缓慢地，庄重地倒下了"。"庄重"不仅写出了树的神态，而且引发了读者对人生的深沉、广阔的感慨。

阿城的小说里写"老鹰在天上移来移去"，这非常准确。老鹰在高空，是看不出翅膀搏动的，看不出鹰在"飞"，只是"移来移去"。同时，这写出了被流放在绝域的知青的寂寞的心情。

我曾经在一个果园劳动，每天下工，天已昏暗，总有一列火车从我们的果园的"树墙子"外面驰过，车窗的灯光映在树墙子上，我一直想写下这个印象。有一天，终于抓住了。

车窗蜜黄色的灯光连续地映在果树东边的树墙子上，一方块，一方块，川流不息地追赶着……

"追赶着"，我自以为写得很准确。这是我长期观察、思索，才捕捉到的印象。

好的语言，都不是奇里古怪的语言，不是鲁迅所说的"谁也不懂的形容词之类"，都只是平常普通的语言，只是在平常语中注入新意，写出了"人人心中所有，而笔下所无"的"未经人道语"。

平常而又独到的语言，来自于长期的观察、思索、捉摸。

读诗不可抬杠

苏东坡《惠崇小景》诗云："春江水暖鸭先知"，这是名句，但当时就有人说："鸭先知，鹅不能先知耶？"这是抬杠。

林和靖咏梅诗："疏影横斜水清浅，暗香浮动月黄昏"，是千古名句。宋代就有人问苏东坡，这两句写桃、杏亦可，为什么就一定写的是梅花？东坡笑曰："此写桃杏诚亦可，但恐桃杏不敢当耳！"

有人对"红杏枝头春意闹"有意见，说："杏花没有声音，'闹'什么？""满宫明月梨花白"，有人说："梨花本来是白的，说它干什么？"

跟这样的人没法谈诗。但是，他可以当副部长。

想象

闻宋代画院取录画师，常出一些画题，以试画师的想象力。有些画题是很不好画的。如"踏花归去马蹄香"，"香"怎么画得出？画师都束手。有一画师很聪明，画出来了。他画了一个人骑了马，两只蝴蝶追随着马蹄飞。"深山藏古寺"，难的是一个"藏"字，藏就看不见了，看不见，又要让人知道有一座古寺在深山里藏着。许多画师的画都是在深山密林中露一角檐牙，都未被录取。有一个画师不画寺，画了一个小和尚到山下溪边挑水。和尚来挑水，则山中必有寺矣。有一幅画画昨夜宫人饮酒闲话。这是"昨夜"的事，怎么画？这位画师画了一角宫门，一大早，一个宫女端着笸箩出来倒果壳，荔枝壳、桂元壳、栗子壳、鸭脚（银杏）壳……这样，宫人们昨夜的豪华而闲适的生活可以想见。

老舍先生曾点题请齐白石画四幅屏条，有一条求画苏曼殊的一句诗："蛙声十里出山泉。"这很难画。"蛙声"，还要从十里外的山泉中出来。齐老人在画幅两侧用浓墨画了直立的石头，用淡墨画了一道曲曲弯弯的山泉，在泉水下边画了七八只摆尾游动的蝌蚪。真是亏他想得出!

艺术，必须有想象，画画是这样，写文章也是这样。

一九九二年十二月二十六日

对仗·平仄

英文《中国文学》翻译了我的小说《受戒》。事前我就为译者想：这篇东西是很难翻的。《受戒》这个词英文里大概没有，翻译家把题目改了，改成"一个小和尚的恋爱故事"，这不免有点叫人啼笑皆非。小说里有四副对联，这怎么翻？样书寄到，拆开来看看正文，这位翻译家对对联采取了一个干净绝妙的办法：全部删掉。我所见到的这篇小说的几个译本对对联大都只翻一个意思，不保留格式。只有德文译文看得出是一副对联：上下两句的字数一样，很整齐。这位德文译者真是下了功夫！但就是这样，也还是形似而已，不是真正的对联。

对联是中国特有的艺术形式。对联的前提是必须是单音缀（或节）的语言，一字、一音、一意。西方的语言都是多音节的，"对"不起来。

与对仗有关的是中国话（主要指汉语）有"调"。据说古梵语有调，其他国家的语言都没有鲜明的音高调值差别。郭沫若参加世界和平理事会，约翰逊主教就觉得郭说话好像在唱歌，就是因为郭老的语言有高低调值。中国人觉得老外说话都是平的，外国人学说中国话最"玩不转"的便是"调"。

对联的上下联相同位置的字音要相反，上联此位置的字是平声，则下联此位置之字必须是仄声。两联的意思一般是一开一阖，一正一反，相辅相成。或两联意境均大，如"大漠孤烟直，长河落日圆"；或两句都小，如"细雨鱼儿出，微风燕子斜"。有些对句极工巧，而内涵深远，如李商隐"此日六军同驻马，当年七夕笑牵牛"。有"无情对"，只是字面相对，意思上并无联系，如我的小说《受戒》中的一副对联：

　　一花一世界，

　　三邈三菩提。

"三邈三菩提"的"三"并非么二三的三，这不是数字是梵语汇音。有"流水对"，上一句和下一句一气贯穿，如同流水，似乎没有对，如"三十一年还旧国，落花时节读华章"。"流水对"最难写，毛泽东这一联极有功力。

由于有对仗、平仄，就形成中国话的特有的语言美，特有的音乐感。有人写诗，两个字意思差不多，用这个字、不用那个字，只是"为声俊耳"（此语出处失记）。作为一个当代作家应该注意培养语言的审美感觉，语言的音乐感，能感受哪个字"响"，哪个字不"响"。

我们今天写散文或小说，不必那么严格地讲对仗，讲平仄，但知道其中道理，使笔下有丰富的语感，是有好处的。我写小说《幽冥钟》，写一座古寺的罗汉堂外有两棵银杏树，已是数百年物，"夏天，一地浓阴。冬天，满阶黄叶"。如果完全不讲对仗，不讲平仄，就不能产生古旧荒凉的意境。

句读·气口

　　蒋大为唱的"在那桃花盛开的地方"断句错了。按歌词的正常的语言断续，应该是：

　　"在那——桃花盛开的地方"，蒋大为却处理成：

　　"在那桃花——盛开的地方"。这样的处理，作曲的同志有责任，而且"桃花"音调颇高，听起来很别扭，使人觉得这是一个破句。

　　当断不断，不当断而断，曲调和语言游离，这在歌曲中是常见的现象。突出的例子是《国际歌》。《国际歌》最后一句"团结起来，到明天，英特纳性耐儿，就一定要实现"，"到明天"应该属下，不当属上。现在属上，于是成了"团结起来到明天，英特纳性耐儿就一定要实现"。"团结起来到明天"，后天是不是就不要团结了？解放初期真的有一部电影，片名就叫《团结起来到明天》，这不成了笑话？《国际歌》造成这样的误会，跟翻译有关。汉语和外语本来就有很大差别，要求汉语的歌词和西方音乐的旋律相契合，天衣无缝，不相龃龉，实在是很难。用汉语唱西洋歌剧，常使人觉得不知所云，非常可笑，大大削弱了音乐本应产生的艺术感染的效果。解决这个问题不是简单的事，不是翻译出来了就能唱。然而问题总要解决。已经有人做了探索，取得很好的成绩，比如王洛宾。

和句读有密切关系的是气口。中国戏曲非常注意用气、换气、偷气。像李多奎那样能把一个长腔一口气唱到底，当中不换气，是少有的。李多奎不知道怎么会有那样长的气。裘盛戎晚年精研气口。盛戎曾跟我说："年轻时傻小子睡凉炕，怎样唱都行。我现在上了岁数了，得在用气上下功夫，——花脸一句腔得用多少气呀！"过去私塾教学，老师须在书上用砆笔圈点。凡需略停顿处，加一"瓜子点"；需较长间歇处，画一圆圈，谓之"圈断"。老师加点画圈处即是"气口"。但裘盛戎有时不照通常办法处理气口。如《智取威虎山》李勇奇的唱腔，"扫平那威虎山我一马当先"，一般都是这样处理的："扫平那威虎山我一马——当先"，盛戎说："教我唱，我不这样唱，我唱成'一马当——先'，'当'字唱在后面，下面就没有多少气了，'当'字唱在前面，'一马当'，换气，——吸气，——这样才'足'。"这可以说是超级换气法。

一般说来，气口还得干净利落，报字清楚，顿挫分明，这样才能美听入耳。如果字音含糊，迟疾失当，乱七八糟，内行话叫做把唱"嚼了"或"喝了"。外国文学其实也是讲究句读气口的，马耶科夫斯基就是。京剧《探阴山》里有一个层次很多的很长的"跺"句："又只见大鬼卒、小鬼判，押定了，屈死的亡魂，项带着铁链，悲惨惨，惨悲悲，阴风儿绕，吹得我透骨寒"，如果用马耶科夫斯基的楼梯式的分行，就会是：

又只见

大鬼卒

小鬼判

押定了

屈死的亡魂

项带着铁链

悲惨惨

惨悲悲

阴风儿绕

吹得我透骨寒。

一九九七年四月

有意思的错字

文章排出了错字，在所难免。过去叫做"手民误植"。有些经常和别的字组成一个词的字，最易排错，如"不乏"常被排成"不缺"，这大概是因为"缺乏"在字架上是放一起的，捡字的时候，一不留神就把邻居夹出来了。有的是形近而讹。比如何其芳同志的一篇文章里的"无论如何"被排成了"天论如何"。一位学者曾抓住这句话做文章，把何其芳嘲笑了一顿。其实这位学者只要稍想一想，就知道这里有错字。何其芳何至于写出"天论如何"这样的句子呢？难怪何其芳要反唇相讥了。人刻薄了不好。双方论辩，不就对方的论点加以批驳，却在人家的字句上挑刺儿，显得不大方。——何况挑得也不是地方。这真是仰面唾天，唾沫却落在自己的脸上了。不知道排何其芳文章的工人同志看到他们争论的文章没有。如果看到，一定会觉得好笑的。

有错字不要紧。但是，周作人曾说过：不怕错得没有意思，那是读者一看就知道，这里肯定有错字的；最怕是错得有意思。这种有意思的错字往往不是"手民"误植出来的，而是编辑改出来的。邓友梅的《那五》几次提到"沙锅居"，发表出来，却改成了"沙锅店"。友梅看了，只有苦笑。处理友梅的稿子的编辑肯定没有在北京住过，也没有吃过沙锅居的白肉。不过这位编辑应该也想一想，卖沙锅的店里怎么能进去吃饭呢？我自己也时常遇到有意思的错字。我曾写过一篇谈沈从文先生的小说的文章，提到沈先生的语言很朴素，但是"这种朴素来自于雕琢"，编辑改成了"来自于不雕琢"。大概他认为"雕琢"是不好的。这样一改，这句话等于不说！我的一篇小说里有一句："一个人走进他的工作，是叫人感动的。"编辑在"工作"下面加了一个"间"。大概他认为原句不通，人怎么能"走进""他的工作"呢？我最近写了一篇谈读杂书的小文章，提到"我从法布尔的书里知道知了原来是个聋子，……实在非常高兴"。发表出来，却变成了"我从法布尔的书里知道他原来是个聋子……"，这就成了法布尔是个聋子了。法布尔并不聋。而且如果他是个聋子，我又有什么可高兴的呢？阅稿

有意思的错字

的编辑可能不知道知了即是蝉，觉得"知道知了"读起来很拗口，就提笔改了。这个"他"字加得实在有点鲁莽。

　　我年轻时发表了文章，发现了错字，真是有如芒刺在背。后来见多了，就看得开些了。不过我奉劝编辑同志在改别人的文章时要慎重一些。我也当过编辑，有一次把一位名家的稿子改得多了点，他来信说我简直像把他的衣服剥光了让他在大街上走。我后来想想，是我不对。我一点不想抹煞编辑的苦劳，有的编辑改文章是改得很好的，包括对我的文章，有时真是"一字师"。我写这篇文章的用意是在息事宁人。编辑细致一些，作者宽容一些，不要因为错字而闹得彼此不痛快。

　　　　　　　　　　　一九八六年八月十一日

谈幽默

《容斋随笔》载：关中无螃蟹。有人收得干蟹一只，有生疟疾的，就借去挂在门上，疟鬼（旧以为疟疾是疟鬼作祟）见了，不知是什么东西，就吓得退走了。《梦溪笔谈》云："不但人不识，鬼亦不识。"沈存中此语极幽默。

元宵节，司马温公的夫人要出去看灯，温公不同意，说自己家里有灯，何必到外面去看。夫人云："兼欲看人"，温公云："某是鬼耶？"司马温公胡搅蛮缠，很可爱。我一直以为司马先生是个很古怪的人，没想到他还挺会幽默。想来温公的家庭生活是挺有趣的。

齐白石曾为荣宝斋画笺纸，一朵淡蓝的牵牛花，几片叶子，题了两行字："梅畹华家牵牛花碗大，人谓外人种也，余画其最小者。"此老极风趣幽默。寻常画家，哪得有此。

此是齐白石较寻常画家高处。

小时候看《济公传》：县官王老爷派两个轿夫抬着一乘轿子去接济公到衙门里来给太夫人看病。济公说他坐不来轿子，从来不坐轿子，他要自己走了去。轿夫说："你不坐，我们回去没法交待。"济公说："那这样，你们把轿底打掉，你们在外面抬，我在里面走。"轿夫只得依他。两个轿夫抬着空轿，轿子下面露着济公两只穿了破鞋的脚，合着轿夫的节奏拍嗒拍嗒地走着。实在叫人发噱。济公很幽默，编写《济公传》的民间艺人很幽默。

什么是幽默？

人世间有许多事，想一想，觉得很有意思。有时一个人坐着，想一想，觉得很有意思，会噗噗笑出声来。把这样的事记下来或说出来，便挺幽默。

《辞海》"幽默"条云：

英文 humour 的音译。通过影射、讽喻、双关等修辞手法，在善意的微笑中，揭露生活中乖讹和不通情理之处。

这话说得太死了。只有"在善意的微笑中"却是可以同意的。富于幽默感的人大都存有善意，常在微笑中。左派恶人，不懂幽默。

128

思想·语言·结构

分配给我的任务是谈小说。没有系统，只是杂谈。

杂谈也得大体有个范围，野马不能跑得太远。有个题目，是"思想·语言·结构"。

小说里最重要的是什么？我以为是思想。这不是理论书里所说的思想性、艺术性的思想。一般所说的思想性其实是政治性。思想是作者自己的思想，不是别人的思想，不是从哪本经典著作里引伸出来的思想。是作家自己对生活的独特的感受，独特的思索和独特的感悟。思索是很重要的。我们接触到一个生活的片段，有所触动，这只是创作的最初的契因，对于这个生活片段的全部内涵，它的深层的意义还没有理解。感觉到的东西我们还不能理解它，只有理解了的东西才能更深地感觉它。我以为这是对的。理解不会一次完成，要经过反复多次的思索，一次比一次更深入地思索。一个作家和普通人的不同，无非是看得更深一点，想得更多一点。我有的小说重写了三四次。为什么要重写？因为我还没有挖掘到这个生活片段的更深、更广的意义。我写过一篇小说很短，大概也就是两千字吧，改写过三次。题目是《职业》，刘心武拿到稿子，说："这样短的小说，为什么要用这样大的题目？"他看过之后，说："是该用这么大的题目。"《职业》是个很大的题目。职业是对人的限制，对人的框定，意味着人的选择自由的失去，无限可能性的失去。这篇小说写的是一个十一二岁的孩子，正是学龄儿童，如果上学，该是小学五六年级，但是他没有上学，他过早地从事了职业，卖两种淡而无味的食品：椒盐饼子西洋糕。他挎一个腰圆形的木盒，一边走一边吆喝。他的吆唤是有腔有调的，谱出来是这样：

5 5 6 — — | 5 3 $\overset{\frown}{2}$ — —‖
　椒　盐　饼　子　　　西　洋　糕

（这是我的小说里唯一带曲谱的。）

这条街（文林街）上有一些孩子，比卖椒盐饼子西洋糕略小一点，他们都在上学。他们听见卖椒盐饼子西洋糕的孩子吆唤，就跟在身后摹仿他，但是把词儿改了，改成：

＃ 5　5　6　—　—　|　5　3　2̂　—　—‖
　　捏　着　鼻　子　　　吹　洋　号

卖椒盐饼子西洋糕的孩子并不生气，爱学就学去吧！

他走街串巷吆唤，一心一意做生意。他不是个孩子，是个小大人。

一天，他暂时离开了他的职业。他姥姥过生日，他跟老板请了半天假，到姥姥家去吃饭。他走进一条很深的巷子，两头看看没人，大声吆唤了一句："捏着鼻子吹洋号！"

这是对自己的揶揄调侃。这孩子是有幽默感的。他的幽默是很苦的。凡幽默，都带一点苦味。

写到这里，主题似乎已经完成了。

写第四稿时我把内容扩展了一下，写了文林街上几种叫卖的声音。有一个收买旧衣烂衫的女人，嗓子非常脆亮，吆唤"有——旧衣烂衫我来买！"一个贵州人卖一种叫化风丹的药："有人买贵州遵义板桥的化风丹？"每天傍晚，一个苍老的声音叫卖臭虫药、跳蚤药："壁虱药、虼蚤药"。苗族的女孩子卖杨梅、卖玉麦（即苞谷）粑粑。戴着小花帽，穿着板尖的绣花布鞋，声音娇娇的。"卖杨梅——"、"玉麦粑粑——"她们把山里的初秋带到了昆明的街头。

这些叫卖声成了卖椒盐饼子西洋糕的背景。

"椒盐饼子西洋糕！"

这样，内涵就更丰富，主题也深化了，从"失去童年的童年"延伸为："人世多苦辛"。

我写过一篇千字小说，《虐猫》，写"文化大革命"中的孩子。"文化大革命"把人的恶德全都暴露出来，人变得那么自私，那么残忍。孩子也受了影响。大人整天忙于斗争，你斗我，我斗你。孩子没有人管，他们就整天瞎玩，他们后来想出一种玩法，虐待猫，把猫的胡子剪了，在猫尾巴上挂一串鞭炮，点着了。他们想出一种奇怪的恶作剧。找四个西药瓶盖，翻过来，放进万能胶，把猫的四只脚锌在里头。猫一走，一滑，非常难受。最后想出一个简单的玩法，把猫从六楼上扔下来，摔死。这天他们又捉住一只大花猫，用绳子拴着拉回来。到了他们住的楼前，楼前围着一圈人：一个孩子的父亲从六楼上跳下来了，这几个孩子没有从六楼上把猫往下扔，他们把猫放了。

如果只写到这几个孩子用各种办法虐待猫，是从侧面写"文化大革命"对人性的破坏，是"伤痕文学"。写他们把猫放了，是人性的回归。我们这个民族还是有希望的。

想好了最后一笔，我才能动手写这篇小说，一千字的小说，我想了很长时间。

谈谈语言的四种特性：内容性、文化性、暗示性、流动性。

一般都把语言看作只是表现形式。语言不仅是形式，也是内容。语言和内容（思想）是同时存在，不可剥离的。语言不只是载体，是本体。斯大林说语言是思想的直接的现实，我以为是对的。思想和语言之间并没有中介。世界上没有没有思想的语言，也没有没有语言的思想。读者读一篇小说，首先被感染的是语言。我们不能说这张画画得不错，就是色彩和线条差一点；这支曲子不错，就是旋律和节奏差一点。我们也不能说这篇小说写得不错，就是语言差一点。这句话是不能成立的。可是我们常常听到这样的评论。语言不好，小说必然不好。语言的粗俗就是思想的粗俗，语言的鄙陋就是内容的鄙陋。想得好，才写得好。闻一多先生在《庄子》一文中说过："他的文字不仅是表现思想的工具！似乎也是一种目的。"我把它发展了一下：写小说就是写语言。

语言是一种文化现象。语言的后面都有文化的积淀。古人说："无一字无来历"，其实我们所用的语言都是有来历的，都是继承了古人的语言，或发展变化了古人的语言。如果说一种从来没有人说过的话，别人就没法懂。一个作家的语言表现了作家的全部文化素养。作家应该多读书。

杜甫说:"读书破万卷,下笔如有神",是对的。除了书面文化,还有一种文化,民间口头文化。李季对信天游是很熟悉的。赵树理一个人能唱一出上党梆子,口念锣鼓过门,手脚齐用使身段,还误不了唱。贾平凹对西北的地方戏知道得很多。我编过几年《民间文学》,深知民间文学是一个海洋,一个宝库。我在兰州认识一位诗人。兰州的民歌是"花儿"。花儿的形式很特别。中国的民歌(四句头山歌)是绝句,花儿的节拍却像词里的小令。花儿的比喻很丰富,押韵很精巧。这位诗人怀疑这是专业诗人的创作流传到民间去的。有一次他去参加一个花儿会,跟婆媳二人同船。这婆媳二人把这位诗人"唬背了"。她们一路上没有说一句散文,所有对话都是押韵的。韵脚对民歌的歌手来说,不是镣铐,而是翅膀。这个媳妇到娘娘庙去求子。她跪下祷告,不是说送子娘娘,你给我一个孩子,我为你重修庙宇,再塑金身……只有三句话:

今年来了我是跟您要着哪,

明年来了我是手里抱着哪,

咯咯嘎嘎地笑着哪。

三句话把她的美好的愿望全都表现出来了,这真是最美的祷告词。这三句话不但押韵,而且押调。"要"、"抱"、"笑"都是去声,而且每句的句尾都是"着哪"。

民歌的想象是很奇特的。乐府诗《枯鱼过河泣》：

> 枯鱼过河泣，
>
> 何时悔复及。
>
> 作书与鲂鲌。
>
> 相教慎出入。

研究乐府诗的学者说："汉人每有此奇想"。枯鱼（干鱼）怎么还能写信呢？

我读过一首广西民歌，想象也很"奇"，与此类似：

> 石榴花开朵朵红。
>
> 蝴蝶写信给蜜蜂，
>
> 蜘蛛结网拦了路，
>
> 水漫蓝桥路不通。

我曾经想过一个问题：民歌都是抒情诗（情歌）。有没有哲理诗？少，但是有。你们湖南邵阳有一首民歌，写插秧，湖南叫插田：

> 赤脚双双来插田，
>
> 低头看见水中天。
>
> 行行插得齐齐整，
>
> 退步原来是向前。

"低头看见水中天"，有禅味，"退步原来是向前"，是哲学的思辨。

民歌有些手法是很"现代"的。我在你们湖南桑植——贺老总的家乡，读到一首民歌：

> 姐的帕子白又白，
>
> 你给小郎分一截。
>
> 小郎拿到走夜路，
>
> 好比天上蛾眉月。

这种想象和王昌龄的《长信秋词》的"玉颜不及寒鸦色，犹带昭阳日影来"有相似处。

我读过一首傣族的民歌，只有两句：

> 斧头砍过的再生树，
>
> 战争留下的孤儿。

两句，说了多少东西！这不是现代派的诗么？一说起民歌，很多人都觉得很"土"，其实不然。

我觉得不熟悉民歌的作家不是好作家。

语言的美要看它传递了多少信息，暗示出文字以外的多少东西，平庸的语言一句话只是一句话，艺术的语言一句话说了好多句话，即所谓"言外之意"，"弦外之音"。

朱庆余《近试上张水部》，本是刺探一下当前文风所尚，写的却是一个新嫁娘：

> 洞房昨夜停红烛，

待晓窗前拜舅姑。

妆罢低声问夫婿，

画眉深浅入时无。

这四句诗没有一句写到这个新嫁娘的长相，但是宋朝人（是洪迈？）就说这一定是一个绝色的美女。

崔灏的《长干歌》：

君家在何处，

妾住在横塘。

停舟暂借问，

或恐是同乡。

这四句诗明白如话，好像没有说出什么东西，但是说出了很多很多东西。宋人（是苏辙？）说这首诗"墨光四射，无字处皆有字"。

中国画讲究"留白"，"计白当黑"。小说也要"留白"，不能写得太满。十九世纪和二十世纪的作者和读者的关系变了。十九世纪的小说家是上帝，他什么都知道，比如巴尔扎克。读者是信徒，只有老老实实地听着。二十世纪的读者和作者是平等的，他的"参与意识"很强，他要参与创作。我相信接受美学。作品是作者和读者共同完成的。如果一篇小说把什么都说了，读者就会反感：你都说了，要我干什么？一篇小说要留有余地，留出大量的空白，让读者可以自由地思索认同、判断，首肯。

要使小说语言有更多的暗示性，唯一的办法是尽量少写，能不写的就不写。不写的，让读者去写。古人说："以己少少许，胜人多多许"，写少了，实际上是写多了，这是上算的事——当然，这样稿费就会少了。——一个作家难道是为稿费活着的么？

语言是活的，滚动的。语言不是像盖房子似的，一块砖一块砖叠出来的。语言是树，是长出来的。树有树根、树干、树枝、树叶，但是是一个有机的整体。树的内部的汁液是流通的。一枝动，百枝摇。初学写字的人，是一个字一个字写出来的，书法家写字是一行行地写出来的。中国书法讲究"行气"。王羲之的字被称为"一笔书"，不是说从头一个字到末一个字笔划都是连着的，而是说内部的气势是贯串的。写好每一个句子是重要的。福楼拜和契诃夫都说过一个句子只有一个最好的说法。更重要的是处理好句与句之间的关系。你们湖南的评论家凌宇曾说过：汪曾祺的语言很奇怪，拆开来看，都很平常，放在一起，就有一种韵味。我想谁的语言都是这样的，七宝楼台，拆下来不成片段。问题是怎样"放在一起"。清代的艺术评论家包世臣论王羲之和赵子昂的字，说赵字如市人入隘巷，彼此雍容揖让，而争先恐后，面形于色。王羲之的字如老翁携带

138

幼孙，痛痒相关，顾盼有情。要使句与句，段与段产生"顾盼"。要养成一个习惯，想好一段，自己能够背下来，再写。不要写一句想一句。

中国人讲究"文气"，从《文心雕龙》到桐城派都讲这个东西。我觉得讲得最明白，最具体的，是韩愈。韩愈说：

> 气犹水也，言浮物也。水大，则物之轻重者皆浮。气盛，则言之短长与声之高下皆宜。

后来的人把他这段话概括成四个字：气盛言宜。韩愈提出一个语言的标准："宜"。"宜"，就是合适、准确。"宜"的具体标准是"言之短长"与"声之高下"。语言构造千变万化，其实也很简单：长句子和短句子互相搭配。"声之高下"指语言的声调，语言的音乐性。有人写一句诗，改了一个字，其实两个字的意思是一样的，为什么要改呢？另一个诗人明白："为声俊耳。"要培养自己的"语感"，感觉到声俊不俊。中国语言有四声，构成中国语言特有的音乐性，一个写小说的人要懂得四声平仄，要读一点诗词，这样才能使自己的语言"俊"一点。

结构无定式。我曾经写过一篇谈小说的文章，说结构的精义是：随便。林斤澜很不满意，说："我讲了一辈子结构，你却说'随便'！"我后来补充了几个字："苦心经营的随便"，斤澜说："这还差不多。"我是不赞成把小说的结构规定出若干公式的：平行结构、交叉结构、攒珠式结构，橘瓣式结构……我认为有多少篇小说就有多少种结构方法。我的《大淖记事》发表后，有两种不同的意见。有人认为这篇小说的结构很不均衡。小说共五节，前三节都是写大淖这个地方的风土人情，没有人物，主要人物到第四节才出现。有人认为这篇小说的好处正在结构特别，我有的小说一上来就介绍人物，如《岁寒三友》。《复仇》用意识流结构，《天鹅之死》时空交错，去年发表的《小芳》却是完全的平铺直叙。我认为一篇小说的结构是这篇小说所表现的生活所决定的。生活的样式，就是小说的样式。

过去的中国文论不大讲"结构"，讲"章法"。桐城派认为章法最要紧的是断续和呼应。什么地方该切断，什么地方该延续；前后文怎样呼应。但是要看不出人为的痕迹。刘大櫆说："彼知有所谓断续，不知有无断续之断续；彼知有所谓呼应，不知有无呼应之呼应。"章太炎论汪中的骈文："起止自在，无首尾呼应之式。"这样的结构，中国人谓之"化"。苏东坡说："大略如行云流水，初无定质，但常行于所当行，止于所不可不止。文理自然，姿态横生。"（《答谢民师书》）文章写到这样，真是到了"随便"

的境界。

小说的开头和结尾要写好。

古人云："自古文章争一起。"孙犁同志曾说过：开头很重要，开头开好了，下面就可以头头是道。这是经验之谈。要写好第一段，第一段里的第一句。我写小说一般是"一遍稿"，但是开头总要废掉两三张稿纸。开头以峭拔为好。欧阳修的《醉翁亭记》原来的第一句是："滁之四周皆山"，起得比较平。后来改成"环滁皆山也"，就峭拔得多，领起了下边的气势。我写过一篇小说《徙》。这篇小说是写我的小学的国文老师的。他是小学校歌的歌词的作者，我从小学校歌写起。原来的开头是：

世界上曾经有过很多歌，都已经消失了。

我到海边转了转（这篇小说是在青岛对面的黄岛写的），回来换了一张稿纸，重新开头。

很多歌消失了。

这样不但比较峭拔，而且有更深的感慨。

奉劝青年作家，不要轻易下笔，要"慎始"。

其次，要"善终"，写好结尾。

往往有这种情况，小说通篇写得不错，可是结尾平常，于是全功尽弃。结尾于"谋篇"时就要想好，至少大体想好。这样整个小说才有个走向，不至于写到哪里算哪里，成了没有脑线的一风筝。

有各式各样的结尾。

汤显祖评《董西厢》，说董很善于每一出的结尾。汤显祖认为《董西厢》的结尾有两种，一种是"煞尾"，一种是"度尾"。"煞尾""如骏马收缰，寸步不移"；"度尾""如画舫笙歌，从远处来，过近处，又向远处去"。汤显祖不愧是大才子，他的评论很形象，很有诗意。我觉得结尾虽有多种，但不外是"煞尾"和"度尾"。

我已经讲得不少，占用了大家很多时间。谢谢！

一九九三年八月三日在湖南娄底讲
一九九三年八月十七日在北京追记

老学闲抄

皇帝的诗

我的家乡高邮是个泽国，经常闹水灾。境内有高邮湖，往来旅客，多于湖边泊船，其中不乏骚人墨客，写了一些诗。高邮县政协盂城诗社寄给我一册《珠湖吟集》，是历代写高邮湖的。我翻看了一遍，不外是写湖上风景、水产鱼虾，写旅兴或旅愁，很少涉及人民生活的，大都无甚深意，没有什么分量。看多了有喝了一肚子白开水之感。奇怪的是，写得很有分量的，倒是两位清朝皇帝的诗。一首是康熙的，一首是乾隆的，录如下：

康熙 高邮湖见居民田庐多在水中因询其故恻然念之

淮扬罹水灾，流波常浩浩。
龙舰偶经过，一望类洲岛。
田亩尽沉沦，舍庐半倾倒。
茕茕赤子民，凄凄卧深潦。
对之心惕然，无策施襁褓。
夹岸罗黔首，跽陈进耆老。
咨诹不厌烦，利弊细探讨。
饥寒或有由，良惭奉苍颢。
古人念一夫，何况睹枯槁。
凛凛夜不寐，忧勤悬如捣。
亟图浚治功，拯济须及早。
会当复故业，咸令乐怀保。

乾隆　高邮湖

淮南古泽国，高邮更巨浸。
诸湖率汇兹，万顷波容任。
洒火含阴精，孕珠符祥谶。

144

堤岸高于屋，居民疑地窖。

嗟我水乡民，生计惟罟罛。

菱芡佐饔飧，舴艋待用赍。

其乐实未见，其艰亦已甚。

乾隆这首诗写得真切沉痛，和刻在许多名胜古迹的御碑上的满篇锦绣珠玑的七言律诗或绝句很不相同。"其乐实未见，其艰亦已甚"，慨乎言之，不啻是在载酒的诗翁的悠然的脑袋上敲了一棒。比较起来，康熙的一首写得更好一些，无雕饰，无典故，明白如话。难得的是民生的疾苦使一位皇帝内心感到惭愧。"凛凛夜不寐，忧勤悬如抔"虽然用的是成句，但感情是真挚的。这种感情不是装出来的，他没有必要装，装也装不出来。

康熙和乾隆都是有作为的皇帝。他们的几次南巡，背景和目的是什么，我没有考察过，但决不只是游山玩水，领略南方的繁华佳丽（不完全排除这因素）。我想体察民风，俾知朝政之得失，是其缘由之一。他们真是做到了"深入群众"了，尤其是康熙。他们的关心民瘼，最终的目的，当然还是为了维持和巩固其统治。这也没有什么不好。他们知道，脱离人民，其统治是不牢固的。他们不只是坐在宫里看报告（奏折），要亲自下来走一走。关心民瘼，不止在嘴上说说，要动真感情。因此，我们在两三百年之后读这

老学闲抄

样的诗，还是很感动。

我希望我们的领导人也能读一点这样的诗。

诗用生字

《对床夜语》（宋范晞文撰）卷五：

> 诗用生字，自是一病，苟欲用之，要使一句之意，尽于此字上见工，方为稳帖。如唐人"走月逆行云"、"芙蓉抱香死"、"笠卸晚峰阴"、"秋雨慢琴弦"、"松凉夏健人"，"逆"字、"抱"字、"卸"字、"慢"字、"健"字，皆生字也，自下得不觉。

此言是也。

前几年有几位很有才华的年轻的作家很注意在语言上下功夫，炼字炼句，刻意求工，往往用一些怪字，使人有生硬之感。有人说，这是炼得太过了。我原先也是这样想。最近想想，觉得不是炼得太过，而是炼得还不够。如果再炼炼，就会由生入熟，本来是生字，读起来却像是熟字，"自下得不觉"。

炼字可以临时炼，对着稿纸，反复捉摸，要找一个恰当而不俗的字。但更重要的是平时的"发现"。阿城的小说里写：老鹰在天上移来移去，这写得好。鹰在高空，全不见翅膀动，只是"移来移去"。这个感觉抓得很准。"炼"字，无非是抓到了一种感觉。一个作家所异于常人者，也无非是对"现象"更敏感些。阿城的"移来移去"的印象，我想是早就有了，不是对着稿纸苦思出来的。

最好还是用常见的字，使之有新意。姜白石说："人所难言，我易言之，人所常言，我寡言之，自不俗。"我之所言，也还是人之所言，不是凭空杜撰出来的。"数峰清苦，商略黄昏雨"，此境人不易到，然而"清苦"、"商略"，固是平常的话也。阿城的"移来移去"，"移"字也是平常的字。

毛泽东用乡音押韵

毛主席的诗词大体上押的是"平水韵"①，《西江月·井冈山》是个例外。

　　山下旌旗在望，

----

　　① "平水韵"原为金代官韵书，供科举考试之用，因为在平水刊行，故名。明清以来作"近体诗"者多以"平水韵"为依据，延用至今。

山头鼓角相闻。

敌军围困万千重，

我自岿然不动。

早已森严壁垒，

更加众志成城。

黄洋界上炮声隆，

报道敌军宵遁。

这首词押的不是"平水韵"。当然也不是押的北方通俗韵文所用的"十三辙"。如果用听惯"十三辙"的耳朵来听，就会觉得不很协韵，"闻"、"重"、"动"、"城"、"隆"、"遁"，怎么能算是一道韵呢？这不是"中东"、"人辰"相混么？稍一捉摸，哦，这首词是照湖南话押的韵。照湖南话，"重"音 chen，"动"音 den，"城"音 chen，"隆"音 len，"遁"音 den，其韵尾都是 en，正是一道韵。用湖南话读起来会觉得非常和谐。在战争环境里，无韵书可查，毛主席用湖南话押韵大概是不知不觉的。

毛西河说："词本无韵。"不是说词可以不押韵，而是说既没有官颁的韵书可遵循，也不像写北曲似的要以具有权威性的《中原音韵》为依据，可以比较自由。好像没有听说过谁编过一本《词韵》。张玉田谓："词以协律，当以口舌相调"，即只能靠读或唱起来的感觉来决定。既然如此，填词的人在笔下流出自己的乡音，便是很自然的事。

中国语音复杂，不可能定出一本全国通行，能够适合南北各地的戏曲、曲艺的"官韵"。北方戏、曲种大部分依照"十三辙"。但即是"十三辙"也很麻烦，山西话把"人辰"都读成了"中东"。京剧这两道辙也常相混，京剧演员，尤其是老生，认为"中东唱人辰，怎么唱也不丢人"。看来只有"以口舌相调"，凭感觉。现在写戏曲、曲艺，写新诗（如果押韵）乃至填词，只能用鲁迅主张的办法：押大致相同的韵。写"近体诗"的如果愿意恪守"平水韵"，自然也随便。

一九九〇年十月二十五日

词曲的方言与官话

　　我的家乡，宋代出了个大词人秦观，明代出了个散曲大家王磐。我读他们的作品，有一点外乡人不大会有的兴趣，想看看他们的作品里有没有高邮话。结果是，秦少游的词里有，王西楼的散曲里没有。

　　夏敬观《手批山谷词》谓："以市井语入词，始于柳耆卿，少游、山谷各有数篇。"今检《淮海居士长短句》，"以市井语入词"者似只三首。一首《满园花》，两首《品令》。《满园花》不知用的是什么地方的俚语，《品令》则大体上可以断定用的是高邮话。《品令》二首录如下：

　　　　一、幸自得。一分索强，教人难吃。好好地，恶了十来日。恰而今、较些不？　　须管啜持教笑，又也何须肐织！衡倚赖，脸儿得人惜。放软顽、道不得！

二、掉又矔。天然个品格，于中压一。帘儿下，时把鞋儿踢。语低低、笑咭咭。　　每每秦楼相见，见了无门怜惜。人前强，不欲相沾识。把不定、脸儿赤。

首先是这首词的用韵。刘师培《论文杂记》："宋人作词亦多叶韵，……（秦观《品令》用织、吃、日、不、惜为韵，则职、锡、质、物、陌五韵可通用矣）。"刘师培是把官修诗韵的概念套用到词上来了。"职、锡、质、物、陌"五韵大概到宋代已经分不清，无所谓"通用"。毛西河谓"词本无韵"，不是说不押韵，是说词本没有官定的，或具有权威的韵书，所押的只是"大致相近"的韵。张玉田谓："词以协律，当以口舌相调。"只要唱起来顺口，听起来顺耳，就行。《品令》所押的是入声韵，入声韵短促，调值相近，几乎可以归为一大类，很难区别。用今天的高邮话读《品令》，觉得很自然，没有一点别扭。

焦循《雕菰楼词话》："秦少游《品令》'掉又矔，天然个品格'，此正秦邮土音，今高邮人皆然也。"焦循是甘泉人，于高邮为邻县，所言当有据。其实不只这一个"个"字，凭直觉，我觉得这两首词通篇都是用高邮话写的。"肷织"旧注以为"即'胳肢'，意犹多曲折，不顺遂"，不可通。朱延庆君以为"肶织"即"胳肢",今高邮人犹有读第二字为入声者,其说近是。"啜持"是用甜言蜜语哄哄。整句意思是:说两句好听的话哄哄你,准能教你笑,也用不着胳肢你!这两首词皆以方言写艳情,似是写给同一个人的,这人是一个惯会撒娇使小性儿的妓女。《淮海居士长短句·附录二,秦观词年表》推测二词写于熙宁九年,这年少游二十八岁,在家乡闲居,时作冶游,所相与的妓女当也是高邮人,故以高邮方言写词状其娇痴,这也是很自然的。

词的语句,虽如夏敬观所说:"时移世易,语言变迁,后之阅者渐不能明",很难逐句解释,但用今天的高邮话读起来,大体上还是能体味到它的情趣的,高邮人对这两首词会感到格外亲切。

少游有《醉乡春》,如下:

> 唤起一声人悄,衾冷梦觉窗晓。瘴雨过,海棠开,春色又添多少。　　社瓮酿成微笑,半缺椰瓢共舀。觉顷倒,急投床,醉乡广大人间小。

此词是元符元年于横州作,用的是通行的官话,非高邮土音。但有一个字有点高邮话的痕迹:"舀"。王本补遗案曰"地志作'酌',出韵,误"。《词品》卷三:"此词本集不载,见于地志。而修《一统志》者不识'舀'字,妄改可笑。"《雨村词话》:"舀,音咬,以瓢取水也。"《词林纪事》卷六按："换头第二句'舀'字，《广韵》上声三十'小'部有此字，以治切，正与'悄'字押。"看来有不少人不认识这个字，但在高邮，这不是什么冷字。高邮人谓以器取水皆曰舀，不一定是用瓢。用一节竹筒旁安一长把，以取水，就叫做"水舀子"。用磁勺取汤，也叫做"舀一勺汤"。这个字不是高邮所独有，但少游是高邮人，对这个字很熟悉，故能押得自然省力耳。

王磐写散曲，我一直觉得有些奇怪。在他以前和以后，都不曾听说高邮还有什么人写过散曲。一个高邮人，怎么会掌握这种北方的歌曲形式，熟悉北方语言呢？

《康熙扬州府志》云："王磐，字鸿渐，高邮人，……与金陵陈大声并为南曲之冠。"这"南曲"易为人误会。其实这里所说的"南曲"，是指南方的曲家。王磐所写，都是北曲。王骥德《曲律·论咏物》云"小令北调，王西楼最佳"。又《杂论》举当世之为北调者，谓"维扬则王山人西楼"。又云"客问词人之冠，余曰：于北词得一人，曰高邮王西楼"。任中敏校阅《王西楼乐府》后记："观于此本内无一南曲。"

写北曲得用北方语言，押北方韵。王西楼对此极内行。如《久雪》：

　　乱飘来燕塞边，密洒向程门外，恰飞还梁苑去，又舞过灞桥来。攘攘皑皑，颠倒把乾坤碍，分明将造化埋。荡磨的红日无光，隈逼的青山失色。

"色"字有两读，一读 se，而在我们家乡是读入声的；一读 shai，上声，这是河北、山东语音，我的家乡没有这样的读音。然而王磐用的这个"色"字分明应该读（或唱）成 shai 的，否则就不押韵。王磐能用 shai 押韵，押得很稳，北曲的味道很浓，这是什么道理呢？是他对《中原音韵》翻得烂熟，还是他会说北方话，即官话？我看后一种可能更大一些，否则不会这样运用自如。然而王西楼似未到过北方，而且好像足迹未出高邮一步，他怎能说北方话？这又颇为奇怪。有一种可能是当时官话已在全国流行，高邮人也能操北语了。我很难想象这位"构楼于城西僻地，坐卧其间"的王老先生说的是怎样的一口官话。

一九八九年十一月二十七日

创作的随意性

　　我有一次到中国美术馆看齐白石画展。有一幅尺页，画的是荔枝。其时李可染恰恰在我的旁边，说："这张画我是看着他画的。荔枝是红的，忽然画了两颗黑的，真是神来之笔！"这是"灵机一动"，可以说是即兴，也可以说是创作过程中的随意性。

　　作画，总得先有个想法，有一片思想，一团感情，一个大体的设计，然后落笔。一般说，都是意在笔先。但也可以意到笔到，甚至笔在意先，跟着感觉走。

　　叶燮论诗，谓如泰山出云，如果事前想好先出哪一朵，后出哪一朵，怎样流动，怎样堆积，那泰山就出不成云了，只是随意而出，自成文章。这说得有点绝对，但是写诗作画，主要靠情绪，不能全凭理智，这是对的。

郑板桥反对"胸有成竹"，说胸中之竹，已非眼中之竹，笔下之竹又非胸中之竹。事实也正是这样，如果把胸中的成竹一枝一叶原封不动地移在纸上，那竹子是画不成的，即文与可也并不如是。文与可的竹子是比较工整的，但也看出有"临场发挥"处，即有随意性。

写字、作诗、作画，完成之后，不会和构思时完全一样。"殆其篇成，半折心始"。

也有这样的画家，技巧熟练，对纸墨的性能掌握得很好，清楚地知道，这一笔落到纸上，会有什么样的效果，作画是很理智的。这样的画，虽是创作，实同临摹。

一九九三年九月十一日

无意义诗

我的儿子，他现在已经三十多岁，当了父亲了，小时候曾住过新华社的"少年之家"。有一次"少年之家"开晚会，他们，一群男孩子，上台去唱歌。他们神色很庄重。指挥一声令下："预备——齐！"他们大声唱了：

"排着队，

唱着歌，

拉起大粪车！

花园里，

花儿多，

马蜂蜇了我！"

老师傻了眼了：这是什么歌？

这是这帮男孩子自己创作的歌。他们都会唱，而且在

"表演"时感情充沛。我觉得歌很美，而且很使我感动。

若干年后，我仔细想想，这是孩子们对于强加于他们的过于正经的歌曲的反抗，对于廉价的抒情的嘲讽。这些孩子是伟大的喜剧诗人，他们已经学会用滑稽来撕破虚伪的严肃。

我的女儿曾到黑龙江参加军垦（她现在也已经当了母亲了）。她们那里忽然流行了一首歌。据说这首歌是从北京传过去的。后来不止是黑龙江，许多地区的"军垦战士"都唱起来了：

"有一个小和尚，

泪汪汪，

整天想他娘。

想起了他的娘，

真不该，

叫他当和尚！"

他们唱这首歌唱得很激动，他们用歌声来宣泄他们的复杂的，难于言传的强烈的感情。这种感情难道我们不能体会么？

上述两首歌可以说是无意义的，但是，是有意义的。

英国曾有几个诗人专写"无意义诗"。朱自清先生曾作专文介绍。

许多无意义诗都是有意义的。我们不当于诗的表面意义上寻求其意义，而应该结合时代背景、于无意义中感受其意义。在一个不自由的时代，更当如此。在一个开始有了自由的时代，我们可以比较真切地捉摸出其中的意义了。

沙弥思老虎

袁子才《子不语》有一则《沙弥思老虎》：

五台山某禅师收一沙弥，年甫三岁。五台山最高，师徒在山顶修行，从不一下山。

后十余年，禅师同弟子下山。沙弥见牛、马、鸡、犬，皆不识也。师因指而告之曰："此牛也，可以耕田；此马也，可以骑；此鸡犬也，可以报晓，可以守门。"沙弥唯唯。少顷，一少年女子走过，沙弥惊问："此又是何物？"师虑其动心，正色告之曰："此名老虎，人近之者，必遭咬死，尸骨无存。"沙弥唯唯。

晚间上山，师问："汝今日在山下所见之物，可有心上思想他的否？"曰："一切物我都不想，只想那吃人的老虎，心上总觉舍他不得。"

这是一个很有意思的故事，在《子不语》的许多谈狐说鬼的故事中显得很特别，袁枚这一篇的文章也很清峻可喜，虽是浅近的文言，却有口语的神采。

这个故事我好像在哪里见过。想了一想，大概是薄伽丘的《十日谈》。《十日谈》成书约在一三五〇——一三五三年间，袁子才卒于一七九八年，相距近四百五十年。薄伽丘是文艺复兴时期的意大利作家，袁枚是中国的乾隆年间的文人。这个故事是怎样传到中国来，怎样被袁枚听到的？这是非常有趣的事。

也许我记错了，这故事不见于《十日谈》（手边无《十日谈》，未能查对），而是在另外的书里。但是可以肯定，这个故事是外来的，是从西方传入的。这里面的带有人文主义色彩的思想，非中土所有，也不是袁子才这样摆不脱道学面具的才子所本有。

一九九三年九月二十八日

读诗抬杠

　　"春江水暖鸭先知"，有人说："鸭先知，鹅不先知耶？"鹅亦当先知，但改成"春江水暖鹅先知"，就很可笑。"五月临平山下路，藕花无数满汀洲"，有人说："为什么是五月？应是六月，六月荷花始盛。"有人和他辩论，说："五月好"，他说："有何好！你只是读得惯了！""疏影横斜水清浅，暗香浮动月黄昏"，有人说："为什么一定是梅花？用之桃杏亦无不可。"东坡闻之，笑曰："用之桃杏诚亦可，但恐桃杏不敢当耳！"读诗不可死抠字面，唯可意会。一种花有一种花的精神品格。"水清浅"、"月黄昏"，只是梅花的精神品格，别的花都无此高格，若桃花，只宜"桃花乱落如红雨"；杏花只宜"红杏枝头春意闹"。其人不服，且曰："'红杏枝头春意闹'不通！杏花不能发出声音，怎可说'闹'？"对这种人只有一个办法，给他一块锅饼，两根大葱，抹一点黄酱，让他一边蹲着吃去。

一九九三年九月十二日

诗与数字

杜牧诗："千里莺啼绿映红，水村山郭酒旗风，南朝四百八十寺，多少楼台烟雨中。"杨升庵以为"千里"当作"十里"，千里之外，莺声已不可闻。杨升庵是才子，著书甚多，但常有很武断的话。"千里"是宏观。诗题是《江南春》，泛指江南，并非专指一个地区。"四百八十寺"也是极言其多，未必真是四百八十座庙。诗里的数字大都是宏观。"千山鸟飞绝，万径人踪灭"、"千岩万壑赴荆门"，"千"、"万"，都不是实数。"千里江陵一日还"，也不是整整一千里（郦道元《水经注》："有时朝发白帝，暮到江陵，其间千二百里"）。

以数字入诗，好像是中国诗的特有现象，非常普遍。骆宾王尤喜用数字，被称为"算博士"，但即是骆宾王，所用数字也未必准确。有的诗里的数字倒可能是确数，如"故乡七十五长亭"。

一九九三年九月十七日

随遇而安

我当了一回右派，真是三生有幸。要不然我这一生就更加平淡了。

我不是一九五七年打成右派的，是一九五八年"补课"补上的，因为本系统指标不够。划右派还要有"指标"，这也有点奇怪。这指标不知是一个什么人所规定的。

一九五七年我曾经因为一些言论而受到批判，那是作为思想问题来批判的。在小范围内开了几次会，发言都比较温和，有的甚至可以说很亲切。事后我还是照样编刊物，主持编辑部的日常工作，还随单位的领导和几个同志到河南林县调查过一次民歌。那次出差，给我买了一张软席卧铺车票，我才知道我已经享受"高干"待遇了。第一次坐软卧，心里很不安。我们在洛阳吃了黄河鲤鱼，随即到林县的红旗渠看了两三天。凿通了太行山，把漳河水引到河南来，水在山腰的石渠中活活地流着，很叫人感动。收集了不少民歌。有的民歌很有农民式的浪漫主义的想象，如想到将来渠里可以有"水猪"、"水羊"，想到将来少男少女都会长得很漂亮。上了一次中岳嵩山。这里运载石料的交通工具主要是用人力拉的排子车，特别处是在车上装了一面帆，布帆受风，拉起来轻快得多。帆本是船上用的，这里却施之陆行的板车上，给我十分新鲜的印象。我们去的时候正是桐花盛开的季节，漫山遍野摇曳着淡紫色的繁花，如同梦境。从林县出来，有一条小河，河的一面是峭壁，一面是平野，岸边密植杨柳，河水清澈，沁人心脾。我好像曾经见过这条河，以后还会看到这样的河。

这次旅行很愉快，我和同志们也相处得很融洽，没有一点隔阂，一点别扭。这次批判没有使我觉得受了伤害，没有留下阴影。

一九五八年夏天，一天（我这人很糊涂，不记日记，许多事都记不准时间），我照常去上班，一上楼梯，过道里贴满了围攻我的大字报。要拔掉编辑部的"白旗"，措辞很激烈，已经出现"右派"字样。我顿时傻了。运动，都是这样：突然袭击。其实背后已经策划了一些日子，开了几次会，作了充分的准备，只是本人还蒙在鼓里，什么也不知道。这可以说是暗算。但愿这种暗算以后少来，这实在是很伤人的。如果当时量一量血压，一定会猛然增高。我是有实际数据的。"文化大革命"中我一天早上看到一批侮辱性的大字报，到医务所量了量血压，低压110，高压170。平常我的血压是相当平稳正常的，90—130。我觉得卫生部应该发一个文件：为了保障人民的健康，不要再搞突然袭击式的政治运动。

开了不知多少次批判会。所有的同志都发了言。不发言是不行的。我规规矩矩地听着，记录下这些发言。这些发言我已经完全都忘了，便是当时也没有记住，因为我觉得这好像不是说的我，是说的另外一个别的人，或者是一个根本不存在的、假设的、虚空的对象。有两个发言我还留下印象。我为一组义和团故事写过一篇读后感，题目是《仇恨·轻蔑·自豪》。这位同志说："你对谁仇恨？轻蔑谁？自豪什么？"我发表过一组极短的诗，其中有一首《早春》，原文如下：

（新绿是朦胧的，飘浮在树杪，完全不像是叶子……）

远树绿色的呼吸。

批判的同志说：连呼吸都是绿的，你把我们的社会主义社会污蔑到了什么程度？！听到这样的批判，我只有停笔不记，愣在那里。我想辩解两句，行么？当时我想：鲁迅曾说费厄泼赖应该缓行，现在本来应该到了可行的时候，但还是不行。中国大概永远没有费厄的时候。所谓"大辩论"，其实是"大辩认"，他辩你认。稍微辩解，便是"态度问题"。态度好，问题可以减轻；态度不好，加重。问题是问题，态度是态度，问题大小是客观存在，怎么能因为态度如何而膨大或收缩呢？许多错案都是因为本人为了态度好而屈认，而造成的。假如再有运动（阿弥陀佛，但愿真的不再有了），对实事求是、据理力争的同志应予表扬。

开了多次会，批判的同志实在没有多少可说的了。那两位批判"仇恨·轻蔑·自豪"和"绿色的呼吸"的同志当然也知道这样的批判是不能成立的。批判"绿色的呼吸"的同志本人是诗人，他当然知道诗是不能这样引伸解释的。他们也是没话找话说，不得已。我因此觉得开批判会对被批判者是过关，对批判者也是过关。他们也并不好受。因此，我当时就对他们没有怨恨，甚至还有点同情。我们以前是朋友，以后的关系也不错。我记下这两个例子，只是说明批判是一出荒诞戏剧，如莎士比亚说，所有的上场的人都只是角色。

我在一篇写右派的小说里写过："写了无数次检查，听了无数次批判，……她不再觉得痛苦，只是非常的疲倦。

她想：定一个什么罪名，给一个什么处分都行，只求快一点，快一点过去，不要再开会，不要再写检查。"这是我的亲身体会。其实，问题只是那一些，只要写一次检查，开一次会，甚至一次会不开，就可以定案。但是不，非得开够了"数"不可。原来运动是一种疲劳战术，非得把人搞得极度疲劳，身心交瘁，丧失一切意志，瘫软在地上不可。我写了多次检查，一次比一次更没有内容，更不深刻，但是我知道，就要收场了，因为大家都累了。

结论下来了：定为一般右派，下放农村劳动。

我当时的心情是很复杂的。我在那篇写右派的小说里写道："……她带着一种奇怪的微笑。"我那天回到家里，见到爱人说，"定成右派了"，脸上就是带着这种奇怪的微笑的。我也不知道我为什么要笑。

我想起金圣叹。金圣叹在临刑前给人写信，说："杀头，至痛也，而圣叹于无意中得之，亦奇。"有人说这不可靠。金圣叹给儿子的信中说："字谕大儿知悉，花生米与豆腐干同嚼，有火腿滋味"，有人说这更不可靠。我以前也不大相信，临刑之前，怎能开这种玩笑？现在，我相信这是真实的。人到极其无可奈何的时候，往往会生出这种比悲号更为沉痛的滑稽感，鲁迅说金圣叹"化屠夫的凶残为一笑"，鲁迅没有被杀过头，也没有当过右派，他没有这种体验。

另一方面，我又是真心实意地认为我是犯了错误，是有罪的，是需要改造的。我下放劳动的地点是张家口沙岭子。离家前我爱人单位正在搞军事化，受军事训练，她不能请假回来送我。我留了一个条子："等我五年。等我改造好了回来。"就背起行李，上了火车。

右派的遭遇各不相同，有幸有不幸。我这个右派算是很幸运的，没有受多少罪，我下放的单位是一个地区性的农业科学研究所。所里有不少技师、技术员，所领导对知识分子是了解的，只是在干部和农业工人的组长一级介绍了我们的情况（和我同时下放到这里的还有另外几个人），并没有在全体职工面前宣布我们的问题。不少农业工人（也就是农民）不知道我们是来干什么的，只说是毛主席叫我们下来锻炼锻炼的。因此，我们并未受到歧视。

初干农活，当然很累，像起猪圈、刨冻粪这样的重活，真够一呛。我这才知道"劳动是沉重的负担"这句话的意义。但还是咬着牙挺过来了。我当时想：只要我下一步不倒下来，死掉，我就得拼命地干。大部分的农活我都干过，力气也增长了，能够扛一百七十斤重的一麻袋粮食稳稳地走上和地面成四十五度角那样陡的高跳。后来相对固定在果园上班。果园的活比较轻松，也比"大田"有意思。

最常干的活是给果树喷波尔多液。硫酸铜加石灰，兑上适量的水，便是波尔多液，颜色浅蓝如晴空，很好看。喷波尔多液是为了防治果树病害，是常年要喷的。喷波尔多液是个细致活。不能喷得太少，太少了不起作用；不能太多，太多了果树叶子挂不住，流了。叶面、叶背都得喷到。许多工人没这个耐心，于是喷波尔多液的工作大部分落在我的头上，我成了喷波尔多液的能手。喷波尔多液次数多了，我的几件白衬衫都变成了浅蓝色。

我们和农业工人干活在一起，吃住在一起。晚上被窝挨着被窝睡在一铺大炕上。农业工人在枕头上和我说了一些心里话，没有顾忌。我这才比较切近地观察了农民，比较知道中国的农村，中国的农民是怎么一回事。这对我确立以后的生活态度和写作态度是很有好处的。

我们在下面也有文娱活动。这里兴唱山西梆子（中路梆子），工人里不少都会唱两句。我去给他们化妆。原来唱旦角的都是用粉妆，——鹅蛋粉、胭脂，黑锅烟子描眉。我改成用戏剧油彩，这比粉妆要漂亮得多；我勾的脸谱比张家口专业剧团的"黑"（山西梆子谓花脸为"黑"）还要干净讲究。遇春节，沙岭子堡（镇）闹社火，几个年轻的女工要去跑旱船，我用油底浅妆把她们一个个打扮得如花似玉，轰动一堡，几个女工高兴得不得了。我们和几个职工还合演过戏，我记得演过的有小歌剧《三月三》、崔巍的独幕话剧《十六条枪》。一年除夕，在"堡"里演话剧，海报上特别标出一行字：

台上有布景

这里的老乡还没有见过个布景。这布景是我们指导着一个木工做的。演完戏，我还要赶火车回北京。我连妆都没卸干净，就上了车。

一九五九年底给我们几个人作鉴定，参加的有工人组长和部分干部。工人组长一致认为：老汪干活不藏奸，和群众关系好，"人性"不错，可以摘掉右派帽子。所领导考虑，才下来一年，太快了，再等一年吧。这样，我就在一九六○年在交了一个思想总结后，经所领导宣布：摘掉右派帽子，结束劳动。暂时无接受单位，在本所协助工作。

我的"工作"主要是画画。我参加过地区农展会的美术工作（我用多种土农药在展览牌上粘贴出一幅很大的松鹤图，色调古雅，这里的美术中专的一位教员曾特别带着学生来观摩）；我在所里布置过"超声波展览馆"（"超声波"怎样用图像表现？声波是看不见的，没有办法，我就画了农林牧副渔多种产品，上面一律用圆规蘸白粉画了一圈又一圈同心圆）。我的"巨著"，是画了一套《中国马铃薯图谱》。这是所里给我的任务。

这个所有一个下属单位"马铃薯研究站"，设在沽源。为什么设在沽源？沽源在坝上，是高寒地区（有一年下大雪，沽源西门外的积雪跟城墙一般高）。马铃薯本是高寒地带的作物。马铃薯在南方种几年，就会退化，需要到坝上调种。沽源是供应全国薯种的基地，研究站设在这里，理所当然。这里集中了全国各地、各个品种的马铃薯，不下百来种。我在张家口买了纸、颜色、笔，带了在沙岭子新华书店买得的《癸巳类稿》、《十驾斋养新录》和两册《容斋随笔》（沙岭子新华书店进了这几种书也很奇怪，如果不是我买，大概永远也卖不出去），就坐长途汽车，奔向沽源。其时在八月下旬。

我在马铃薯研究站画《图谱》，真是神仙过的日子。没有领导，不用开会，就我一个人，自己管自己。这时正是马铃薯开花，我每天蹚着露水，到试验田里摘几丛花，插在玻璃杯里，对着花描画。我曾经给北京的朋友写过一首长诗，叙述我的生活。全诗已忘，只记得两句：

坐对一丛花，

眸子炯如虎。

下午，画马铃薯的叶子。天渐渐凉了，马铃薯陆续成熟，就开始画薯块。画一个整薯，还要切开来画一个剖面。一块马铃薯画完了，薯块就再无用处，我于是随手埋进牛粪火里，烤烤，吃掉。我敢说，像我一样吃过那么多品种的马铃薯的，全国盖无第二人。

沽源是绝塞孤城。这本来是一个军台。清代制度，大臣犯罪，往往由帝皇批示"发往军台效力"，这处分比充军要轻一些（名曰"效力"，实际上大臣自己并不去，只是闲住在张家口，花钱雇一个人去军台充数）。我于是在《容斋随笔》的扉页上，用朱笔画了一方图章，文曰：

效力军台

白天画画，晚上就看我带去的几本书。

一九六二年初，我调回北京，在北京京剧团担任编剧，直至离休。

摘掉右派分子帽子，不等于不是右派了。"文革"期间，有人来外调，我写了一个旁证材料。人事科的同志在材料上加了批注：

该人是摘帽右派，所提供情况，仅供参考。

我对"摘帽右派"很反感，对"该人"也很反感。"该人"跟"该犯"差不了多少。我不知道我们的人事干部从什么地方学来的这种带封建意味的称谓。

"文化大革命"，我是本单位第一批被揪出来的，因为有"前科"。

"文革"期间给我贴的大字报，标题是：

老右派，新表演

我搞了一些时期"样板戏"，江青似乎很赏识我，于是忽然有一天宣布："汪曾祺可以控制使用。"这主要当然是因为我曾是右派。在"控制使用"的压力下搞创作，那滋味可想而知。

一直到一九七九年给全国绝大多数右派分子平反，我才算跟右派的影子告别。我到原单位去交材料，并向经办我的专案的同志道谢："为了我的问题的平反，你们做了很多工作，麻烦你们了，谢谢！"那几位同志说："别说这些了吧！二十年了！"

有人问我："这些年你是怎么过来的？"他们大概觉得我的精神状态不错，有些奇怪，想了解我是凭仗什么力量支持过来的。我回答：

"随遇而安。"

丁玲同志曾说她从被划为右派到北大荒劳动，是"逆来顺受"。我觉得这太苦涩了，"随遇而安"，更轻松一些。"遇"，当然是不顺的境遇，"安"，也是不得已。不"安"，又怎么着呢？既已如此，何不想开些。如北京人所说："哄自己玩儿。"当然，也不完全是哄自己。生活，是很好玩的。

随遇而安不是一种好的心态，这对民族的亲和力和凝聚力是会产生消极作用的。这种心态的产生，有历史的原因（如受老庄思想的影响），本人气质的原因（我就不是具有抗争性格的人），但是更重要的是客观，是"遇"，是环境的、生活的，尤其是政治环境的原因。中国的知识分子是善良的。曾被打成右派的那一代人，除了已经死掉的，大多数都还在努力地工作。他们的工作的动力，一是要证实自己的价值。人活着，总得做一点事。二是对生我养我的故国未免有情。但是，要恢复对在上者的信任，甚至轻信，恢复年青时的天真的热情，恐怕是很难了。他们对世事看淡了，看透了，对现实多多少少是疏离的。受过伤的心总是有璺的。人的心，是脆的。

这是没有办法的事。

为政临民者，可不慎乎。

一九九一年一月三十一日

知识分子的知识化

　　这个题目似乎不通。顾名思义，"知识分子"，当然是有知识的，有什么"知识化"的问题？这里所谓"知识"，不是指对某一学科的专业知识，而是指全面的文化修养。

　　四十多年前，在昆明华山南路一家裱画店看到一幅字，一下子把我吸引住了。是一个窄长的条幅，浅银红蜡笺，写的是《前赤壁赋》。地道的，纯正的文徵明体小楷，清秀潇洒，雅韵欲流。现在能写这样文徵明体小楷的不多了！看看后面的落款，是"吴兴赵九章"！这太出乎我的意料了！赵九章是当时少有的或仅有的地球物理学家，竟然能写这样漂亮的小字，他真不愧是吴兴人！我们知道华罗庚先生是写散曲的（他是金坛人，写的却是北曲，爱用"俺"字），有一次我在北京市委党校附近的商场看到华先生用行书写的招牌，也奔放，也蕴藉，较之以写字赚大钱的江湖书法家的字高出多矣！我没有想到华先生还能写字。一看，就知道：这是一个有学问的人写的字。我们知道，严济慈先生，苏步青先生都写旧体诗。严先生的书法也极有功力。如果我没有记错，"欧美同学会"的门匾的笔力坚挺的欧体大字，就是严先生的手笔（欧体写成大字，很要力气）。我们大概四二、四三年间，在昆明云南大学成立了一个曲社，有时做"同期"。参加"同期"的除了文科师生，常有几位搞自然科学的教授、讲师。许宝騄先生是数论专家，但许家是昆曲世家，许先生的曲子唱得很讲究。我的《刺虎》就是他亲授的。崔芝兰先生（女）是生物系教授，几十年都在研究蝌蚪的尾巴，但是酷爱昆曲，每"期"必到，经常唱的是《西厢记·楼会》。吴征镒先生是植物分类学专家，是唱老生的。他当年嗓子好，中气足，能把《弹词》的"九转货郎儿"唱到底，有时也唱《扫秦》。现在，他还在唱，只是当年曲友风流云散，找一个�... 笛的也不易了。

解放以后的教育过于急功近利。搞自然科学的只知埋头于本科，成了一个科技匠，较之上一代的科学家的清通渊博风流儒雅相去远矣。

自然科学界如此，治人文科学者也差不多。

就拿我们这行来说。写小说的只管写小说，写诗的只管写诗，搞理论的只管搞理论，对一般的文化知识兴趣不大。前几年王蒙同志提出作家学者化，看来确实有这个问题。拿写字说，前一代，郭老、茅公、叶圣老、王统照的字都写得很好。闻一多先生的金文旷绝一代，沈从文先生的章草自成一格。到了我们这一辈就不行了。比我更年轻的作家的字大部分都拿不出手。作家写的字不像样子，这点不大说得过去。

　　提高知识分子的文化修养，这不是问题么？

　　知识分子的文化修养普遍地提高了，这对提高我们全民族的文化修养将会起很大的推动作用。反之，如果知识分子的文化修养不提高，全民族的文化水平将会不堪设想。

　　　　　　　　　　　　一九九〇年三月二日

"无事此静坐"

我的外祖父治家整饬，他家的房屋都收拾得很清爽，窗明几净。他有几间空房，檐外有几棵梧桐，室内木榻、漆桌、藤椅。这是他待客的地方。但是他的客人很少，难得有人来。这几间房子是朝北的，夏天很凉快。南墙挂着一条横幅，写着五个正楷大字：

"无事此静坐"。

我很欣赏这五个字的意思。稍大后，知道这是苏东坡的诗。下面的一句是：

"一日当两日。"

事实上，外祖父也很少到这里来。倒是我常常拿了一本闲书，悄悄走进去，坐下来一看半天。看起来，我小小年纪，就已经有一点隐逸之气了。

静，是一种气质，也是一种修养。诸葛亮云："非淡泊无以明志，非宁静无以致远"。心浮气躁，是成不了大气候的。静是要经过锻炼的，古人叫做"习静"。唐人诗云："山中习静朝观槿，松下清斋折露葵"。"习静"可能是道家的一种功夫，习于安静确实是生活于扰攘的尘世中人所不易做到的。静，不是一味地孤寂，不闻世事。我很欣赏宋儒的诗："万物静观皆自得，四时佳兴与人同"。唯静，才能观照万物，对于人间生活充满盎然的兴致。静是顺乎自然，也是合乎人道的。

　　世界是喧闹的。我们现在无法逃到深山里去，唯一的办法是闹中取静。毛主席年轻时曾采取了几种锻炼自己的方法，一种是"闹市读书"。把自己的注意力高度集中起来，不受外界干扰，我想这是可以做到的。

　　这是一种习惯，也是环境造成的。我下放张家口沙岭子农业科学研究所劳动，和三十几个农业工人同住一屋。他们吵吵闹闹，打着马锣唱山西梆子，我能做到心如止水，照样看书、写文章。我有两篇小说，就是在震耳的马锣声中写成的。这种功夫，多年不用，已经退步了，我现在写东西总还是希望有个比较安静的环境，但也不必一定要到海边或山边的别墅中才能构思。

　　大概有十多年了，我养成了静坐的习惯。我家有一对旧沙发，有几十年了。我每天早上泡一杯茶，点一支烟，坐在沙发里，坐一个多小时。虽是块然独坐，然而浮想连翩。一些故人往事，一些声音、一些颜色、一些语言、一些细节，会逐渐在我的眼前清晰起来，生动起来。这样连续坐几个早晨，想得成熟了，就能落笔写出一点东西。我的一些小说散文，常得之于清晨静坐之中。曾见齐白石一小幅画，画的是淡蓝色的野藤花，有很多小蜜蜂，有颇长的题记，说这是他家山的野藤，花时游蜂无数，他有个孙子曾被蜂螫，现在这个孙子也能画这种藤花了，最后两句我一直记得很清楚："静思往事，如在目底"。这段题记是用金冬心体写的，字画皆极娟好。"静思往事，如在目底"，我觉得这是最好的创作心理状态。就是下笔的时候，也最好心里很平静，如白石老人题画所说："心闲气静时一挥"。

我是个比较恬淡平和的人，但有时也不免浮躁，最近就有点如我家乡话所说"心里长草"。我希望政通人和，使大家能安安静静坐下来，想一点事，读一点书，写一点文章。

一九八九年八月十六日

生机

芋头

一九四六年夏天，我离开昆明，去上海，途经香港。因为等船期，滞留了几天，住在一家华侨公寓的楼上。这是一家下等公寓，已经很敝旧了，墙壁多半没有粉刷过。住客是开机帆船的水手，跑澳门做鱿鱼、蚝油生意的小商人，准备到南洋开饭馆的厨师，还有一些说不清是什么身份的角色。这里吃住都是很便宜的。住，很简单，有一条席子，随便哪里都能躺一夜。每天两顿饭，米很白。菜是一碟炒通菜、一碟在开水里焯过的墨斗鱼脚，还顿顿如此。

墨斗鱼脚，我倒爱吃，因为这是海味。——我在昆明七年，很少吃到海味。只是心情很不好。我到上海，想去谋一个职业，一点着落也没有，真是前途缥茫。带来的钱，买了船票，已经所剩无几。在这里又是举目无亲，连一个可以说说话的人都没有。我整天无所事事，除了到皇后道、德辅道去瞎逛，就是跑到走廊上去看水手、小商人、厨师打麻将。真是无聊呀。

我忽然发现了一个奇迹，一棵芋头！楼上的一侧，一个很大的阳台，阳台上堆着一堆煤块，煤块里竟然长出一棵芋头！大概不知是谁把一个不中吃的芋头随手扔在煤堆里，它竟然活了。没有土壤，更没有肥料，仅仅靠了一点雨水，它，长出了几片碧绿肥厚的大叶子，在微风里高高兴兴地摇曳着。在寂寞的羁旅之中看到这几片绿叶，我心里真是说不出的喜欢。

这几片绿叶使我欣慰，并且，并不夸张地说，使我获得一点生活的勇气。

豆芽

秦老九去点豆子。所有的田埂都点到了。——豆子一

生机

185

般都点在田埂的两侧，叫做"豆埂"，很少占用好地的。豆子不需要精心管理，任其自由生长。谚云："懒媳妇种豆"。还剩下一把。秦老九懒得把这豆子带回去。就掀开路旁一块石头，把豆子撒到石头下面，说了一声："去你妈的"，又把石头放下了。

过了一阵，过了谷雨，立夏了，秦老九到田头去干活，路过这块石头，他的眼睛瞪得像铃铛，石头升高了！他趴下来看看！豆子发了芽，一群豆芽把石头顶起来了。

"咦！"

刹那之间，秦老九成了一个哲学家。

长进树皮里的铁蒺藜

玉渊潭当中有一条南北的长堤，把玉渊潭隔成了东湖和西湖。堤中间有一水闸，东西两湖之水可通。东湖挨近钓鱼台。"四人帮"横行时期，沿东湖岸边拦了铁丝网。附近的老居民把铁丝网叫做铁蒺藜。铁丝网就缠在湖边的柳树干上，绕一个圈，用钉子钉死。东湖被圈禁起来了。湖里长满了水草，有成群的野鸭凫游，没有人。湖中的堤上还可以通过，也可以散散步，但是最好不要停留太久，更不能拍照。我的孩子有一次带了一个照相机，举起来对着钓鱼台方向比了比，马上走过来一个解放军，很严肃地说："不许拍照！"行人从堤上过，总不禁要向钓鱼台看两眼，心里想：那里头现在在干什么呢？

"四人帮"粉碎后，铁丝网拆掉了。东湖解放了。岸上有人散步，遛鸟，湖里有了游船，还有人划着轮胎内带扎成的筏子撒网捕鱼，有人弹吉他、吹口琴、唱歌。住在附近的老人每天在固定的地方聚会闲谈。他们谈柴米油盐、男婚女嫁、玉渊潭的变迁……

但是铁蒺藜并没有拆净。有一棵柳树上还留着一圈。铁蒺藜勒得紧，柳树长大了，把铁蒺藜长进树皮里去了。兜着铁蒺藜的树皮愈合了。鼓出了一圈，外面还露着一截铁的毛刺。

有人问："这棵树怎么啦？"

一个老人说："铁蒺藜勒的！"

这棵柳树将带着一圈长进树皮里的铁蒺藜继续往上长，长得很大，很高。

艺术和人品

——《方荣翔传》代序

  方荣翔称得起是裘派传人。荣翔八岁学艺，后专攻花脸，最后归宗学裘。当面请益，台下看戏、听唱片、听录音，潜心揣摩，数十年如一日，未尝间断，呜呼，可谓勤矣。荣翔的生理条件和盛戎很接近，音色尤其相似。盛戎鼻腔共鸣好，荣翔的鼻腔共鸣也好。因此荣翔学裘有先天的优势。过去唱花脸，都以"气大声宏"取胜，一响遮百丑。唱花脸而有意识地讲究韵味，实自盛戎始。盛戎演戏，能体会人物的身份、性格，所处的环境，人物关系，运用音色的变化，控制音量的大小，表现人物比较内在的感情，不是在台上一味地嚷，不扎呼。荣翔学裘，得其神似。

  两年前中央人民广播电台录了荣翔几段唱腔，准备集中播放，征求荣翔意见，让谁来做唱腔介绍合适，荣翔提出让我来担任。我听了几遍录音，对荣翔学裘不仅得其声，而且得其意，稍有感受。比如《探皇陵》。《大·探·二》本是一出于史无征的戏，而且文句不通，有些地方简直不知所云，但是京剧演员往往能唱出剧本词句所不曾提供的人物感情。荣翔的《探皇陵》唱得很苍凉，唱出了一个白发老臣的一腔忠义。这段唱腔有一句高腔，"见皇陵不由臣珠泪交流"，荣翔唱得很"足"，表现出一个股肱老臣在国运垂危时的激动。这种激动不是唱词里写出来的，而是演员唱出来的，是文外之情。又如《姚期》。裘盛戎演《姚期》，能从总体上把握人物，把握主题，不是就字面上枝枝节节地处理唱腔、唱法。他的唱腔具有很大的暗示性，唱出了比唱词字面丰富得多的内容。荣翔也能这样。"马杜岑奉王命把草桥来镇，调老夫回朝转侍奉当今"，这本来只是两句叙述性的唱词，本身不带感情色彩。但是姚期深知奉调回朝，是一件非同小可的事。回京后将会发生什么事，无从预料，因此这两句散板听起来就有点隐隐约约的不安，有一种暗自沉吟的意味。这两句平平常常的唱词就不只是叙述一件事，而是姚期心情的流露了。"马王爷赐某的饯行酒"四句流水唱得极其流畅，显得姚期归心似箭，行色匆匆。《铡美案》的唱腔处理是合情合理的。"包龙图打坐在开封府"，荣翔把这句倒板唱得很舒展。下面的原板也唱得平和宛转。包拯一开头对陈世美是劝告，不是训斥，而且和一个当朝驸马叙话，也不宜疾言厉色，盛气凌人。这样才不悖两个人的身份。何况以后剧情还要发展——升堂、开铡，高潮迭起。如果这一段唱得太猛，不留余地，后面的唱就再也上不去了。《将相和》戏剧冲突强烈，这出戏可以演得很火爆，但是盛戏却把它往"文"里演。这是有道理的。廉颇毕竟是一员大将，而且年岁也大了，不能像小伙子似的血气方刚。蔺相如封官，廉颇不服，一个人在家里自言自语地叨咕，但不是暴跳如雷，骂大街。荣翔是全照盛戏的方法来演的。这场戏的写法是唱念交错，每一小段唱后有一段相当长的夹白，这在花脸戏中是不多见的。盛戏把夹白念得很轻（盛戏念白在不是关键的地方往往念得很轻），荣翔也如此。荣翔的念白，除了"难逞英雄也"的"也"音用了较大的胸腔共鸣，其余的地方简直像说话。这样念，比较生活化，也像一个老人的口吻。唱，在音色运用、口度、共鸣上和念白不同。这样，唱和念既有对比，又互相衔接，有浓有淡，有柔有刚。盛戏教荣翔《刺王僚》，总是说要"提喽"着唱。所谓"提喽"就是提着气，气一直不塌，出字稍高，多用上滑音。荣翔《刺王僚》唱得有摇曳感，因为这是王僚说梦，同时又有点恍恍惚惚，显得王僚心情不安。京剧而能表现出人物的精神状态，很难

190

得。

我听荣翔的戏不多，不能对他的演唱作一个全面的美学的描绘，只是就这几段唱腔说一点零碎的印象，其中一定有些外行话，愿与荣翔的爱好者印可。

荣翔个头不高，但是穿了厚底，系上胖袄，穿上蟒或扎上靠，显得很威重，像盛戎一样，这是因为他们能掌握人物的气质，其高大在神而不在形。

荣翔文戏武戏都擅长，唱铜锤，也能唱架子，戏路子很宽，这一点也与乃师相似。

在戏曲界，荣翔是一位极其难得的恂恂君子。他幼年失学，但是有很高的文化素养。他在人前话不多，说话声音也较小。我从来没有听他在背后说挖苦同行的损话，也从来没有说过粗鄙的或者下流的笑话。甚至他的坐态都显得很谦恭，收拢两腿，坐得很端正，没有翘着二郎腿，高谈阔论，旁视无人的时候。他没有梨园行的不好的习气，没有"角儿"气。他不争牌位，不争戏码前后，不计较待遇。戏曲界对钱财上看得比较淡，如方荣翔者，我还没有见过第二人。"四人帮"时期，曾批判"克己复礼"。其实克己复礼并没有什么不好。荣翔真是做到了这一点。荣翔艺品高，和他的人品高，是有关系的。

荣翔和老师的关系是使人感动的。盛戎生前，他随时照顾，执礼甚恭；盛戎生病，随侍在侧。盛戎病危时，我到医院去看他，荣翔引我到盛戎病床前，这时盛戎已经昏迷，荣翔轻轻叫他："先生，有人看您。"盛戎睁开眼，荣翔问他："您还认得吗？"盛戎在枕上微微点头，说了一个字："汪"，随即流下一滴眼泪。我知道他为什么流泪。我们曾经有约，等他病好，再一次合作，重排《杜鹃山》，现在，他知道不可能了。我在盛戎病床前站了一会儿，告辞退出，荣翔陪我出来。我看看荣翔，真是"哀毁骨立"，瘦了一圈，他大概已经几夜没有睡了。

盛戎去世后，荣翔每到北京，必要到裘家去。他对师娘、师弟、师妹一直照顾得很周到。荣翔在香港演出时，还特地写信给孩子，让他在某一天送一笔钱到裘家去，那一天是盛戎的生日。

荣翔不幸早逝，使我们不但失去一位才华未尽的表演艺术家，也失去一位堪供后生学习的道德的模范，是可痛也。

荣翔的哲嗣立民写了一本《方荣翔传》，征序于我，我对荣翔的为人和艺术不能忘，乃乐为之序。

一九八九年十二月二十五日

文人与书法

自古以来很多文人的字是写得很好的。

李白的《上阳台诗》是不是真迹还有争议，但杜牧的《张好好诗》没问题。宋四家都是文学家兼书法家。有人认为中国的书法一坏于颜真卿，再坏于宋四家，未免偏颇。宋人是很懂书法之美的。苏东坡自己说得很明确："我虽不善书，晓书莫如我。"他本人确实懂字。他的字很多，我觉得不如蔡京的，蔡京字好人不好，但不能因人废书。

也有文人的字写得不好。我见过司马光的一件作品，字不好。四川乐山有他一块碑，写得还可以。他不算书法家，但他的字很有味，是大学问家写的字。大学问家字写得不好的还有不少，如龚定庵。他一生没当过翰林，就是因为书法不行。他中过进士，但没点翰林。他的字虽然不好，但很有味。这种文人书法的"味"，常常不是职业书法家所能达到的。

我觉得要重视书法。我到过台湾，有一个感觉。台湾的牌匾，大部分是欧体，不像我们这里的字龙飞凤舞、非隶非篆。台湾是欧体、唐楷居多，他们故宫博物院的说明书也全是欧体。这使我想到一个问题，写字还要从楷书学起。楷书比较规整的是欧体。如果一开始就写颜体，容易叫小孩把字写坏了。茅盾的字有点欧味，有人说像成亲王，茅公说他没学过成亲王。扬州有人考证茅公的字是从欧字来的，但不是九成宫那类楷书，而是欧的行书体。

书法的发展不是孤立的，应该以传统文化为基础。台湾对传统文化比较重视。台湾的书法比较端正。台湾很多作家能背很多古文。台湾的教科书中没有白话文，全是文言文。这样做不一定对。但是从我们的语文教材比例看，文言文的比重比较少。我认为，作为一个作家，不熟读若干古文，是不适于写散文的，小说另当别论。

现在，有那么多人喜欢书法，爱好字，这是件好事。写字应该从小抓起，但现在的小学生很麻烦，因为老师就不懂书法，写的都是印刷体、仿宋体。写字还得从楷书入手。

还有个麻烦，就是换笔问题。我是换不了笔的。相当多年以前，我是用毛笔写稿的，写的是竖行。后来改成横写，别扭了好几年。到现在我也很难想象怎样用电脑写作，我认为电脑写作是机器在写作而不是我在写作，感觉不一样。我至少在相当长的时间里办不到这一点。当然写几十万字的长篇小说也可能用电脑更方便，我因为不写长东西，所以还是喜欢用笔。换笔对于书法发展的影响，也是一个值得注意的问题。

现在有一个书协，会员那么多，成就那么大，这是很令人欣慰的事。要写好字，有必要强调基本功。现在写篆隶，有的人是有真功夫的，有的是花架子。应该首先把楷书、行书写好。有人写很大的篆隶，题款不像样子，行书都不会写。现在还有人鼓励小孩子篆隶，我以为不妥，还是先写楷书为好。

中国的毛笔应该怎样做，也很值得商讨。唐以前用的不是羊毫，但现在硬毫太少了，羊毫长锋盛行。日本书法多是狼毫写的，我们现在的笔是大肥肚子，写不了多少字就掉毛。毛笔制作也要不拘一格，这样才有利于书法的发展。早年胡小石在昆明时，正赶上灭鼠运动，他借机攒了不少鼠须用来制笔，他的字有不少就是用鼠须笔写的。

（根据谈话整理）

"国风文丛"总序

　　为什么要编这样一套"国风文丛"？无非是介绍各地的风土人情、山川景色，乃至瓜果吃食而已。对读者说起来，可以获得一点知识，增加一分对吾土吾民的理解和感情，更爱我们这个国，而已。

　　中国很大，处处不乏佳山水。长江三峡、泰山、黄山、青城、峨嵋……的确很美，足为"平生壮观"。除了自然景观，还有众多的人文景观。"天下名山僧占多"，有山必有庙，庙多宏伟庄严。四大道场，各具一格。道教的山，比起佛教的山似稍逊，因为道教的神本来就比较杂乱。我在国外似乎见到人文景观较少。故宫、颐和园令外国人称赞不置。像网师园那样的苏州园林几乎没有。把人文景观和自然景观结合起来，是中国文化心理的一个特点。

中国人很会写游记。郦道元《水经注》记三峡："自三峡七百里中，两岸连山，略无阙处；重岩叠嶂，隐天蔽日，自非亭午夜分，不见曦月"，把一个绝大的境界用几句话就概括出来了，真是大手笔！柳宗元《至小丘西至小石潭记》："潭中鱼可百许头，皆若空游无所依。日光下澈，影布石上，佁然不动；俶尔远逝，往来翕忽，似与游者相乐。"用鱼的动写出环境的静，开创了游记的新写法。柳文之法成了诗文的一种传统。能继承郦道元的传统则很难，没有这样大的笔力。

当代散文延续了古典散文的余绪，有些是写得很好的。这套丛书的一些篇可以证明。

华夏诸神的神际关系很复杂，很乱。如泰山碧霞元君，一会儿说她是泰山神的侍女、女儿；一会儿又说她是玉皇大帝的女儿，又说她是玉皇大帝的妹妹。她后来实际上取代了东岳大帝，成为泰山的主神。关云长的地位不断提升。他在黄河以北一直做到"伏魔大帝"，但没有听说像华南那样是财神。关云长和发财不知道怎么会拉扯在一起。沿海几省乃至东南亚敬奉的妈祖，北方人对她却相当陌生。黄河以北有些城里有天后宫，天后是不是就是妈祖，很难说。北方比较重视城隍。属于城隍系统的官员有城隍—土地—灶王。有的地方在城隍以下，土地以上，还有个级别在两者之间的"都土地"。这一官列的干部大都有名有姓，但其说不一。拿城隍来说，宋初姓孙名本；明永乐时是周新。灶王也有名有姓，《荆楚岁时记》说此公姓苏名吉利，妇姓王名搏颊，但是民间却说他叫张三。北方俗曲云："灶王爷本姓张"，他好像是做了什么见不得人的事，钻进了灶洞，弄得脸上乌七抹黑。我不想劝散文作家对民间神祇作一些繁琐的罗列考证（那本是一篇糊涂帐），但是建议写地域散文的作家从民间文化的角度，审视这些无稽之谈所折射出来的心理文化素质，这不是简单的事。比如妈祖是海的保护神，这是无可怀疑的。海之神是女性，顺理成章。但是山之神碧霞元君却也是女性，是很耐人寻味的。民间封神的男男女女或多或少都是女权主义者。

与神鬼佛道有密切关系的是过年过节。各地年、节互有异同。如送灶，各地皆然，但日期不一样。北京是腊月二十三，我们那里则是二十四。军民也不一样，"军三民四龟五"。没有人家是二十五送灶的，这等于告诉人这家是妓女。过年是全国的假日，自初一至初五，不能扫地，也不能动针线。这可使辛苦一年的妇女得到一个彻底的休息，用意至善。对孩子来说，过年就是吃好吃的。"小孩小孩你别馋，过了腊八就是年"。北方过年大都吃饺子，"好吃不过饺子，舒坦不过倒着"。不过不能顿顿吃饺子，得变变花样。东北人的兴奋点是"初一的饺子初二的面，初三的饸饹子往家攥"。从北京到厦门，都兴吃春饼，以酱肉、酱鸡、酱鸭、炒鸡蛋，裹甜面酱、青韭、羊肉、葱、炒绿豆芽，卷而食之，同时必有一盘生萝卜细切丝。过年吃脆萝卜，谓之"咬春"。春饼很好吃，"咬春"的名字也起得好！正餐之外有零吃，花生、葵花籽、柿饼、风干栗子。北京家家有一堂蜜供。不到初五，供尖儿就叫孩子偷偷掰掉了。我们那里家家有果盒，亦称"盖盒"，漆制圆盒，底层分好几格，装核桃云片糕、"交结糖"、猪油花生糖、青梅、金橘饼、荔枝干、桂圆。这本是待客作茶用的（故又称"茶食盒"），但都为孩子一点一点拈到嘴里吃掉了。

过节各有时令食品。清明吃槐叶凉面、荞麦扒糕。依次为煮螺蛳、"喜蛋"——孵不出壳的毛鸡蛋；紫白桑椹、枇杷（白沙）、麦黄杏；粽子、新腌鸭蛋、炝白虾、黄瓜鱼、车螯（即花蛤）；藕、莲蓬、煮芋艿、毛豆、新蚕豆、菱、水晶月饼（素油）、臭苋菜秆、鹢（一种水鸟）、烧野鸭、糟鱼；最后为五香野兔、羊膏（山羊大块连皮，冻实后切片）……这些都是对于旅居的游子的蛊惑，足以引起对于童年生活的回忆。地域文学实际上是儿童文学，——一切文学达到极致，都是儿童文学。

搞地域文学都会遇到一个棘手的问题，——语言。中国地大山深，各地语言差别很大，彼此隔绝，几乎不能成为斯大林所说的"人类交际的工具"。福建的大名县召开解放后第一次党代会，台上的翻译竟有七个！推广普通话势在必行，刻不容缓。这也影响到文学。现在的文学都是用普通话写的，但这是怎样的普通话？张奚若先生在担任教育部长时曾说过：普通话并不是普普通通的话。文学语言不是莫里哀喜剧里的一个人物"说了一辈子散文"的那种散文。散文的语言总还得经过艺术加工。加工得有个基础，除了"官话"，基础是作家的母语，也就是一种方言。作家最好不要丢掉自己的母语。母语的生动性只有作家最能体会，最能掌握。文丛中有些散文看来是用普通话写的，但"话里话外"都还有作家母语——方言的痕迹。这增加了地域的色彩，这是好事。普通话是"以北方话为基础，以北京音为标准音"的，从历史发展看，"官话"有一个不小的问题，即入声的失去。入声是怎么失去的？周德清以为入声派入平上去三声。"派入"，有点人为的意思，谁来"人为"了？这变化恐怕还是自然形成的。没有入声，我觉得是一个很大的损失。唐宋以前的诗词是有入声的。没有入声，中国语言的"调"就从五个（阴、阳、上、去、入）变成四个（阴阳上去），少了一个。这在学旧诗词和写旧诗词的人都很不便。老舍先生是北京人，很"怕"入声，他写的旧诗遇有入声，都要请南方人听听，他说："我对入声玩不转"。我听过一段评弹：一个道士到人家做法事，发现桌子下面有一双钉鞋，想叫小道士拿回去，在经文里加了几句：

"台子底下，

有双钉靴。

拿俚转去，

落雨著著，

也是好格。"

"落雨"的"落"、"著著"的"著"都是入声，老道士念得有板有眼，味道十足。如果改成北京话："把它拿回去，下雨天穿穿，倒也不赖"，就失去原来滑稽的神韵了。我觉得散文作家最好多会几种语言，至少三种：一普通话；二母语；三母语以外的有入声的一种方言，如吴语、粤语，这实在相当困难。但是我们是干什么的？不是写地域性文学的作家么？一个搞地域文学的散文作家不掌握几个地区的语言，就有点说不过去。

写散文，写地域性的散文既可使读者受到诗的感染，美的浸润，有益于人，对自己也是一种精神的享受。我觉得写这样的散文是最大的快乐。不知道文丛的作家以为如何。

是为序。

一九九六年四月十五日

小滂河的水是会再清的

——《扶桑风情》代序

　　我和陶阳是五十年代认识的。那时他还很年轻，才从大学毕业。我们都在民间文艺研究会工作。陶阳在大学时就写诗。我看过他在报纸上发表的诗，看过他未写定的诗稿。我觉得他是一个农民的儿子，他是喝小滂河的清水长大的。我一直还记得他的一句诗：

　　　　家乡的高粱杀了吗？

　　（我们曾经讨论过"杀"字应该怎么写。）

　　后来我离开了民间文艺研究会，和陶阳只有一两次稿件上的往来，很少再联系。他后来从事神话和民间文学历史的研究，出版了几本很有分量的专著。我未见他发诗，我以为他已经"洗手不干"，放弃写诗了。

　　不料他给我送来新编的一卷诗，让我写一个序。

陶阳曾在日本住了四个月。这个集子都是在日本写的，或写日本的。集名《扶桑风情》，我认为是合适的。"扶桑"不只是一个地理概念，而且寄托了一个中国人对日本的感情，从历史到现代的源远流长的感情。

四个月不算短，也不算长，能够写出多少东西？我有过这样的经验：到一个地方住了几天，想写一点感受印象，结果是觉得很一般化，抓不到什么东西，甚至觉得不值一写，于是废然而止。用散文写游记，有点像"冬瓜撞木钟"——不响。

陶阳另辟蹊径，写诗的他用诗人的角度，诗人的眼睛，诗人的感悟看日本，于是便和一般的用散文写的记游叙事的流水帐不同。

> 两道黑黑的眉毛，
> 一双水汪汪的眼睛，
> 墨染的发丝粉白的脸，
> 口似樱桃艳丽鲜红。
>
> 锦绣豪华的古装和服，
> 端庄富贵而柔美多情，
> 又宽又长的大水袖，
> 在清风中袅袅飘动。

蹒跚的洁白的木屐，

沉重而又轻盈，

像一只美丽的蝴蝶，

飞翔在芬芳的花丛。

——（《穿和服的日本姑娘》）

这本来也是一个平淡的印象，平常人看一眼也就过去了，但是诗人怦然心动，他从东京街头日本少女一双素足上看到一种美。这种美带点凄婉的味道，这是一种难忘的、永恒的美。陶阳不虚此行。

陶阳的诗一般都是明白如话的。他不故弄玄虚，不"朦胧"，不晦涩难懂。但是并不就事论事，他有时有更多的联想，更多的意象，对人生有更多的感情，更深更广的思索，如《新宿之夜》：

天在下雨，

地在流动。

流动的花花世界，

流动的万家灯火。

流动的霓虹，

像流动的云，

流动的车灯，

像流动的河。

流动的音乐，

流动的感情，

流动的少女，

招徕流动的客。

新宿之夜，

一切在流动，

流动着欢乐，

也流动着罪恶。

陶阳的诗体是比较自由的格律诗。他并不把诗行弄得过分规整（如"五四"时期的"豆腐干体"），但每一行的音步是接近的，不搞过分参差（像现在许多诗人的自由诗）。陶阳押的韵是鲁迅所说的"大体相近的韵"，并不十分严格，有些地方甚至是不押韵的，但是陶阳很注意韵律感。比如《西之市》接连在句尾用了一串"库玛黛"，这造成一种鲜明的节奏，一种迫切热情的祈望，这首诗的音乐感很强烈。这些使我这个比较熟悉新诗传统的俗人觉得很亲切，我以为这也是兼通雅俗的途径，——我是反对把诗的形式搞得奇里古怪的，比如两个字占一行。

　既是写日本的诗，又是小诗，不妨有意识的接受一点日本俳句的影响。比如《蟋蟀》是完全可以写成俳句的。要有俳句的味道，我以为是尽量含蓄，尽量不要直白，不要"理胜于情"，如陶阳的一位朋友所说，不要"实在"。此集有些首就太"实在"了。

　我久不读诗，更少写诗。陶阳叫我写序，我只能说一点"大实话"。

　小滂河的水被污染了，还会再清的。陶阳的心态也会像很多人一样，不免浮躁，但是他的诗情还会重新流动，像年轻时一样的清甜。

一九九四年三月一日

哀哀父母，生我劬劳

——"走近名人文丛"代序

孝大概是一种东方的，特别是中国的思想。

"哀哀父母，生我劬劳"①，中国人对于父母的养育之恩总是不能忘记。父母养育儿女，也确实不容易。我有个朋友，父亲早丧，留下五个孩子，他的四个弟弟妹妹（他是老大），全靠母亲一手拉扯大的。母亲有一次对孩子说："你们都成人了，没有一个瘸的，一个瞎的，我总算对得起你们的父亲！"听到母亲这样的话，孩子能够无动于衷么？中国纪念父母的散文特别的多，也非常感人。

欧阳修的《泷冈阡表》通过母亲的转述，表现出欧阳修的父亲的人品道德，母亲对父亲的理解，在转述中也就表现

---

① 见《诗经·蓼莪》。

出母亲本人的豁达贤惠。"自吾为汝家妇，不及事吾姑，然后知汝父之能养也。汝孤而幼，吾不能知汝之必有立，然知汝父之能养也。"是真能对丈夫深知而笃信。"……其施于外事，吾不能知。其居于家，无所矜饰，而所为如此，是真发于中者耶？呜呼，其心厚于仁者耶？此吾知汝父必将有后也。""其后修贬夷陵，太夫人言笑自若，曰：汝家故贫贱也，吾居之有素矣，汝能安之，吾亦安矣。"这样的见识，真是少见，这是一位贤妻，一位良母，叫人不能不肃然起敬的，东方的，中国妇女。

归有光对母亲感情很深，常和妻子谈起母亲，"中夜与其妇泣，妇亦泣。""世乃有无母之人，天乎痛哉！"世上有感情的人，都当与归有光同声一哭。

写父亲、母亲的散文的特点是平淡真挚，"无所矜饰"，不讲大道理，不慷慨激昂，也不装得很革命，不搔首弄姿，顾影自怜。有些追忆父母的散文，其实不是在追忆父母，而是表现作者自己："我很革命，我很优美"，这实在叫人反感。写纪念父母的散文只须画平常人，记平常事，说平常话。姚鼐《陈硕士尺牍》云："归震川能于不要紧之题，说不要紧之语，却自风韵疏淡"。王世贞说归文"不事雕饰而自在风味"。王锡爵说归文"无意于感人，而欢娱惨恻之思，溢于言表"。但做到这点，并不容易。姚鼐说"此境又非石士所易到耳"。其实也不难，真，不做作。"五四"以来写亲子之情的散文颇不少，而给人印象最深的恐怕还得数朱自清的《背影》。朱先生师承的正是欧阳修、归有光的写法。

中国散文，包括写父母的悼念性的文章，自四十年代至七十年代有一个断裂，其特点是作假。这亦散文之一厄。

造成断裂的更深刻的、真正的原因是政治。不断地搞运动，使人心变了，变得粗硬寡情了。不知是谁，发明了一种东西，叫做"划清界限"，使亲子之情变得淡薄了，有时直如路人。更有甚者，变成仇敌，失去人性。

增强父母、儿女之间的感情，对于增强民族的亲和力、凝聚力，是有好处的，必要的。从文学角度看，对继承欧阳修、归有光、朱自清的传统，是有好处的。继承欧、归、朱的传统的前提，是人性的回归。

再也不要搞运动了，这不仅耽误事，而且伤人。这样才能"再使风俗淳"。

因此，"走近名人文丛"的编选是有意义的，意义不只限于文学。

一九九六年四月二日

平心静气

——"布衣文丛"序

把这样一些看似彼此没有多大关联的文章放在一起，编成一套书，有什么意义？意义还是有的。这些文章虽然散散漫漫，但有一种内在联系贯通的东西，那就是都是谈人生的，对人生的态度和感受。或多或少，都有一点人道主义的精神。

宋儒提出过"饿死事小，失节事大"这种不通人情，悖乎人性的酷论，因此为后世所诟病，但宋儒亦有可取的一面。我很欣赏这样的境界：

> 万物静观皆自得，
>
> 四时佳兴与人同。

用一种超功利的眼睛看世界，则凡事皆悠然，而看此世界的人也就得到一种愉快，物我同春，了无粘滞，其精要处乃在一"静"字。道家重"习静"，"山中习静朝观槿"，能静，则虽只活一早上的槿花，亦有无穷生意矣。"与人同"，尤其说得好，善与人乐，匪止独乐，只真得佳兴。

宋人又有诗：

> 顿觉眼前生意满，
>
> 须知世上苦人多。

这说得更为明白。"生意满"即"四时佳兴"，"苦人多"说出对众生的悲悯关怀，此蔼然能仁者之心也。

这样的对生活的态度是多情的，美的。

人之一生感情最深的，莫过于家乡、父母和童年。离开家乡很远了，但家乡的蟋蟀之声尚犹在耳。"仍怜故乡水，万里送行舟"，不论走到天涯海角，故乡总是忘不了的。"哀哀父母，生我劬劳"，这是一种东方式的思想，西方人是不大重视的，但是这种思想是好的。"瓶花妥帖炉香稳，觅我童心四十年"，"大人者不失其赤子之心者也"，人到上了岁数了，最可贵的是能保持新鲜活泼的、碧绿的童心。此书所收的文章，写家乡、父母、童年的比较多，这是很自然的。

人生多苦难。中国人、中国的知识分子生经忧患，接连不断的运动，真是把人"整惨了"。但是中国的知识分子却能把一切都忍受下来，在说起挨整的经过时并不是捶胸顿足，涕泗横流，倒常用一种调侃诙谐的态度对待之，说得挺"逗"，好像这是什么有趣的事。这种幽默出自于痛苦。唯痛苦乃能产生真幽默。唯有幽默，才能对万事平心静气。平心静气，这是中国知识分子的缺点，也是优点。

现在处在市场经济时期，像一般资本主义初期积累时期一样，不免会物欲横流，心情浮躁，重利轻义，道德伦理会遭到一场大破坏。在这样的时候，民主与建设出版社委托邓九平同志主编这套"布衣文丛"，有何意义，对青年读者会产生什么影响？影响是有的，唤醒青年的良知，使他们用一种更纯真，更美的态度对待生活。"随风潜入夜，润物细无声"，在青年人干涸的心里洒一片春雨。

是为序。

一九九六年十一月

文化的异国

我年轻时就很喜欢桑德堡的诗，特别是那首《雾》。我去参观桑德堡的故居，在果园里发现两棵凤仙花，我很兴奋，觉得很亲切，问陪同我们参观的一位女士："这是什么花？"她说："不知道。"在中国到处都有的花，美国人竟然不认识。

美国也有菊花，我所见的只有两种，紫红色的和黄色的，都是短瓣，头状花序。没有卷瓣的、管瓣的、长瓣的、抱成一个圆球的。当然更不会有"懒梳妆"、"十丈珠帘"、"晓色"、"墨菊"……这样许多名目。美国的插花以多为胜，一大把，插在一个广口玻璃瓶里，不像中国讲究花、叶、枝、梗，倾侧取势，互相掩映。

美国也有荷花，但美国人似乎并不很欣赏。他们没有读过周敦颐的《爱莲说》，不懂得什么"香远益清"，"出淤泥而不染"。

美国似乎没有梅花。有一个诗人翻译中国诗，把梅花译成了杏花。美国人不了解中国人为什么那样喜爱梅花。他们不懂得"疏影横斜水清浅，暗香浮动月黄昏"。不懂得这样的意境，不懂得中国人欣赏花，是欣赏花的高洁，欣赏在花之中所寄寓的人格的美。

中国和西方的审美观念是有很大的不同的。

比较起来，中国对西方的了解比西方对中国的了解要多一些。

我在芝加哥参观美术馆，正赶上专题绘画展览，我看了莫奈、梵高、毕加索的原作，很为惊异，我自信我对莫奈、梵高、毕加索是能看懂的，会欣赏的。

我看了亨利·摩尔的雕塑，不觉得和我有不可逾越的距离。

但是西方对中国艺术却是相当陌生的。

中国"昭陵六骏"的"拳毛騧"、"飒露紫"都在美国的费城大学博物馆，我曾特意去看过，真了不起！可是除我之外，没有别人驻足赞叹。

波士顿博物馆陈列着两幅中国名画，关仝的《雪山行旅图》和传宋徽宗摹张萱《捣练图》。《雪山图》气势雄伟，

《捣练图》线条劲细，彩墨如新，堪称中国的国宝。但是美国参观的人似乎不屑一顾。

要一般外国人学会欣赏中国的书法，真是太难了，让他们体会王羲之和王献之有什么不同，那是绝对办不到的。

文学上也如此。

中国人对美国的作家，从惠特曼、霍桑、马克·吐温，到斯坦倍克、海明威……都是相当熟悉的。尤其是海明威。不少中国作家是受了海明威的影响的，包括我。但是美国人知道几个中国作家？有多少人知道鲁迅、沈从文？这公平么？

是不是中国作家水平低？不见得吧！拿沈从文来说，他的作品比日本的川端康成总还要高一些吧！但是川端康成得了诺贝尔奖，沈从文却一直未获提名通过。这公平么？

中国文学没有在世界范围内得到公平的评价，一方面是因为缺乏了解，另一方面，不能不说，全世界的文学界对中国文学存在着偏见。有人甚至说："中国无文学"，这不仅是狂妄，而且是无知！

我在国外时间极短，与一般华人接触甚少，不能了解他们的心态。与在国外的文化、文学工作者也少交谈。但我可以体会，在不公平的、存偏见的环境中，华人作家、艺术家，他们的心情是寂寞的，而且充满了无可申说的愤懑。

谁教咱们是中国人呢！

一九九一年五月

步障：实物和常理

《辞海》"步障"条云是"用以遮蔽风尘或视线的一种屏幕"，引《晋书·石崇传》："崇与贵戚王恺、羊琇之徒以奢靡相尚；恺作紫丝布障四十里，……崇作锦步障五十里以敌之。"

沈从文编著的《中国古代服饰研究》："……从本图和敦煌开元天宝间壁画《剃度图》、《宴乐图》中反映比较，进一步得知古代人野外郊游生活，及这些应用工具形象和不同使用方法。从时间较后之《西岳降灵图》，及宋人绘《汉宫春晓图》所见各式步障形象，得知中古以来，所谓'步障'，实一重重用整幅丝绸作成，宽长约三五尺，应用方法，多是随同车乘行进，或在路旁交叉处阻拦行人。主要是遮隔路人窥视，或避风日沙尘，作用和掌扇差不太多。

《世说新语》记西晋豪富贵族王恺、石崇斗富，一用紫丝步障，一用锦步障，数目到三四十里。历来不知步障形象，却少有人怀疑这个延长三四十里的手执障子，得用多少人来掌握，平常时候，又得用多大仓库来贮藏！如据画刻所见，则'里'字当是'连'或'重'字误写。在另外同时关于步障记载，和《唐六典》关于帷帐记载，也可知当时必是若干'连'或'重'。"

沈先生的话是有道理的。从《中国古代服饰研究》所载《敦煌壁画所见帷帐》及《宁懋石室石刻所见帷帐》我们可想见步障大体就是这样的东西。因为见不到较早的写本，《晋书》的"里"究竟应是"连"还是"重"，不能确断，但肯定这必是一个错字。四十里、五十里，有四五条长安街那样长，这样长的步障，怎么可能呢？

读古书要证以实物，更重要的要揆之常理，方不至流于荒唐。

"小山重叠金明灭"

温庭筠《菩萨蛮》是大家读熟了的一首词：

> 小山重叠金明灭，鬓云欲度香腮雪。懒起画娥眉，弄妆梳洗迟。　　照花前后镜，花面交相映，新帖绣罗襦，双双金鹧鸪。

自来注温词者，都以为"小山"是屏风上的山。我年轻时初读这首词就有这样的印象，且想到扬州的黑漆绘金的屏风，那也确是明明灭灭的。最近读了一本词选，还是这样解释的。

沈从文先生提出不同看法。他以为"小山"是妇女发鬓间插戴的小梳子。《中国古代服饰研究》云："唐代妇女喜于发鬓上插几把小小梳子，当成装饰，讲究的用金、银、犀、玉或牙等材料，露出半月形梳背，有多到十来把的（经常有实物出土），所以唐人诗，有'斜插犀梳云半吐'语。又元稹

《恨妆成》诗有'满头行小梳，当面施圆靥'，王建《宫词》有'归来别赐一头梳'语。再温庭筠词中有'小山重叠金明灭'，即对于当时妇女发间金背小梳而咏。"别一处又说："当时发髻间使用小梳至八件以上的。……这种小小梳子是用金、银、犀、玉、牙等不同材料作成的，陕洛唐墓常有实物出土。温庭筠词：'小山重叠金明灭。'所形容的，也正是当时妇女头上金银牙玉小梳背在头发间重叠闪烁情形。"

我觉得沈先生的说法是一个很有说服力的创见。这样解释，温庭筠的这首词才读得通。这首《菩萨蛮》通篇所咏，是一个贵族妇女梳妆的情形，怎么会从屏风上的小山写起呢？按《菩萨蛮》的章法，这两句照例是衔接的，从屏风说到头发，天上一句，地下一句，这一步实在跳得太远了，真成了上海人所说的"不搭界"。如把"小山"解释成小梳子，则和后面的"鬓云"扣得很紧，顺理成章。我希望再有注温词者能参考沈先生的意见，改正过来。

沈先生一再强调治文史者要多看文物，互相印证，这样才不会望文生义，想当然耳。他的意见是值得重视的。

我对文史、文物皆甚无知，只是把沈先生的文章抄了两段，无所发明。

一九九〇年四月十一日

雁不栖树

苏东坡《卜算子》：

> 缺月挂疏桐，漏断人初静。谁见幽人独往来？缥缈孤鸿影。

> 惊起却回头，有恨无人省。拣尽寒枝不肯栖，寂寞沙洲冷。

苕溪渔隐曰："'拣尽寒枝不肯栖'之句，或云：鸿雁未尝栖宿树枝，惟在田野苇丛间，此亦语病也。"雁不落在树上，只在田野苇丛间，这是常识，苏东坡会不知道么？他是知道的。他的诗《高邮陈直躬处士画雁》一开头说："野雁见人时，未起意先改。君从何处看？得此无人态。"虽未说出雁在何处，但给人的感觉是在沙滩上。下面就说得很清楚了："北风振枯苇，微雪落璀璀。惨澹云水昏，晶荧沙砾碎"。然而苏东坡怎么会搞出这样语病来呢?

这首词的副题作"黄州定慧院寓居作"。"缺月挂疏桐,漏断人初静",是庭院中的即景。这只孤雁怎会在缺月疏桐之间飞来飞去呢? 或者说:雁想落在疏桐的寒枝上,但又觉得不是地方,想回到沙洲,沙洲又寂寞而冷,于是很彷徨。不过这样解词未免穿凿。一首看来没有问题,很好懂的词竟成了谜语,这是我初读此词时所未想到的。

《能改斋漫录》卷十六:"东坡先生谪居黄州,作卜算子云云,其属意盖为王氏女子也,读者不能解。"这里似乎还有个浪漫故事。是怎么回事,猜不出。《漫录》又云:"张右史文潜继贬黄州,访潘邠老,尝得其详,题诗以志之",读张文潜的题诗,更觉得莫名其妙。

雁为什么不能栖在树上? 因为雁的脚趾是不能弯曲的,抓不住树枝。雁、鹅、鸭都是这样。不能"赶着鸭子上架",因为鸭脚在架上呆不住。鸟类的脚趾有一些是不能弯曲的。画眉可以呆在"栖棍"上,百灵就不能,只能在砂底上跳来跳去,"哨"的时候也只能立在"台"上。

辛未年正月初四

雁不栖树

呼雷豹

京剧《南阳关》有一句唱词：

"尚司徒跨下呼雷豹。"

旧本《戏考》上是这样写的。小时候看戏，以为尚司徒骑的是一只豹，而且这只豹能够"呼雷"，以为这是个《封神榜》上的人物，虽然戏台上尚司徒只是摇着一根马鞭，看不出他骑的是什么。

十多年前，在内蒙认识一个抗日战争时期在草原打过游击的姓曹的同志，他说起他当时骑的是一匹"豹花马"。后来在草原上他指给我看一匹黑白斑点相杂的马，说："这就是豹花马。"我恍然大悟，"豹花马"的"豹"应该写成"驳"。《辞海》"驳"字条云"马毛色不纯"，引《诗·豳风·东山》："皇驳其马。"毛传："驳白曰驳。"马的毛色不纯，都可叫做驳，不过似乎又专指黑白斑点相杂的马。有一种鸡，羽毛黑白斑点相杂，很多地方叫它"芦花鸡"，那位姓曹的同志告诉我，内蒙叫"驳花鸡"，可为旁证。那末尚司徒胯下的原是黑白斑点相杂的马，不是金钱豹。"驳"字《辞海》音 bó，读成 bào，只是字调的变化。

为什么叫"呼雷驳"？"呼雷"，即"忽律"，声之转也，"忽律"即鳄鱼（出处偶忘，但我是记得不错的）。《水浒传》的朱贵绰号"旱地忽律"，是说他像一条旱地上的鳄鱼。鳄鱼身上是黑白相杂，斑斑点点的。"呼雷驳"者，有像鳄鱼那样黑白相杂的斑点的马也。

这种马是名马，曾见张大千摹宋人《杨妃上马图》，杨贵妃要骑上去的正是一匹驳花马。

由此想到《三国演义》上关云长骑的"赤兔马"的"兔"，大概也不能照字面解释。马像个兔子，无神骏可言，而且马哪儿都不像兔。曾在内蒙读过一本《内蒙文史资料》，记一个在包头做生意的山西掌柜的，因为急事，骑上他的千里驹"沙力兔"连夜直返太原，"兔"可能是骏马的一种，而且我怀疑"兔"是少数民族语言的译音。

中国古代人善于识马，《说文》、《尔雅》多有记载，其区别主要在毛色。现代人对马的知识就很少了。牧区的少数民族还能说出很多马的名称，汉民，即使生活在草原附近的，除了白马、黑马，大概只能说出"黄骠马"、"枣骝马"等等不多的几种。画马的名家如徐悲鸿、尹瘦石、刘勃舒……能够分辨出几种？居住在城市里的青年，能说得出好多汽车的牌号：丰田、福特、奔驰、皇冠，还有一些曲里拐弯很难念的牌号，并且一眼就分得出坐车人的级别；对马的区别，就茫然了。这是时地使然，原无足怪。但是我还是希望精通马道的人能写出一本《中国马谱》，否则读起古书就很难得其仿佛。载涛①想是能写马谱的，可惜他已经故去了。

　　　　　　　　　　一九九〇年七月二十七日

---

　　① 载涛:爱新觉罗·溥仪之族叔。

水浒人物的绰号

鼓上蚤和拼命三郎

由"旱地忽律"想到《水浒》一百零八将的绰号。

有的绰号是起得很精彩的，很能写出人物的气质风度，很传神，耐人寻味。

如"鼓上蚤时迁"。曾看过一则小资料，跳蚤是世界动物中跳高的绝对冠军，以它的个头和能跳的高度为比例，没有任何动物能赶得上，这是有数据的。当时想把这则资料剪下来，忙乱中丢失了，很可惜。我所以对这则资料感兴趣，是因为当时就想到"鼓上蚤"。跳蚤本来跳得就高，于鼓上跳，鼓有弹性，其高可知。话说回来，谁见过鼓上的跳蚤？给时迁起这个绰号的人的想象力实在令人佩服。

时迁在《水浒》里主要做了三件事：一偷鸡，二盗甲，三火烧翠云楼。偷鸡无足称，虽然这是武丑的开门戏。写得最精彩的是盗甲。时迁是"神偷"型的人物。中国的市民对于神偷是很崇拜的。凡神偷都有共同的特点，除了身轻、手快，一双锐利的眼睛，更重要的是举重若轻，履险如夷，于间不容发之际能从容不迫。《水浒》写盗甲，一步一步，层次分明，交待清楚。甲到手，时迁"悄悄地开了楼门，款款儿地背着皮匣，下得扶梯，从里面直开到外面来，真是神不知鬼不觉"。"款款地"是不慌不忙的意思，现在山西、张家口还这么说。"款款"下加一"儿"字"款款儿地"，更有韵味。火烧翠云楼是打北京城的一大关目。这两回书都写得不精彩，李卓吾评之曰"不济不济"。时迁放火，写得很马虎。不过我小时看石印本绣像《水浒》，时迁在烈焰腾腾的翠云楼最高一层的檐角倒立着——拿起一把顶，印象还是很深刻的。

时迁在《水浒》里要算个人物，但石碣天书却把他排在地煞星的倒数第二，连白日鼠白胜都在他的前面，后面是毫无作为的"金毛犬段景住"，这实在是委屈了他。

如"拼命三郎石秀"。"拼命"和"三郎"放在一起，便产生一种特殊的意境，产生一种美感。大郎、二郎都不成，就得是三郎。这有什么道理可说呢？大哥笨、二哥憨，只有老三往往是聪明伶俐的。中国语言往往反映出只可意会的、潜在复杂的社会心理。

拼命三郎不止是不怕死，敢拼命，路见不平，拔刀相助，为朋友两肋插刀，更重要的是说他办事爽快，凡事不干则已，干，就干净利落，绝不拖泥带水。这是个工于心计的人，绝不是莽莽撞撞。看他杀胡道，杀海阇黎，杀潘巧云，杀迎儿，莫不经过详实的调查，周密的安排，刀刀见血，下手无情。这个人给人的印象是未免太狠了一点。

石秀上山后无大作为，只是三打祝家庄探路有功，但《水浒》写得也较平淡，倒是昆曲《探庄》给他一个"单出头"的机会。曾见过侯永奎的《探庄》，黑罗帽，黑箭衣，英气勃勃。侯永奎的嗓子奇高而亮，只是有点左，不大挂味，但演石秀，却很对工。

浪子燕青及其它

"浪子燕青"的"浪子"是一个特定概念，指的是风流浪子。张国宝《罗李郎》杂剧："人都道你是浪子，上长街百十样风流事"。此人一出场，但见：

"六尺以上身材，二十四五年纪，三牙掩口细髯，十分腰细膀阔。……腰间斜插名人扇，鬓畔常簪四季花。"

这个"人物赞"描写如画，在《水浒》诸"赞"之中是上乘。

"这人是北京土居人氏，自小父母双亡，卢员外家中养的他大。为见他一身雪练也是白肉，卢俊义叫一个高手匠人，与他刺了这一身遍体花绣，却似玉亭柱上铺着软翠。若赛锦体，由你是谁，都输与他。不则一身好花绣，那人更兼吹的、弹的、唱的、舞的，拆白道字，顶真续麻，无有不能，无有不会。亦是说的诸路乡谈，省的诸行百艺的市语。更且一身本事，无人比的。拿着一张川弩，只用三枝短箭，郊外落生，并不放空，箭到物落。晚间入城，少杀也有百十个虫蚁。若赛锦标社，那里利物，管取都是他的。亦且此人百伶百俐，道头知尾，本身姓燕，排行第一，官名单讳个青字，京城里人口顺，都叫他做'浪子燕青'"。

《水浒》里文身绣体的有两个人。一个是史进，一个是燕青。史进刺的是九纹龙，燕青刺的大概是花鸟。"凤凰踏碎玉玲珑，孔雀斜穿花错落"。"玉玲珑"是什么，曾有人考证过，结论勉强。一说玉玲珑是复瓣水仙。总之燕青刺的花是相当复杂的。史进的绣体因为后来不常脱膊，再没有展示的机会。燕青在东岳庙和任原相扑，脱得只剩一条熟绢水裤儿，浑身花绣毕露，赢得众人喝彩，着实地出了风头。

《水浒传》对燕青真是不惜笔墨，前后共用了一篇赋体的赞，一段散文的叙述，一首"沁园春"，一篇七言古风，不厌其烦。如此调动一切手段赞美一个人物，在全书中绝无仅有。看来作者对燕青是特别钟爱的。

写相扑一回，章法奇特。前面写得很铺张，从燕青与宋江谈话，到燕青装做货郎担儿，唱山东货郎转调歌，到和李逵投宿住店，到用扁担劈了任原夸口的粉牌，到众人到客店张看燕青，到燕青游玩岱岳庙，到往迎恩桥看任原，到相扑献台的布置，到太守劝阻燕青，到"部署"再度劝阻，一路写来，曲折详尽，及至正面写到相扑交手，只几句话就交待了。起得铺张，收得干净，确是文章高手。相扑原是"说时迟，那时快"的事，动作本身，没有多少好写。但是《水浒》的寥寥数语却写得十分精彩。

"……任原看看逼将入来，虚将左脚卖个破绽，燕青叫一声'不要来！'任原却待奔他，被燕青去任原左肋下穿将过去。任原性起，急转身又来拿燕青，被燕青虚跃一跃，又在右肋下钻过去。大汉转身，终是不便，三换换得脚步乱了。燕青却抢将入去，用右手扭住任原，探左手插入任原交裆，用肩膊顶住他胸脯，把任原直托将起来，头重脚轻，借力便旋五旋，到献台边，叫一声'下去！'，把任原头在下脚在上，直撺下献台来，这一扑名叫'鹁鸽旋'，数万香官看了，齐声喝彩。"

《容与堂刻本水浒传》于此处行边加了一路密圈，看来李卓吾对这段文字也是很欣赏的。这一段描写实可作为体育记者的范本。

燕青不愧是"浪子"。

《水浒》一百八人多数的绰号并不是很精彩。宋江绰号"呼保义"，不知是什么意思。龚开的画赞称之曰"呼群保义"，近是"增字解经"。他另有个绰号"及时雨"是个比喻，只是名实不符。宋江并没有在谁遇到困难时给人什么帮助，倒是他老是在危难之际得到别人的解救。"黑旋风李逵"的绰号大概起得较早，元杂剧里就有几出以"黑旋风"为题目的，这个绰号只是说他爱向人多处排头砍去，又生得黑，也形象，但了无余蕴。"霹雳火"只是说这个人性情急躁。"豹子头"我始终不明白是什么意思。倒是"菜园子张青"虽看不出此人有多大能耐，却颇潇洒。

不过《水浒》能把一百八人都安上一个绰号，配备齐全，也不容易。

绰号是特定的历史时期的文学现象和社会现象。其盛行大概在宋以后、明以前，即《水浒传》成书之时。宋以前很少听到。明以后不绝如缕，如《七侠五义》里的"黑狐狸智化"，窦尔墩"人称铁罗汉"，但在演义小说中不那么普遍。从文学表现手段（虽然这是末技）和社会心理，主要是市民心理的角度研究一下绰号，是有意义的。

一九九〇年八月十四日

沈括的幽默

在拉萨八角街一家卖草药的铺子里看到一只颜色发了红的小小的干螃蟹，放在一只黑漆的盘子里，很惊奇。卖药的一定以为这个奇形怪状的东西会有神异的力量。这东西大概不是西藏所产，物稀则贵。我忽然想起了《梦溪笔谈》。《笔谈》四六七条：

"关中无螃蟹。元丰中，予在陕西，闻秦州人家收得一干蟹，土人怖其形状，以为怪物，每人家有病缠者，则借去挂门户上，往往遂差。不但人不识，鬼亦不识也。"

沈括是我很佩服的人。他学识丰富，文笔整洁，这是大家都知道的。从《笔谈》里，我看出他是一个恬淡和平的人。《笔谈》自序云："以之为言则甚卑，以予为无意于言，可也。"因为他是用这样的无功利的态度来写作的，所以才能写得这样的洒脱。这才是真正的随笔。我尤其喜欢的，是他还很有幽默感。如四〇九条记"凌床"；四一三条记石曼卿覆考黜落为一绝句；四四六条记北方人用麻油煎带壳生蛤蜊，读之都使人莞然。这一条记秦州人不识螃蟹是其最著者。"不但人不识，鬼亦不识也"，是沈括所发的议论。如此议论，真是妙绝。我每次一想起，都要一个人哈哈大笑。如有人选一本《中国幽默文选》，此则当可压卷。

我在拉萨会忽然想起沈括，这件事也怪有意思。

苏三监狱

晚报载姜伟堂同志写的《"苏三监狱"纯系附会》，把玉堂春故事的来龙去脉说得很清楚。说苏三在洪洞县蹲过监狱实在是"老虎闻鼻烟"——没有那宗事儿。

一九六三年初，我曾到洪洞县去了一趟，县里有一位老先生，是苏三问题专家。他陪同我们参观了苏三的遗迹，还送了我们一本《苏三传说》的小册子。我当时在心里有点好笑：苏三成了洪洞县的乡贤了！

这位老先生陪我们参观了县大堂，指定一块方砖，说是苏三就是跪在这里受审的。我们"哦哦"。

接着就参观"苏三监狱"。这是一座很小的监狱，监门只有一般人家的独扇门那样大。门头画着一只老虎头，这就是"狴犴"了。进门，有一溜低矮的房屋，瓦顶、砖墙、砖地。这是男监。穿过一条很窄的胡同（胡同两侧的瓦檐甚低，如系江洋大盗，稍有武功，可以毫不费事地纵身越狱），便是女监。女监是一座三合院，南、北、东面都是"监号"。老先生向我们介绍：北边的监号，就是苏三住的。院子里有一口井，叫做苏三井。井栏很小，只有一个大号洗脸盆那样大，却颇高。井栏是青石的，使我们不能不感动的，是井栏内侧有很多深深的道道，这是井绳拉出来的。从明朝拉到现在，几百年了，才能拉出这样深的绳道，啊呀！我不禁想起苏三从井里汲水，在井边梳头的样子。

洪洞县街上还有一家药铺，叫做××进堂。传说赵监生毒死沈燕林的砒霜（原来是想毒死玉堂春的），就是从这家药铺买的。那装砒霜的青花瓷坛还保存着，用一块红绸子衬托着，放在柜台的一端，任人观看。据说这家药铺明朝就有。赵监生（如果有这个人）从这一家、这个坛子里买了砒霜，是有可能的——砒霜是剧毒，是不能随便换坛子的。

参观了这里，使我想起一个问题，我原来觉得洪洞县的人对苏三传说如此牵强附会，言之凿凿，未免可笑。走在洪洞县的街上，我想：到底是谁可笑？是洪洞县人，还是对传说持怀疑态度的我？

再谈苏三

《玉堂春》这出戏为什么流传久远，至今还有生命力？我想主要是由于人们对一个妓女的坎坷曲折的命运的同情。这出戏在艺术上有很大的特点，可以给人美感享受，这里不去说它。

对于今天的观众来说，这出戏有相当大的认识作用。透过一个妓女的遭遇，使我们了解那个时代，那个社会的一个侧面，了解商业经济兴起时期的市民意识，看出我们这个民族的一块病灶。从这一点说，这出戏是有现实意义的。

不少人在改《玉堂春》，实在是多一事不如少一事。《起解》原来有一句念白："待我辞别狱神，也好赶路"，有人改为"待我辞别辞别，也好赶路"。为什么呢？因为提到狱神，就是迷信。唉！保留原词，使我们知道监狱里供着狱神；犯人起解，辞别狱神，是规矩，这不挺好么？祈求狱神保佑，这很符合一个无告的女犯的心理，能增加一点悲剧色彩，为什么要改呢？

有一个戏校老师把"头一个开怀是哪一个"，"十六岁开怀是那王公子"的"开怀"改了，说是怕学生问他什么叫"开怀"，他不好解释。这有什么不好解释的呢？"开怀"是妓院的术语，这很有妓院生活的特点，而且也并不"牙碜"。这位老先生改成什么呢，改成了"结友"。可笑！

有一位女演员把"不顾腌臜怀中抱，在神案底下叙一叙旧情"掐掉了，说是"黄色"。真是！你叫玉春堂这妓女怎样表达感情，给王金龙念一首诗？

这样的改法，削弱了原剧的认识作用。

徐文长的婚事

偶读徐文长的杂剧《歌代啸》，顺便把《徐渭集》（中华书局一九八三年版）翻了一遍，对徐文长的生平略有了解。文长是一大奇人。奇事之一是杀妻。把自己的老婆杀了，这在中国文人里还没听说过有第二人。徐文长杀的是其继室张氏，不是原配夫人。

徐文长的原配姓潘。徐文长二十岁订婚，二十一岁结婚。文长自订《畸谱》云：

> 二十岁。庚子，渭进山阴学诸生，得应乡科，归聘潘女。

> 二十一岁。寓阳江，夏六月，婚。

文长和潘氏夫人是感情很好的。《徐渭集》卷十一：嘉靖辛丑之夏，妇翁潘公即阳江官舍，将令予合婚，其乡刘寺丞公代为之媒，先以三绝见遗。后六年而细子弃帷，又三年闻刘公亦谢世。癸丑冬，徙书室，检旧札见之，不胜凄惋，因赋七绝：

一

十年前与一相逢，
光景犹疑在梦中。
记得当时官舍里，
熏风已过荔枝红。

二

华堂日晏绮罗开，
伐鼓吹箫一两回。
帐底画眉犹未了，
寺丞亲着绛纱来。

三

筵前半醉起逡巡，
窄袖长袍妥着身。
若使吹箫人尚在，
今宵应解说伊人。

四

闻君弃世去乘云，
但见缄书不见君。

细子空帷知几度，

争教君不掩荒坟。

五

掩映双鬟绣扇新，

当时相见各青春。

傍人细语亲听得，

道是神仙舍里人。

六

翠幌流尘着地垂，

重论旧事不胜悲。

可怜惟有妆台镜，

曾照朱颜与画眉。

七

箧里残花色尚明，

分明世事隔前生。

坐来不觉西窗暗，

飞尽寒梅雪未晴。

　　这七首诗除了第四首主要是写刘寺丞的旧札的外，其余六首都是有关潘氏夫人的。癸丑那年，徐文长三十三岁，距离与潘氏结婚已经十二年，离潘之死，也八年了。当时情景，历历在目，文长盖无一日忘之，诗的感情的确是很凄惋的。从诗里看，潘夫人是相当漂亮的。

紧挨着第七首诗后面的是"内子亡十年，其家以甥在，稍还母所服，潞州红衫，颈汗尚沤，余为泣数行下，时夜天大雨雪"：

> 黄金小纽茜衫温，
>
> 袖折犹存举案痕。
>
> 开匣不知双泪下，
>
> 满庭积雪一灯昏。

诗写得很朴实，睹物思人，只是几句家常话，但是感情很真挚，是悼亡诗里的上品。

卷五有《述梦二首》：

> 一
>
> 伯劳打始开，
>
> 燕子留不住，
>
> 今夕梦中来，
>
> 何似当初不飞去？
>
> 怜羁雄，
>
> 嗤恶侣，
>
> 两意茫茫坠晓烟，
>
> 门外乌啼泪如雨。

二

跣而濯，

宛如昨，

罗鞋四钩闲不着。

棠梨花下踏黄泥，

行踪不到栖鸳阁。

这两首诗第二首很空灵，第一首则颇质实。看诗意，也是写潘夫人的。诗里写的女人洗脚，不是夫妻咋行？从"怜羁雄，嗤恶侣"看，诗是在文长再娶之后写的，做这个梦时，文长已是四十岁以后了。

徐和潘不但感情好，脾气性格也相投。这位潘夫人生前竟没有名字，她的名字是她死后徐文长给她起的。《亡妻潘墓志铭》曰："君姓潘氏，生无名字，死而渭追有之。以其介似渭也，名似，字介君。"给夫人起这样一个名字，称得起是知己了。潘夫人地下有知，想也是感激的。《墓志铭》称"介君彗而朴廉，不嫉忌"。徐文长容易生气，爱多心，潘夫人是知道的，每当要跟文长说点正经事，一定先考虑考虑，别说出什么叫徐文长不爱听的话。"与渭正言，必择而后发，恐渭猜，蹈所讳。"看来潘夫人对徐文长迁就的时候多。因此，闺中相处六年，生活是美满的。

文长再婚后，对原先的夫人更加怀念不置。

徐文长共结过三次婚。第二个夫人姓王，只共同生活了三个月左右。《畸谱》：

> 三十九岁。徙师子街。夏，入赘杭之王，劣甚。
> 始被诒而误，秋，绝之，至今恨不已。

四十岁时与张氏订婚，四十一岁与张结婚。四十六岁时杀了张氏。《畸谱》：

> 四十六岁。易复，杀张下狱。隆庆元年丁卯。

徐文长到底为什么要杀妻，这是个弄不清楚的问题。

他和张氏的感情是不好的，甚至很坏，文长对张氏虽不像对王氏那样，认为"劣甚"，"至今恨不已"，但是"怜羁雄，嗤恶侣"的"恶侣"似乎说的是张氏，不是王氏。因为文长入赘王家时间甚短，《述梦》不会是恰恰写于这段时间。文长集中对张只字不提，——他为潘夫人写了多少好诗！《畸谱》中只记了一笔："杀张下狱"，在监狱里所写的诗也只写了对关心他的人、营救他的人表示感谢，对杀妻这件事没有态度，看不出他有什么后悔、内疚。

徐文长杀妻，都说是出于猜疑嫉妒。袁宏道谓"以疑杀其继室"，陶望龄谓"渭为人猜而妒，妻死后有所娶，辄以嫌弃（按，此指王氏），至是又击杀其后妇，遂坐法系狱中"。猜疑什么？是疑其不贞？以无据可查，不能妄测。

比较站得住的原因，是文长这时已经得了精神病，他已经疯了。他曾用锥子锥进自己的耳朵。袁宏道《徐文长传》谓"或以利锥锥其两耳，深入寸许，竟不得死"。陶望龄《徐文长传》谓"……遂发狂，引巨锥刺劚耳，刺深数寸，流血几殆"。这是文长四十五岁时的事。《畸谱》：

四十五岁。病易。丁劚其耳，冬稍瘳。

杀妻是四十六岁，相隔不到一年，他的疯病本没有好，这年又复发了。

一个人干得出用锥子锥自己的耳朵，干出像杀妻这样的事，就不是完全不可想象的了。

一个人为什么要发疯？因为他是天才。

梵高为什么要发疯，你能解释清楚吗？

一九九一年六月十三日

烟赋

中国人抽烟，大概开始于明朝，是从外国传入的。从前的中国书里称烟草为淡巴菰，是 Tobacco 的译音。我年轻时，上海人还把雪茄叫做"吕宋"。吸烟成风，盖在清代。现存的几种烟草谱，都是清人的著作。纪晓岚就是"嗜食淡巴菰"的。我的高中国文老师史先生说，纪晓岚总纂四库全书时，叫人把书页平摊在一个长案上，他一边吸烟，一边校读，围着大案走一圈，一篇《四库全书总目提要》就出来了。这可能是传闻，但乾隆年间，抽烟的人已经颇多，是可以肯定的。

小说《异秉》里的张汉轩说，烟有五种：水、旱、鼻、雅、潮。雅（鸦片）不是烟草所制，潮州烟其实也是旱烟之一种，中国人以前抽的烟实只有旱烟、水烟两大类。旱烟，南方多切成丝，北方则是揉碎了，都是用烟袋，摁在烟锅里抽的。北方人把烟叶都称为关东烟。关东烟里的上品是蛟河烟。这是贡品。据说西太后抽的即是蛟河烟。真正的蛟河烟只产在那么一两亩地里。我在吉林抽过真蛟河烟，名不虚传！其次则"亚布力"也还可以，这是从苏联引进的品种。河北省过去种"易县小叶"。旱烟袋，讲究白铜锅、乌木杆、翡翠嘴。烟袋有极长的。南方老太太用的烟袋，银嘴五寸，乌木杆长至八尺，抽烟时得由别人点火，自己是够不着的。有极短的，可以插在靴子里，称为"京八寸"。这种烟袋亦称骚胡子烟袋，说是公公抽烟，叫儿媳妇点火，瞅着没人看见，可以乘机摸一下儿媳妇的手。潮州的烟袋是用竹根做的，在一头挖一窟窿，嵌一小铜胎，以装烟，不另安锅。我一九五○年在江西土改，那里的农民抽的就是这种烟，谓之"吃黄烟"。山西、内蒙人用羊腿做烟袋。抽这种烟得点一盏烟灯，因为一次只装很小的一撮烟，抽一口就把烟灰吹掉，叫做"一口香"，要不停地点火。云、贵、川抽叶子烟，烟叶剪成二寸许长，裹成小指粗细的烟支，可以说是自制小雪茄，但多数是插在烟锅里抽，也可算是旱烟类。我在鄂温克族地区抽过达斡尔人用香蒿籽窖制的烟，一层烟叶，一层香蒿籽，阴干，烟味极佳。是用纸卷了抽的。广东的“生切”也是用纸卷了抽的。新疆的“莫合烟”，即苏联翻译小说里常常见到的“马霍烟”，也是用纸卷了抽的。莫合烟是用烟梗磨碎制成的，不用烟叶。抽水烟应该是最卫生的，烟从水里滤过，有害物质减少了。但抽水烟很麻烦。每天涮水烟袋就很费事。水烟袋要保持洁净，抽起来才香。我有个远房舅舅，到人家作客，都由他的车夫一次带了五支水烟袋，换着抽，此人真是个会享福的人！水烟的烟丝极细，叫做“皮丝”，出在甘肃的兰州和福建的福州，一在西北，一在东南，制法质量也极相似，奇怪！云南人抽水烟筒，那得会抽，否则嘬不出烟来。若论过瘾，应当首推水烟筒。旱烟、水烟，吸时都要在口腔内打一回旋，烟筒的烟则是直灌入肺，毫无缓冲。

卷烟，或称纸烟，北京人叫做烟卷儿，上海一带人叫做香烟。也有少数地方叫做洋烟的。早年的东北评剧《雷雨》里的四凤夸赞周萍的唱词道：“穿西服，抽洋烟，梳的本是那个偏分。”可以为证。大概在东北人眼中这些都是很时髦的。东北是“十八岁的大姑娘叼着大烟袋”的地方，卷烟曾经是稀罕东西。现在卷烟已经通行全国。抽旱烟的还有，大都是上了年纪的人，但也相对地减少了。抽水烟的就更少了，白铜镂花的水烟袋已经成为古玩，年轻人都不知道这玩意是干什么用的了。说卷烟是洋烟，是有道理的。因为它本是从外国（主要是英国）输入的。上海一带流行的上等烟茄立克、白炮台、555……销行最广的中等烟红锡包（北方叫小粉包）、老刀牌（北方叫强盗牌）都是英国货。世界上的烟卷原分两大系。一类是海洋型，英国烟为其代表。英国烟的烟丝很细，有些烟如白炮台的烟盒上标明是 NAVY CUT，大概和海军有点关系。一类是大陆型，典型的代表是埃及烟、法国烟、苏联的白海牌（东北人叫它"大白杆"），以及阿尔巴尼亚等烟属之。抽大陆型烟的人数不多。现在卷烟分为两大派系，一类是烤烟型，即英国烟型，一类是混合型，是一半海洋型、一半大陆型的烟丝的混合，美国烟大都是混合型。英国型的烟烟丝金黄，比较柔和，有烟草的自然的香味，比较为中国人所喜欢。

后来有外商和华侨在中国设厂制烟，比较重要的是英美烟草有限公司和南洋兄弟烟草公司。大前门为南洋兄弟烟草公司所出，美丽牌好像就是英美烟草公司出的。也有较小的厂出烟，大联珠、紫金山……大概是本国的烟厂所出。

我到昆明后抽过很多种杂牌烟。有一种烟叫仙岛牌，不记得是什么地方出的，烟味极好，是英国烤烟型，价钱也不贵。后来就再不见了，可能是因为日本兵占领了越南，滇越铁路一断，没有来源了。有一种烟，叫"白姑娘"，硬盒扁支的，烟味很冲。有一种从湖南来的烟，抽起来有牙粉味。最便宜的烟是鹦鹉牌，十支装，呛得不得了，不知是什么树叶或草叶做的，肯定不是烟叶！

从陈纳德的飞虎队至美国空军到昆明后，昆明市面上到处是美国烟，多是从美国军用物资仓库中流出的。骆驼牌、老金、LUCKY STRIKE CHESTERFIELD、PHILIPMORRIS……一时抽美国烟的人很多，因为并不太贵。

云南烟业的兴起盖在四十年代初。那里的农业专家和实业家，经过研究，认为云南土壤、气候适于种烟，于是引进美国弗吉尼亚的大金叶，试种成功。随即建厂生产卷烟。所出的牌子有两种：重九和七七。重九当时算是高档烟，这个牌子沿用至今。七七是中档烟，后来不生产了。

五十年代后，云南制烟业得到很大发展，云南烟的质量得到全国公认，把许多省市的卷烟都甩到后面去了。云南卷烟的三大名牌：云烟牌、红山茶、红塔山。最近几年，红塔山的声誉日隆，俨然夺得云南名烟的首席（红山茶似已不再生产）。说是已经是国产烟的第一，也不为过分。时间并不长，为什么会发生这样大的变化？

借中华文学基金会、中国作协创联部和《中国作家》联合举办的"红塔山笔会"的机缘，我们到玉溪卷烟厂作了几天客，饱抽"红塔山"，解开了这个谜。

对于抽烟，我可以说是个内行。

打开烟盒，抽出一支，用手指摸一摸，即可知道工艺水平如何。要松紧合度。既不是紧得吸不动，也不是松得跺一跺就空了半截。没有挺硬的烟梗，抽起来不会"放炮"，溅出火星，烧破衣裤。

放在鼻子底下闻一闻，就知道是什么香型。若是烤烟型，即应有微甜略酸的自然烟香。

最重要的当然就是入口、经喉、进肺的感觉。抽烟，一要过瘾，二要绵软。这本来是一对矛盾，但是配方得当，却可以兼顾。如果要对卷烟加以评品，我于"红塔山"得一字，曰："醇"。

这是好烟。

红塔山得天时、地利、人和。

玉溪的经纬度和美国的弗吉尼亚相似，土质也相似，适宜烟叶生长。玉溪的日照时间比弗吉尼亚还要略长一点，因此烟叶质量有可能超过弗吉尼亚。玉溪地处滇中，气候温和，夏无酷暑，冬无严寒，雨量充足。空气的湿度天然利于烟叶的存放，不需要另作干湿调节的设施。更重要的是，玉溪卷烟厂有一个以厂长褚时健为核心的志同道合、协调一致、互相默契的领导班子。

褚厂长是个人物。面色深黑，双目有神，年过六十，精力充沛，说话是男中音，底气很足。他接受采访时从从容容，有条有理，语言表达准确、清楚、简练，而又不是背稿子。他谈话时不带一张纸，不需要秘书在旁提供材料。他说话无拘束，很自然，所谈虽是实际问题，却具幽默感，偶笑出声。从谈吐中让人感到这是个很有自信而又随时思索着的人，一个有见识、有魄力、有性格的硬汉子，一个杰出的"人"。我一向不大承认什么"企业家"，以为企业管理只是"形而下"的东西。自识褚时健，觉得坐在我身边侃侃而谈的这个人，确实是一位企业"家"，因为他有那么一套"学问"，他掌握了企业管理中某种规律性、某种哲理性的东西。

褚时健在未到玉溪卷烟厂之前，搞过一些规模较小的企业，在长期实践中他认识了一条最最朴素的真理：还是要重视物质，重视生产力。他不为左的政治气候所摇撼，不相信神话。

到了玉溪厂，他不停地思索着的是如何把红塔山的质量搞上去、保持住，使企业不停地发展。

质量，是企业的生命。

我和褚厂长只有两次短暂的接触，未能窥见他的"学问"，但是我觉得他抓到了"玉烟"管理的一个支点：质量。

为什么红塔山能够力挫群雄，扶摇直上？首先，红塔山有质量上好的烟叶。有一个美国烟草专家参观了云南烟业，说再不抓烟叶生产，云烟质量很难保持。这句话给褚厂长很大启发。他决定，首先抓烟叶。玉溪卷烟厂的第一车间，不在厂里，在厂外，在田间。玉烟给烟农很大帮助，从资金到化肥、农药。但是有一个条件：你得给我好烟叶。最初厂里有人想不通，我们和农民是买卖关系，怎么能在他们身上下这样大的本？现在大家都认识到了，这是具有战略意义的一步棋。许多曾经显赫一时的名牌烟，质量下来了，很重要的一个原因，是烟叶质量没有保证。

当年生产的烟叶，不能当年就用，得存放一个时期，这样杂质异味才会挥发掉。据闻英国的名牌烟的烟叶都要存放三年。二次世界大战，存烟用尽，质量也不如以前了。玉溪烟厂的烟叶都要存放二年至二年半。这是像中药店配制丸散一样："修合虽无人见，存心自有天知"的事。这个"天"就是抽烟的人。烟叶存放了多久，抽烟的人是看不到的，但是抽得出来。他们不知其所以然，但是知其然，能分辨出烟的好坏。

玉烟厂的主要设备都是进口的。有人说：国产设备和进口的差不多，要便宜得多，为什么要花那样大的价钱搞进口的？褚时健笑答：过几年你们就知道了。从卷烟的质量看，进口设备，是划得来的。

我因为在红塔山下崴了脚，没有能去参观车间，据参观过的作家说："真是壮观！"

对烟的评价是最具群众性的，最公平的。卷烟不能像酒一样搞评比。我们国家是不允许卷烟作广告的。现在既不能像过去的美丽牌在《申报》和《新闻报》上作整幅的广告："有美皆备，无丽弗臻"，也不能像克莱文·A一样借重梅兰芳的声誉，宣传这种烟对嗓音无害。卷烟的声誉，全靠质量，靠"烟民"们的口碑。北京人有言："人叫人千声不语，货叫人点手就来。"这是假不得的。桃李不言，下自成蹊，红塔山之赢得声誉，岂虚然哉！

玉溪卷烟厂每年给国家创利税三四十个亿，这是个吓人一跳的数字。

厂里请作家题字留念，我写了一副对联：

技也进乎道

名者实之宾

我十八岁开始抽烟，今年七十一岁，从来没有戒过，可谓老烟民矣。到了玉溪烟厂，坚定了一个信念，一抽到底，决不戒烟。吸烟是有害的。有人甚至说吸一支烟，少活五分钟，不去管它了！写了一首五言诗：

烟赋

玉溪好风日，

兹土偏宜烟。

宁减十年寿，

不忘红塔山。

诗是打油诗，话却是真话，在家人也不打诳语。

玉溪卷烟厂的礼堂里，在一块很大的红天鹅绒上缀了两行铜字：

天下有玉烟

天外还有天

据褚厂长说，这是从工人的文章里摘出来的，可以说是从群众中来的了。这是全厂职工的座右铭。这表现了全体职工的自豪感，也表现了他们的高瞻远瞩的胸襟。愿玉溪卷烟厂鹏程万里！

一九九一年五月二十一日，北京

谈读杂书

我读书很杂，毫无系统，也没有目的。随手抓起一本书来就看。觉得没意思，就丢开。我看杂书所用的时间比看文学作品和评论的要多得多。常看的是有关节令风物民俗的，如《荆楚岁时记》、《东京梦华录》。其次是方志、游记，如《岭表录异》、《岭外代答》。讲草木虫鱼的书我也爱看，如法布尔的《昆虫记》，吴其濬的《植物名实图考》、《花镜》。讲正经学问的书，只要写得通达而不迂腐的也很好看，如《癸巳类稿》。《十驾斋养新录》差一点，其中一部分也挺好玩。我也爱读书论、画论。有些书无法归类，如《宋提刑洗冤录》，这是讲验尸的。有些书本身内容就很庞杂，如《梦溪笔谈》、《容斋随笔》之类的书，只好笼统地称之为笔记了。

读杂书至少有以下几种好处：第一，这是很好的休息。泡一杯茶懒懒地靠在沙发里，看杂书一册，这比打扑克要舒服得多。第二，可以增长知识，认识世界。我从法布尔的书里知道知了原来是个聋子，从吴其濬的书里知道古诗里的葵就是湖南、四川人现在还吃的冬苋菜，实在非常高兴。第三，可以学习语言。杂书的文字都写得比较随便，比较自然，不是正襟危坐，刻意为文，但自有情致，而且接近口语。一个现代作家从古人学语言，与其苦读《昭明文选》、"唐宋八家"，不如多看杂书。这样较易溶入自己的笔下。这是我的一点经验之谈。青年作家，不妨试试。第四，从杂书里可以悟出一些写小说、写散文的道理，尤其是书论和画论。包世臣《艺舟双楫》云："吴兴书笔，专用平顺，一点一画，一字一行，排次顶接而成。古帖字体，大小颇有相径庭者，如老翁携幼孙行，长短参差，而情意真挚，痛痒相关。吴兴书则如市人入隘巷，鱼贯徐行，而争先竞后之色，人人见面，安能使上下左右空白有字哉！"他讲的是写字，写小说、散文不也正当如此吗？小说、散文的各部分，应该"情意真挚，痛痒相关"，这样才能做到"形散而神不散"。

一九八六年六月九日

读廉价书

　　文章滥贱，书价腾踊。我已经有好多年不买书了。这一半也是因为房子太小，买了没有地方放。年轻时倒也有买书的习惯。上街，总要到书店里逛逛，挟一两本回来。但我买的，大都是便宜的书。读廉价书有几样好处：一是买得起，掏出钱时不肉痛；二是无须珍惜，可以随便在上面圈点批注；三是丢了就丢了，不心疼。读廉价书亦有可记之事，爱记之。

一折八扣书

　　一折八扣书盛行于三十年代。中学生所买的大都是这种书。一折，而又打八扣，即定价如是一元，实售只是八分钱。当然书后面的定价是预先提高了的。但是经过一折八扣，总还是很便宜的。为什么不把定价压低，实价出售，而用这种一折八扣的办法呢，大概是投合买书人贪便宜的心理! 这差不多等于白给了。

一折八扣书多是供人消遣的笔记小说，如《子不语》、《夜雨秋灯录》、《续齐谐》等等。但也有文笔好、内容有意思的，如余澹心的《板桥杂记》、冒辟疆的《影梅庵忆语》。也有旧诗词集。我最初读到的《漱玉词》和《断肠词》就是这种一折八扣本。《断肠词》的样子我到现在还记得，封面是砖红色的，一侧画一枝滴下两滴墨水的羽毛笔。一折八扣书都很薄，但也有较厚的，《剑南诗钞》即是相当厚的两本。这书的封面是米黄色的铜版纸，王西神题签。这在一折八扣书中是相当贵的了。

星期天，上午上街，买买东西（毛巾、牙膏、袜子之类），吃一碗脆鳝面或辣油面（我读高中在江阴，江阴的面我以为是做得最好的，真是细若银丝，汤也极好）、几只猪油青韭馅饼（满口清香），到书摊上挑一两本一折八扣书，回校。下午躺在床上吃粉盐豆（江阴的特产），喝白开水，看书，把三角函数、化学分子式暂时都忘在脑后，考试、分数，于我何有哉，这一天实在过得蛮快活。

一折八扣书为什么卖得如此之贱？因为成本低。除了垫出一点纸张油墨，就不须花什么钱。谈不上什么编辑，选一个底本，排印一下就是。大都只是白文，无注释，多数连标点也没有。

我倒希望现在能出这种无前言后记，无注释、评语、考证，只印白文的普及本的书。我不爱读那种塞进长篇大论的前言后记的书，好像被人牵着鼻子走。读了那样板着面孔的前言和啰里啰嗦的后记，常常叫人生气。而且加进这样的东西，书就卖得很贵了。

扫叶山房

扫叶山房是龚半千的斋名，我在南京，曾到清凉山看过其遗址。但这里说的是一家书店。这家书店专出石印线装书，白连史纸，字颇小，但行间加栏，所以看起来不很吃力。所印书大都几册作一部，外加一个蓝布函套。挑选的都是内容比较严肃、有一定学术价值的古籍，这对于置不起善本的想做点学问的读书人是方便的。我不知道这家书店的老板是何许人，但是觉得是个有心人，他也想牟利，但也想做一点于人有益的事。这家书店在什么地方，我不记得了，印象中好像在上海四马路。扫叶山房出的书不少，嘉惠士林，功不可泯。我希望有人调查一下扫叶山房的始末，写一篇报告，这在中国出版史上将是有意思的一笔，虽然是小小的一笔。

我买过一些扫叶山房的书，都已失去。前几年架上有一函《景德镇匋录》，现在也不知去向了。

旧书摊

昆明的旧书店集中在文明街，街北头路西，有几家旧书店。我们和这几家旧书店的关系，不是去买书，倒是常去卖书。这几家旧书店的老板和伙计对于书都不大内行，只要是稍微整齐一点的书，古今中外，文法理工，都要，而且收购的价钱不低。尤其是工具书，拿去，当时就付钱。我在西南联大时，时常断顿，有时日高不起，拥被竖卧，朱德熙看我到快十一点钟还不露面，便知道我午饭还没有着落，于是挟了一本英文字典，走进来，推推我："起来起来，去吃饭！"到了文明街，出脱了字典，两个人便可以吃一顿破酥包子或两碗闷鸡米钱，还可以喝二两酒。

工具书里最走俏的是《辞源》。有一个同学发现一家书店的《辞源》的收售价比原价要高出不少，而拐角的商务印书馆的书架就有几十本崭新的《辞源》，于是以原价买到，转身即以高价卖给旧书店。他这种搬运工作干了好几次。

我应当在昆明旧书店也买过几本书，是些什么书，记不得了。

在上海，我短不了逛逛旧书店。有时是陪黄裳去，有时我自己去。也买过几本书。印象真凿的是买过一本英文的《威尼斯商人》。其时大概是想好好学学英文，但这本《威尼斯商人》始终没有读完。

我倒是在地摊上买到过几本好书。我在福煦路一个中学教书。有一个工友，姑且叫他老许吧，他管打扫办公室和教室外面的地面，打开水，还包几个无家的单身教员的伙食。伙食极简便，经常提供的是红烧小黄鱼和炒鸡毛菜。他在校门外还摆了一个书摊。他这书摊是名副其实的"地摊"，连一块板子或油布也没有，书直接平摊在人行道的水泥地上。老许坐于校门内侧，手里做着事，——择菜或清除洋铁壶的水碱，一面拿眼睛向地摊上瞟着。我进进出出，总要蹲下来看看他的书。我曾经买过他一些书，——那是和烂纸的价钱差不多的，其中值得纪念的有两本。一本是张岱的《陶庵梦忆》，这本书现在大概还在我家不知哪个角落里。一本在我来说，是很名贵的：万有文库汤显祖评本

《董解元西厢记》。我对董西厢一直有偏爱，以为非王西厢所可比。汤显祖的批语包括眉批和每一出的总批，都极精彩。这本书字大，纸厚，汤评是照手书刻印的。汤显祖字似欧阳率更《张翰帖》，秀逸处似陈老莲，极可爱。我未见过临川书真迹，得见此影印刻本，亦不禁神往不置。"万有文库"算是什么稀罕版本呢？但在我这个向不藏书的人，是视同瑰宝的。这书跟随我多年，约十年前为人借去不还，弄得我想引用汤评时，只能于记忆中得其仿佛，不胜怅怅！

小镇书遇

我戴了右派帽子，下放张家口沙岭子劳动。沙岭子是宣化至张家口之间的一个小站。这里有一个镇，本地叫做"堡"（读如"捕"）。每遇星期天，节假日，没有什么地方可去，我们就去堡里逛逛。堡里有一个供销社（卖红黑灯芯绒、凤穿牡丹被面、花素直贡呢，动物饼干、果酱面包、油盐酱醋、韭菜花、青椒糊、臭豆腐），一个山货店，一个缝纫社，一个木业生产合作社，一个兽医站。若是逢集，则有一些卖茄子、辣椒、疙瘩白的菜担，一些用绳络网在筐里的小猪秧子。我们就怀了很大的兴趣，看凤穿牡丹被面，看铁锅，看扫帚，看茄子，看辣椒，看猪秧子。

堡里照例还有一个新华书店。充斥于书架上的当然是毛选，此外还有些宣传计划生育的小册子、介绍化肥农药配制的科普书、连环画《智取威虎山》、《三打白骨精》。有一天，我去逛书店，忽然在一个书架的最高层发现了几本书：《梦溪笔谈》、《容斋随笔》、《癸巳类稿》、《十驾斋养新录》。我不无激动地搬过一张凳子，把这几册书抽下来，请售货员计价。售货员把我打量了一遍，开了发票。

"你们这个书店怎么会进这样的书？"

"谁知道！也除是你，要不然，这几本书永远不会有人要。"

不久，我结束劳动，派到县上去画马铃薯图谱。我就带了这几本书，还有一套郭茂倩的《乐府诗集》，到沽源去了。白天画图谱，夜晚灯下读书，如此右派，当得！

这几本书是按原价卖给我的，不是廉价书。但这是早先的定价，故不贵。

鸡蛋书

赵树理同志曾希望他的书能在农村的庙会上卖，农民可以拿几个鸡蛋来换。这个理想一直未见实现。用实物换书，有一定困难，因为鸡蛋的价钱是涨落不定的。但是便宜到只值两三个鸡蛋，这样的书原先就有过。

我家在高邮北市口开了一爿中药店万全堂。万全堂的廊下常年摆着一个书摊。两张板凳支三块门板，"书"就一本一本地平放在上面。为了怕风吹跑，用几根削方了的木棍横压着。摊主用一个小板凳坐在一边，神情古朴。这些书都是唱本，封面一色是浅紫色的很薄的标语纸的，上面印了单线的人物画，都与内容有关，左边留出长方的框，印出书名：《薛丁山征西》、《三请樊梨花》、《李三娘挑水》、《孟姜女哭长城》……里面是白色有光纸石印的"文本"，两句之间空一字，念起来不易串行。我曾经跟摊主借阅过。一本"书"一会儿就看完了，因为只有几页，看完一本，再去换。这种唱本几乎千篇一律，开头总是："自从盘古开天地，三皇五帝到如今"，三皇五帝是和什么故事都挨得上的。唱词是没有多大文采的，但却文从字顺，合辙押

266

韵（七字句和十字句）。当中当然有许多不必要的"水词"。老舍先生曾批评旧曲艺有许多不必要的字，如"开言有语叫张生"，"叫张生"就得了嘛，干嘛还要"开言"还"有语"呢？不行啊，不这样就凑不足七个字，而且韵也押不好。这种"水词"在唱本中比比皆是，也自成一种文理。我倒想什么时候有空，专门研究一下曲艺唱本里的"水词"。不是开玩笑，我觉得我们的新诗里所缺乏的正是这种"水词"，字句之间过于拥挤，这是题外话。我读过的唱本最有趣的一本是《王婆骂鸡》。

这种唱本是卖给农民的。农民进城，打了油，撕了布，称了盐，到万全堂买了治牙疼的"过街笑"、治肚子疼的暖脐膏，顺便就到书摊上翻翻，挑两本，放进捎码子，带回去了。

农民拿了这种书，不是看，是要大声念的。会唱"送麒麟"、"看火戏"的还要打起调子唱。一人唱念，就有不少人围坐静听。自娱娱人，这是家乡农村的重要文化生活。

唱本定价一百二十文左右，与一碗宽汤饺面相等，相当于三个鸡蛋。

这种石印唱本不知是什么地方出的（大概是上海），曲本作者更不知道是什么人。

另外一种极便宜的书是"百本张"的鼓曲段子。这是用毛边纸手抄的，折叠式、不装订，书面写出曲段名，背后有一方长方形的墨印"百本张"的印记（大小如豆腐干）。里面的字颇大，是蹩脚的馆阁体楷书，而皆微扁。这种曲本是在庙会上卖的。我曾在隆福寺买到过几本。后来，就再看不见了。这种唱本的价钱，也就是相当于三个鸡蛋。

附带想到一个问题。北京的鼓词俗曲的资料极为丰富，可是一直没有人认真地研究过。孙楷第先生曾编过俗曲目录，但只是目录而已。事实上这里可研究的东西很多，从民俗学的角度，从北京方言角度，当然也从文学角度，都很值得钻进去，搞十年八年。一般对北京曲段多只重视其文学性，重视罗松窗、韩小窗，对于更俚俗的不大看重。其实有些极俗的曲段，如"阔大奶奶逛庙会"、"穷大奶奶逛庙会"，单看题目就知道是非常有趣的。车王府有那么多曲本，一直躺在首都图书馆睡觉，太可惜了！

一九八六年七月八日

《蒲草集》小引

　　蒲草是一种短短的密集的小草，种在长方形的或腰圆形的紫砂盆或石盆中，放在书桌上，可以为房间增加一点绿色。这东西是毫不珍贵的，也很好养，时不时地给它喷一点水就行。常见的以书斋清供为题的画里往往有一盆蒲草，但不是画的主体，只是置之瓶花、怪石的一侧，作为一点陪衬，一点点缀。答应为文汇报增刊写一点杂记，以《蒲草集》作一个总题目，是因为这些杂记无足珍贵，只堪作点缀，也许能给版面增加一点绿色，其作用正与蒲草同。

　　这不是一个专栏。我怕开专栏，无端找一副嚼子戴上干什么？只能是这样：有得写，就写几篇；没得写，就空着，断断续续，长长短短。什么时候意兴已尽，就收场。

是为引。

一九九〇年八月十四日

北京人的遛鸟

遛鸟的人是北京人里头起得最早的一拨。每天一清早，当公共汽车和电车首班车出动时，北京的许多园林以及郊外的一些地方空旷、林木繁茂的去处，就已经有很多人在遛鸟了。他们手里提着鸟笼，笼外罩着布罩，慢慢地散步，随时轻轻地把鸟笼前后摇晃着，这就是"遛鸟"。他们有的是步行来的，更多的是骑自行车来的。他们带来的鸟有的是两笼——多的可至八笼。如果带七八笼，就非骑车来不可了。车把上、后座、前后左右都是鸟笼，都安排得十分妥当。看到它们平稳地驶过通向密林的小路，是很有趣的，——骑在车上的主人自然是十分潇洒自得，神清气朗。

养鸟本是清朝八旗子弟和太监们的爱好，"提笼架鸟"

在过去是对游手好闲，不事生产的人的一种贬词。后来，这种爱好才传到一些辛苦忙碌的人中间，使他们能得到一些休息和安慰。我们常常可以在一个修鞋的、卖老豆腐的、钉马掌的摊前的小树上看到一笼鸟。这是他的伙伴。不过养鸟的还是以上岁数的较多，大都是从五十岁到八十岁的人，大部分是退休的职工，在职的稍少。近年在青年工人中也渐有养鸟的了。

北京人养的鸟的种类很多。大别起来，可以分为大鸟和小鸟两类。大鸟主要是画眉和百灵，小鸟主要是红子、黄鸟。

鸟为什么要"遛"？不遛不叫。鸟必须习惯于笼养，习惯于喧闹扰嚷的环境。等到它习惯于与人相处时，它就会尽情鸣叫。这样的一段驯化，术语叫做"压"。一只生鸟，至少得"压"一年。

让鸟学叫，最直接的办法是听别的鸟叫，因此养鸟的人经常聚会在一起，把他们的鸟揭开罩，挂在相距不远的树上，此起彼歇地赛着叫，这叫做"会鸟儿"。养鸟人不但彼此很熟悉，而且对他们朋友的鸟的叫声也很熟悉。鸟应该向哪只鸟学叫，这得由鸟主人来决定。一只画眉或百灵，能叫出几种"玩艺"，除了自己的叫声，能学山喜鹊、大喜鹊、伏天、苇咋子、麻雀打架、公鸡打架、猫叫、狗叫。

曾见一个养画眉的用一架录音机追逐一只布谷鸟，企图把它的叫声录下，好让他的画眉学。他追逐了五个早晨（北京布谷鸟是很少的），到底成功了。

鸟叫的音色是各色各样的。有的宽亮，有的窄高，有的鸟聪明，一学就会；有的笨，一辈子只能老实巴焦地叫那么几声。有的鸟害羞，不肯轻易叫；有的鸟好胜，能不歇气地叫一个多小时！

养鸟主要是听叫，但也重相貌。大鸟主要要大，但也要大得匀称。画眉讲究"眉子"（眼外的白圈）清楚。百灵要大头，短嘴。养鸟人对于鸟自有一套非常精细的美学标准，而这种标准是他们共同承认的。

因此，鸟的身份悬殊极大。一只生鸟（画眉或百灵）值二三元人民币，甚至还要少，而一只长相俊秀能唱十几种"曲调"的值一百五十元，相当一个熟练工人一个月的工资。

养鸟是很辛苦的。除了遛，预备鸟食也很费事。鸟一般要吃拌了鸡蛋黄的棒子面或小米面，牛肉——把牛肉焙干，碾成细末。经常还要吃"活食"，——蚱蜢、蟋蟀、玉米虫。

养鸟人所重视的，除了鸟本身，便是鸟笼。鸟笼分圆笼、方笼两种。一般的鸟笼值一二十元，有的雕镂精细，近于"鬼工"，贵得令人咋舌。——有人不养鸟，专以搜集名贵鸟笼为乐。鸟笼里大有高低贵贱之分的是鸟食罐。一副雍正青花的鸟食罐，已成稀世的珍宝。

除了笼养听叫的鸟，北京人还有一种养在"架"上的鸟。所谓架，是一截树杈。养这类鸟的乐趣是训练它"打弹"，养鸟人把一个弹丸扔在空中，鸟会飞上去接住。有的一次飞起能接连接住两个。架养的鸟一般体大嘴硬，例如锡嘴和交嘴雀。所以，北京过去有"提笼架鸟"之说。

录音压鸟

听到一种鸟声："光棍好苦。"奇怪！这一带都是楼房，怎么会飞来一只"光棍好苦"呢？鸟声使我想起南方的初夏、雨声、绿。"光棍好苦"也叫"割麦插禾"、"媳妇好苦"。这种鸟的学名是什么，我一直没有弄清楚，也许是"四声杜鹃"吧。接着又听见布谷鸟的声音："咕咕，咕咕。"唔？我明白了：这是谁家把这两种鸟的鸣声录了音，在屋里放着玩哩，——季节也不对，九十月不是"光棍好苦"和布谷叫的时候。听听鸟叫录音，也不错，不像摇滚乐那样吵人。不过他一天要放好多遍。一天下楼，又听见。我问邻居：

"这是谁家老放'光棍好苦'？"

"八层！养了一只画眉，'压'他那只鸟哪！"

过了几天，八层的录音又添了一段，母鸡下蛋：咯咯咯咯、咯咯咯咯、咯咯咯咯嗒……

又过了几天，又续了一段：咪噢，咪噢。小猫。

我于是肯定，邻居的话不错。

培训画眉学习鸣声，北京叫做"压"鸟。"压"亦写作"押"。

北京人养画眉，讲究有"口"。有的画眉能有十三或十四套口，即能学十三四种叫声。比较一般的是苇咋子（一种小水鸟）、山喜鹊（蓝灰色）、大喜鹊，还有"伏天儿"（蝉之一种），鸣声如"伏天伏天……"，我一天和女儿在玉渊潭堤上散步，听见一只画眉学猫叫，学得真像，我女儿不禁笑出声来："这不是自己吓唬自己吗？"听说有一只画眉能学"麻雀争风"：两只麻雀，本来挺好，叫得很亲热；来了个第三者，跟母麻雀调情，公麻雀生气了，和第三者打了起来；结果是第三者胜利了，公麻雀被打得落荒而逃，母麻雀和第三者要好了，在一处叫得很亲热。一只画眉学三只鸟叫，还叫出了情节，我真有点不相信。可是养鸟的行家都说这是真事。听行家们说，压鸟得让画眉听真鸟，学山喜鹊就让它听山喜鹊，学苇咋子就听真苇咋子；其次，就是向别的有"口"的画眉学。北京养画眉的每天集中在一起，谓之"会鸟"，目的之一就是让画眉互相学习。靠听录音，是压不出来的！玉渊潭有一年飞来了一只"光棍好苦"，一只布谷，有一位，每天拿着录音机，追踪这两只鸟。我问养鸟的行家："他这是干什么？"——"想录下来，让画眉学，——瞎白！"

北京养画眉的大概有不少人想让画眉学会"光棍好苦"和布谷。不过成功的希望很少。我还没听到一只画眉有这一套"口"的。那位不辞辛苦跟踪录音的"主儿"也是不得已。"光棍好苦"和布谷北京极少来，来了，叫两天就飞走了。让画眉跟真的"光棍好苦"和布谷学，"没门儿！"

我们楼八层的小伙子（我无端地觉得这个养画眉的是个年轻人，一个生手）录的这四套"学习资料"，大概是跟别人转录来的。他看来急于求成，一天不知放多少遍录音。一天到晚，老听他的"光棍好苦"、"咕咕"、"咯咯咯咯嗒"、"喵呜"，不免有点叫人厌烦。好在，我有点幸灾乐祸地想，这套录音大概听不了几天了，他这只画眉是只"生鸟"，"压"不出来的。

我不反对画眉学别的鸟或别的什么东西的声音（有的画眉能学旧日北京推水的独轮小车吱吱扭扭的声音；有一阵北京抓社会治安，不少画眉学会了警车的尖利的叫声，这种不上"谱"的叫声，谓之"脏口"，养画眉的会一把抓出来，把它摔死）。也许画眉天生就有学这些声音的习性。不过，我认为还是让画眉"自觉自愿"地学习，不要灌输，甚至强迫。我担心画眉忙着学这些声音，会把它自己本来的声音忘了。画眉本来的鸣声是很好听的。让画眉自由地唱它自己的歌吧！

一九九一年十一月五日

灵通麻雀

闵兆华家有过一只很怪的麻雀。

这只麻雀跌在地上，折了一条腿（大概是小孩子拿弹弓打的），兆华的爱人捡了起来，给它上了一点消炎粉，用纱布裹巴裹巴，麻雀好了。好了，它就不走了。兆华有一顶旧棉帽子，挂在墙上，就成了它的窝。棉帽子里朝外。晚上，它钻进去，兆华的爱人把帽子翻了过来，它就在帽里睡一夜。天亮了，棉帽子往外一翻，它就忒楞楞楞要出来了。兆华家不给它预备鸟食。人吃什么它吃什么。吃饭的时候，它落在兆华爱人的肩上，兆华爱人随时喂它一口。它生了病——发烧，给它吃了一点四环素之类的药，也就好了。它每天就出去玩，但只要兆华爱人在窗口喊一声："鸟——"，它呼的一声就飞回来。

兆华爱人绣花。有时因事走开，麻雀就看着桌上的绣活，谁也不许动。你动一下，它就嗛你！

兆华领回了工资，放在大衣口袋里，麻雀会把钞票一张一张地叼出来，送到兆华爱人——它的女主人的面前！

我知道这只麻雀的时候，它已经活了四年多，毛色变得很深，发黑了。

有一位鸟类学专家曾特地到兆华家去看过这只麻雀。他认为有两点不可解：

一、麻雀的寿命一般是两年，这只麻雀怎么能活了四年多呢？

二、鸟类一般是没有思维的。这只麻雀能看绣活，叼钞票，这算什么呢？能够说是思维么？

天地间有许多事情需要作新的探索。

猫

我不喜欢猫。

我的祖父有一只大黑猫。这只猫很老了，老得懒得动，整天在屋里趴着。

从这只老猫我知道猫的一些习性：

猫念经。猫不知道为什么整天"念经"，整天呜噜呜噜不停。这呜噜呜噜的声音不知是从哪里发出来的，怎么发出来的。不是从喉咙里，像是从肚子里发出的。呜噜呜噜……真是奇怪。别的动物没有这样不停地念经的。

猫洗脸。我小时洗脸很麻糊，我的继母说我是猫洗脸。猫为什么要"洗脸"呢？

猫盖屎。北京人把做了见不得人的事想遮掩而又遮不住，叫"猫盖屎"。猫怎么知道拉了屎要盖起来的？谁教给它的？——母猫，猫的妈？

我的大伯父养了十几只猫。比较名贵的是玳瑁猫——有白、黄、黑色的斑块。如是狮子猫，即更名贵。其他的猫也都有品，如"铁棒打三桃"，——白猫黑尾，身有三块桃形的黑斑；"雪里拖枪"；黑猫、白猫、黄猫、狸猫……。

我觉得不论叫什么名堂的猫，都不好看。

只有一次，在昆明，我看见过一只非常好看的小猫。

这家姓陈，是广东人。我有个同乡，姓朱，在轮船上结识了她们，母亲和女儿，攀谈起来。我这同乡爱和漂亮女人来往。她的女儿上小学了。女儿很喜欢我，爱跟我玩。母亲有一次在金碧路遇见我们，邀我们上她家喝咖啡。我们去了。这位母亲已经过了三十岁了，人很漂亮，身材高高的，腿很长。她看人眼睛眯眯的，有一种恍恍惚惚的成熟的美。她斜靠在长沙发的靠枕上，神态有点慵懒。在她脚边不远的地方，有一个绣墩，绣墩上一个墨绿色软缎圆垫上卧着一只小白猫。这猫真小，连头带尾只有五六寸，雪白的，白得像一团新雪。这猫也是懒懒的，不时睁开蓝眼睛顾盼一下，就又闭上了。屋里有一盆很大的素心兰，开得正好。好看的女人、小白猫、兰花的香味，这一切是一个梦境。

猫的最大的劣迹是交配时大张旗鼓地嚎叫。有的地方叫做"猫叫春"，北京谓之"闹猫"。不知道是由于快感或痛感，郎猫女猫（这是北京人的说法，一般地方都叫公猫、母猫）一递一声，叫起来没完，其声凄厉，实在讨厌。鲁迅"仇猫"，良有以也。有一老和尚为其叫声所扰，以至不能入定，乃作诗一首。诗曰：

春叫猫儿猫叫春，

看他越叫越来神。

老僧亦有猫儿意，

不敢人前叫一声。

一九九七年三月二十三日

草木虫鱼鸟兽

雁

"爬山调"："大雁南飞头朝西……"

诗人韩燕如告诉我，他曾经用心观察过，确实是这样。他惊叹草原人民对生活的观察的准确而细致。他说："生活！生活！……"

为什么大雁南飞要头朝着西呢？草原上的人说这是依恋故土。"爬山调"是用这样的意思作比喻和起兴的。

"大雁南飞头朝西……"

河北民歌："八月十五雁门开，孤雁头上带霜来……"

"孤雁头上带霜来"，这写得多美呀！

琥珀

我在祖母的首饰盒子里找到一个琥珀扇坠。一滴琥珀里有一只小黄蜂。琥珀是透明的，从外面可以清清楚楚地看到黄蜂。触须、翅膀、腿脚，清清楚楚，形态如生，好像它还活着。祖母说，黄蜂正在飞动，一滴松脂滴下来，恰巧把它裹住。松脂埋在地下好多年，就成了琥珀。祖母告诉我，这样的琥珀并非罕见，值不了多少钱。

后来我在一个宾馆的小卖部看到好些人造琥珀的首饰。各种形状的都有，都琢治得很规整，里面也都压着一个昆虫。有一个项链上的淡黄色的琥珀片里竟压着一只蜻蜓。这些昆虫都很完整，不缺腿脚，不缺翅膀，但都是僵直的，缺少生气。显然这些昆虫是弄死了以后，精心地，端端正正地压在里面的。

我不喜欢这种里面压着昆虫的人造琥珀。

我的祖母的那个琥珀扇坠之所以美，是因为它是偶然形成的。

美，多少要包含一点偶然。

瓢虫

瓢虫有好几种，外形上的区别在鞘翅上有多少黑点。这种黑点，昆虫学家谓之"星"。有七星瓢虫。十四星瓢虫。二十星瓢虫……有的瓢虫是益虫，它吃蚜虫，是蚜虫的天敌；有的瓢虫是害虫，吃马铃薯的嫩芽。

瓢虫的样子是差不多的。

中国画里很早就有画瓢虫的了。通红的一个圆点，在绿叶上，很显眼，使画面增加了生趣。

齐白石爱画瓢虫。他用藤黄涂成一个葫芦，上面栖息了一只瓢虫，对比非常鲜明。王雪涛、许麟庐都画过瓢虫。

谁也没有数过画里的瓢虫身上有几个黑点，指出这只瓢虫是害虫还是益虫。

科学和艺术有时是两回事。

瓢虫像一粒用朱漆制成的小玩意。

北京的孩子（包括大人）叫瓢虫为"花大姐"，这个名字很美。

螃蟹

螃蟹的样子很怪。

《梦溪笔谈》载：关中人不识螃蟹。有人收得一只干蟹，人家病虐，就借去挂在门上。——中国过去相信生虐疾是由于虐鬼作祟。门上挂了一只螃蟹，虐鬼不知道这是什么玩意，就不敢进门了。沈括说：不但人不识，鬼亦不识也。"不但人不识，鬼亦不识也"，这说得很幽默！

在拉萨八角街一家卖藏药的铺子里看到一只小螃蟹，蟹身只有拇指大，金红色的，已经干透了，放在一只盘子里。大概西藏人也相信这只奇形怪状的虫子有某种魔力，是能治病的。

螃蟹为什么要横着走呢？

螃蟹的样子很凶恶，很奇怪，也很滑稽。

凶恶和滑稽往往近似。

豆芽

朱小山去点豆子。地埂上都点了，还剩一把，他懒得带回去，就搬起一块石头，把剩下的豆子都塞到石头下面。过了些日子，朱小山发现：石头离开地面了。豆子发了芽，豆芽把石头顶起来了。朱小山非常惊奇。

朱小山为这件事惊奇了好多年。他跟好些人讲起过这件事。

有人问朱小山："你老说这件事是什么意思？是要说明一种什么哲学吗？"

朱小山说："不，我只是想说说我的惊奇。"

过了好些年，朱小山成了一个知名的学者，他回他的家乡去看看。他想找到那块石头。

他没有找到。

落叶

漠漠春阴柳未青，

冻云欲湿上元灯。
行过玉渊潭畔路，
去年残叶太分明。

汽车开过湖边，
带起一群落叶。
落叶追着汽车，
一直追得很远。
终于没有力气了，
又纷纷地停下了。
"你神气什么？
还的的地叫！"
"甭理它。
咱们讲故事。"
"秋天，
早晨的露水……"

啄木鸟

啄木鸟追逐着雌鸟，

红胸脯发出无声的喊叫，

它们一翅飞出树林，

落在湖边的柳梢。

不知从哪里钻出一个孩子，

一声大叫。

啄木鸟吃了一惊，

他身边已经没有雌鸟。

不一会树林里传出啄木的声音，

他已经忘记了刚才的烦恼。

昆虫备忘录

复眼

我从小学三年级《自然》教科书上知道蜻蜓是复眼，就一直捉摸复眼是怎么回事。"复眼"，想必是好多小眼睛合成一个大眼睛，那它怎么看呢？是每个小眼睛都看到一个小形象，合成一个大形象？还是每个小眼睛看到形象的一部分，合成一个完整形象？捉摸不出来。

凡是复眼的昆虫，视觉都很灵敏。麻苍蝇也是复眼，你走近蜻蜓和麻苍蝇，还有一段距离，它就发现了，噌——，飞了。

我曾经想过：如果人长了一对复眼？

还是不要！那成什么样子！

蚂蚱

河北人把尖头绿蚂蚱叫"挂大扁儿"。西河大鼓里唱道："挂大扁儿甩子在那荞麦叶儿上"，这句唱词有很浓的季节感。为什么叫"挂大扁儿"呢？我怪喜欢"挂大扁儿"这个名字。

我们那里只是简单地叫它蚂蚱。一说蚂蚱，就知道是指尖头绿蚂蚱。蚂蚱头尖，徐文长曾觉得它的头可以蘸了墨写字画画，可谓异想天开。

尖头蚂蚱是国画家很喜欢画的，画草虫的很少没有画过蚂蚱。齐白石、王雪涛都画过。我小时也画过不少张，只为它的形态很好掌握，很好画，——画纺织娘，画蝈蝈，就比较费事。我大了以后，就没有画过蚂蚱。前年给一个年轻的牙科医生画了一套册页，有一开里画了一只蚂蚱。

蚂蚱飞起来会格格作响，不知道它是怎么弄出这种声音的。蚂蚱有鞘翅，鞘翅里有膜翅。膜翅是淡淡的桃红色的，很好看。

我们那里还有一种"土蚂蚱"，身体粗短，方头，色如泥土，翅上有黑斑。这种蚂蚱，捉住它，它就吐出一泡褐色的口水，很讨厌。

天津人所说的"蚂蚱"，实是蝗虫。天津的"烙饼卷蚂蚱"，卷的是焙干了的蝗虫肚子。河北省人嘲笑农民谈吐不文雅，说是"蚂蚱打喷嚏——满嘴的庄稼气"，说的也是蝗虫。蚂蚱还会打喷嚏？这真是"遭改"庄稼人！

小蝗虫名蝻。有一年，我的家乡闹蝗虫，在这以前，大街上一街蝗蝻乱蹦，看着真是不祥。

花大姐

瓢虫款款地落下来了，折好它的黑绸衬裙——膜翅，顺顺溜溜；收拢硬翅，严丝合缝。瓢虫是做得最精致的昆虫。

"做"的？谁做的？

上帝。

上帝？

上帝做了一些小玩意儿，给他的小外孙女儿玩。

上帝的外孙女儿？

哦，上帝说："给你！好看吗？"

"好看！"

上帝的外孙女儿？

对！

瓢虫是昆虫里面最漂亮的。

北京人叫瓢虫为"花大姐"，好名字！

瓢虫，朱红的，瓷漆似的硬翅，上有黑色的小圆点。圆点是有定数的，不能瞎点。黑点，叫做"星"。有七星瓢虫、十四星瓢虫……星点不同，瓢虫就分为两大类。一类是吃蚜虫的，是益虫；一类是吃马铃薯的嫩叶的，是害虫。我说吃马铃薯嫩叶的瓢虫，你们就不能改改口味，也吃蚜虫吗？

独角牛

吃晚饭的时候，呜——扑！飞来一只独角牛，摔在灯下。它摔得很重，摔晕了。轻轻一捏，就捏住了。

独角牛是硬甲壳虫，在甲虫里可能是最大的，从头到脚，约有二寸。甲壳铁黑色，很硬，头部尖端有一只犀牛一样的角。这家伙，是昆虫里的霸王。

独角牛的力气很大。北京隆福寺过去有独角牛卖。给它套上一辆泥制的小车，它就拉着走。

北京管这个大力士好像也叫做独角牛。学名叫什么，不知道。

磕头虫

我抓到一只磕头虫。北京也有磕头虫？我觉得很惊奇。我拿给我的孩子看，以为他们不认识。

"磕头虫，我们小时候玩过。"

哦。

磕头虫的脖子不知道怎么有那么大的劲，把它的肩背按在桌面上，它就吧答吧答地不停地磕头。把它仰面朝天放着，它运一会气，脖子一挺，就反弹得老高，空中转体，正面落地。

蝇虎

蝇虎，我们那里叫做苍蝇虎子，形状略似蜘蛛而长，短脚，灰黑色，有细毛，趴在砖墙上，不注意是看不出来的。蝇虎的动作很快，苍蝇落在它面前，还没有站稳，已经被它捕获，来不及嘤地叫上一声，就进了蝇虎子的口了。蝇虎的食量惊人，一只苍蝇，眨眼之间就吃得只剩一张空皮了。

苍蝇是很讨厌的东西，因此人对蝇虎有好感，不伤害它。

捉一只大金苍蝇喂蝇虎子，看着它吃下去，是很解气的。蝇虎子对送到它面前的苍蝇从来不拒绝。这蝇虎子不怕人。

狗蝇

世界上最讨厌的东西是狗蝇。狗蝇钻在狗毛里叮狗，叮得狗又疼又痒，烦躁不堪，发疯似的乱蹦，乱转，乱骂人，——叫。

一九九三年二月二日

草木春秋

木芙蓉

浙江永嘉多木芙蓉，市内一条街边有一棵，干粗如电线杆，高近二层楼，花多而大，他处少见。楠溪江边的村落，村外、路边的茶亭（永嘉多茶亭，供人休息、喝茶、聊天）檐下，到处可以看见芙蓉。芙蓉有一特别处，红白相间。初开白色，渐渐一边变红，终至整个的花都是桃红的。花期长，掩映于手掌大的浓绿的叶丛中，欣然有生意。

我曾向永嘉市领导建议，以芙蓉为永嘉市花，市领导说永嘉已有市花，是茶花。后来听说温州选定茶花为温州市花，那么永嘉恐怕得让一让。永嘉让出茶花，永嘉市花当另选。那么，芙蓉被选中，还是有可能的。

永嘉为什么种那么多木芙蓉呢？问人，说是为了打草鞋。芙蓉的树皮很柔韧结实，剥下来撕成细条，打成草鞋，穿起来很舒服，且耐走长路，不易磨通。

现在穿树皮编的草鞋的人很少了，大家都穿塑料凉鞋、旅游鞋。但是到处都还在种木芙蓉，这是一种习惯。于是芙蓉就成了永嘉城乡一景。

南瓜子豆腐和皂角仁甜菜

在云南腾冲吃了一道很特别的菜。说豆腐脑不是豆腐脑，说鸡蛋羹不是鸡蛋羹。滑、嫩、鲜，色白而微微带点浅绿，入口清香。这是豆腐吗？是的，但是用鲜南瓜子去壳磨细"点"出来的。很好吃。中国人吃菜真能别出心裁，南瓜子做成豆腐，不知是什么朝代，哪一位美食家想出来的！

席间还有一道甜菜，冰糖皂角米。皂角我的家乡颇多。一般都用来泡水，洗脸洗头，代替肥皂。皂角仁蒸熟，妇女绣花，把绒在皂仁上"光"一下，绒不散，且光滑，便于入针。没有吃它的。到了昆明，才知道这东西可以吃。昆明过去有专卖蒸菜的饭馆，蒸鸡、蒸排骨，都放小笼里蒸，小笼垫底的是皂角仁，蒸得了晶莹透亮，嚼起来有韧劲，好吃。比用红薯、土豆衬底更有风味。但知道可以做甜菜，却是在腾冲。这东西很滑，进口略不停留，即入肠胃。我知道皂角仁的"物性"，警告大家不可多吃。一位老兄吃得口爽，弄了一饭碗，几口就喝了。未及终席，他就奔赴厕所，飞流直下起来。

皂角仁卖得很贵，比莲子、桂圆、西米都贵，只有卖干果、山珍的大食品店才有得卖，普通的副食店里是买不到的。

近几年时兴"皂角洗发膏"，皂角恢复了原来的功能，这也算是"以故为新"吧。

车前子

车前子的样子很有趣。叶贴地而长，近卵形，有长柄。在自由伸向四面的叶丛中央抽出细长的花梗，顶端有穗形花序，直立着。穗不多，少的只有一穗。画家常画之为点缀。程十发即喜画。动画片中好像少不了它。不知道为什么，这东西有一种童话情趣。

车前子可利小便，这是很多农民都知道的。

张家口的山西梆子剧团有一个唱"红"（老生）的演员，经常在几县的"堡"（张家口人称镇为"堡"）演唱，不受欢迎，农民给他起了个外号："车前子"。怎么给他起了这么个外号呢？因为他一出台，农民观众即纷纷起身上厕所，这位"红"利小便。

这位唱"红"的唱得起劲，观众就大声喊叫："快去，快，赶紧拿咸菜！"这又是怎么回事呢？吃白薯吃得太多了，烧心反胃，嚼一块咸菜就好了。这位演员的嗓音叫人听起来烧心。

农民有时是很幽默的。

搞艺术的人千万不能当"车前子"，不能叫人烧心反胃。

紫穗槐

在戴了"右派分子"的帽子以后，我曾经被发到西山种树。在石多土少的山头用镢头刨坑。实际上是在石头上硬凿出一个一个的树坑来，再把凿碎的砂石填入，用九齿耙搂

300

平。山上寸土寸金，树坑就山势而凿，大小形状不拘。这是个非常重的活。我成了"右派"后所从事的劳动，以修十三陵水库和这次西山种树的活最重。那真是玩了命。

一早，就上山，带两个干馒头、一块大腌萝卜。顿顿吃大腌萝卜，这不是个事。已经是秋天了，山上的酸枣熟了，我们摘酸枣吃。草里有蝈蝈，烧蝈蝈吃！蝈蝈得是三尾的，腹大，多子。一会儿就能捉半土筐。点一把火，把蝈蝈往火里一倒，劈劈剥剥，熟了。咬一口大腌萝卜，嚼半个烧蝈蝈，就馒头，香啊。人不管走到哪一步，总得找点乐子，想一点办法，老是愁眉苦脸的，干吗呢！

我们刨了坑，放着，当时不种，得到明年开了春，再种。据说要种的是紫穗槐。

紫穗槐我认识，枝叶近似槐树，抽条甚长，初夏开紫花，花似紫藤而颜色较紫藤深，花穗较小，瓣亦稍小。风摇紫穗，姗姗可爱。

紫穗槐的枝叶皆可为饲料，牲口爱吃，上膘。条可编筐。

刨了约二十多天树坑，我就告别西山八大处回原单位等候处理，从此再也没有上过山。不知道我们刨的那些坑里种上紫穗槐了没有。再见，紫穗槐！再见，大腌萝卜！再见，蝈蝈！

草木春秋

阿格头子灰背青

敕勒川，

阴山下。

天似穹庐，

笼盖四野。

天苍苍，

野茫茫，

风吹草低见牛羊。

北齐斛律金这首用鲜卑语唱的歌公认是北朝乐府的杰作，写草原诗的压卷之作，苍茫雄浑，前无古人，后无来者。一千多年以来，不知道有多少"南人"，都从"风吹草低见牛羊"一句诗里感受到草原景色，向往不置。

但是这句诗有夸张成分，是想象之词。真到草原去，是看不到这样的景色的。我曾四下内蒙，到过呼伦贝尔草原、达茂旗的草原、伊克昭盟的草原，还到过新疆的唐巴拉牧场，都不曾见过"风吹草低见牛羊"。张家口坝上沽源的草原的草，倒是比较高，但也藏不住牛羊。论好看，要数沽源的草原好看。草很整齐，叶细长，好像梳过一样，风吹过，起伏摇摆如碧浪。这种草是什么草？问之当地人，说是"碱草"。我怀疑这可能是"草菅人命"的"菅"。"碱草"的营养价值不是很高。

营养价值高的牧草有阿格头子、灰背青。

陪同我们的老曹唱他的爬山调：

> 阿格头子灰背青，
>
> 四十五天到新城。

他说灰背青叶子青绿而背面是灰色的。"阿格头子"是蒙古话。他拔起两把草叫我们看，且问一个牧民：

"这是阿格头子吗？"

"阿格！阿格！"

这两种草都不高，也就三四寸，几乎是贴地而长。叶片肥厚而多汁。

"阿格头子灰背青，四十五天到新城。"老曹年轻时拉过骆驼，从呼和浩特驮货到新疆新城，一趟得走四十五天。那么来回就得三个月。在多见牛羊少见人的大草原上拉着骆驼一步一步地走，这滋味真难以想象。

老曹是个有趣的人。他的生活知识非常丰富，大青山的药材、草原上的草，他没有不认识的。他知道很多故事，很会说故事。单是狼，他就能说一整天。都是实在经验过的，并非道听途说。狼怎样逗小羊玩，小羊高了兴，跳起来，过了圈羊的荆笆，狼一口就把小羊叼走了；狼会出痘，老狼把出痘子的小狼用沙埋起来，只露出几个小脑袋；有一个小号兵掏了三只小狼羔子，带着走，母狼每晚上跟着部队，哭，后来怕暴露部队目标，队长说服小号兵把小狼放了……老曹好说，能吃，善饮，喜交游。他在大青山打过游击，山里的堡垒户都跟他很熟，我们的吉普车上下山，他常在路口叫司机停一下，找熟人聊两句，帮他们买拖拉机，解决孩子入学……。我们后来拜访了布赫同志，提起老曹，布赫同志说："他是个红火人。""红火人"这样的说法，我在别处没有听见过。但是用之于老曹身上，很合适。

老曹后来在呼市负责林业工作。他曾到大兴安岭调查，购买树种，吃过犴鼻子（他说犴鼻子黏性极大，吃下一块，上下牙粘在一起，得使劲张嘴，才能张开。他做了一个当时使劲张嘴的样子，很滑稽）、飞龙。他负责林业时主要的业绩是在大青山山脚至市中心的大路两侧种了杨树，长得很整齐健旺。但是他最喜爱的是紫穗槐，是个紫穗槐迷，到处宣传紫穗槐的好处。

"文化大革命"，内蒙大搞"内人党"问题，手段极其野蛮残酷，是全国少有的重灾区。老曹在劫难逃。他被捆押吊打，打断了踝骨。后经打了石膏，幸未致残，但是走起路来一拐一拐的。他还是那么"红火"，健谈豪饮。

老曹从小家贫，"成份"不高。他拉过骆驼，吃过很多苦。他在大青山打过游击，无历史问题，为什么要整他，要打断他的踝骨？为什么？

　　阿格头子灰背青，

　　四十五天到新城。

花和金鱼

　　从东珠市口经三里河、河舶厂，过马路一直往东，是一条横街。这是北京的一条老街了。也说不上有什么特点，只是有那么一种老北京的味儿。有些店铺是别的街上没有的。有一个每天卖豆汁儿的摊子，卖焦圈儿、马蹄烧饼，水疙瘩丝切得细得像头发。这一带的居民好像特别爱喝豆汁儿，每天晌午，有一个人推车来卖，车上搁一个可容一担水的木桶，木桶里有多半桶豆汁儿。也不吆喝，到时候就来了，老太太们准备好了坛坛罐罐等着。马路东有一家卖鞭梢、皮条、纲绳等等骡车马车上用的各种配件。北京现在大车少了，来买的多是河北人。看了店堂里挂着的挺老长的白色的皮条、两股坚挺的竹子拧成的鞭梢，叫人有点说不出来的感动。有一家铺子在一个高台阶上，门外有一块小匾，写着"惜阴斋"。这是卖什么的呢？我特意上了台阶走进去看了看：是专卖老式木壳自鸣钟、怀表的，兼营擦洗钟表油泥、修配发条、油丝。"惜阴"用之于钟表店，挺有意思，不知是哪位一方名士给写的匾。有一个茶叶店，也有一块匾："今雨茶庄"（好几个人问过我这是什么意思）。其实这是一家夫妻店，什么"茶庄"！

两口子，有五十好几了，经营了这么个"茶庄"。他们每天的生活极其清简。大妈早起掇炉子、升火、坐水、出去买菜。老爷子扫地，擦拭柜台，端正盆花金鱼。老两口都爱养花、养鱼。鱼是龙睛，两条大红的，两条蓝的（他们不爱什么红帽子、绒球……）。鱼缸不大，飘着笨草。花四季更换。夏天，茉莉、珠兰（熟人来买茶叶，掌柜的会摘几朵鲜茉莉花或一小串珠兰和茶叶包在一起）；秋天，九花（老北京人管菊花叫"九花"）；冬天，水仙、天竺果。我买茶叶都到"今雨茶庄"买，近。我住河舶厂，出胡同口就是。我每次买茶叶，总爱跟掌柜的聊聊，看看他的花。花并不名贵，但养得很有精神。他说："我不瞧戏，不看电影，就是这点爱好。"

我打成了"右派"，就离开了河舶厂。过了十几年，偶尔到三里河去，想看"今雨茶庄"还在不在，没找到。问问老住户，说："早没有了！"——"茶叶店掌柜的呢？"——

"死了！叫红卫兵打死了！"——"干吗打他？"——"说他是小业主；养花养鱼是'四旧'。老伴没几天也死了，吓死的！——这他妈的'文化大革命'！这叫什么事儿！"

一九九六年十月二十八日

淡淡秋光

秋葵·凤仙花·秋海棠

秋葵叶似鸡脚，又名鸡脚葵、鸡爪葵。花淡黄色，淡若无质。花瓣内侧近蒂处有檀色晕斑。花心浅白，柱头深紫。秋葵不是名花，然而风致楚楚。古人诗说秋葵似女道士，我觉得很像，虽然我从未见过一个女道士。

凤仙花有单瓣、复瓣。单瓣者多为水红色。复瓣者为深红、浅红、白色。复瓣者花似小牡丹，只是看不见花蕊。花谢，结小房如玉搔头。凤仙花极易活，子熟，花房裂破，子实落在泥土、砖缝里，第二年就会长出一棵一棵的凤仙花，不烦栽种。凤仙花可染指甲。凤仙花捣烂，少加矾，用花叶包于指尖，历一夜，第二天指甲就成了浅浅的红颜色。北京人即谓凤仙为"指甲花"。现在大概没有用凤仙花染指甲的了，除非偏远山区的女孩子。

我们那里的秋海棠只有一种，矮矮的草本，开浅红色四瓣的花，中缀黄色的花蕊如小绒球。像北京的银星海棠那样硬秆、大叶、繁花的品种是没有的。

我母亲生肺病后（那年我才三岁）移居在一小屋中，与家人隔离。她死后，这间小屋就成了堆放她生前所用家具什物的贮藏室。有时需要取用一件什么东西，我的继母就打开这间小屋，我也跟着进去看过。这间小屋外面有一小天井，靠墙有一个秋叶形的小花坛。花坛里开着一丛秋海棠。也没有人管它，它自开自落。我母亲没有给我留下什么记忆。我记得的只有两件事。一件是我父亲陪母亲乘船到淮安去就医，把我带在身边。船篷里挂了好些船家自腌的大头菜（盐腌的，白色，有点像南浔大头菜，不像云南的"黑芥"），我一直记着这大头菜的气味。另一件便是这丛秋海棠。我记住这丛秋海棠的时候，我母亲去世已经有两三年了。我并没有感伤情绪，不过看见这丛秋海棠，总会想到母亲去世前是住在这里的。

香橼·木瓜·佛手

　　我家的"花园"里实在没有多少花。花园里有一座"土山"。这"土山"不知是怎么形成的，是一座长长的隆起的土丘。"山"上只有一棵龙爪槐，旁枝横出，可以倚卧。我常常带了一块带筋的酱牛肉或一块榨菜，半躺在横枝上看小说，读唐诗。"山"的东麓有两棵碧桃，一红一白，春末开花极繁盛。"山"的正面却种了四棵香橼。我不知道我的祖父在开园堆山时为什么要栽了这样几棵树。这玩意就是"橘逾淮南则为枳"的枳（其实这是不对的，橘与枳自是两种）。这是很结实的树。木质坚硬，树皮紧细光滑。叶片经冬不凋，深绿色。树枝有硬刺。春天开白色的花。花后结圆球形的果，秋后成熟。香橼不能吃，瓤极酸涩，很香，不过香得不好闻。凡花果之属有香气者，总要带点甜味才好，香橼的香气里却带有苦味。香橼很肯结，树上累累的都是深绿色的果子。香橼算是我家的"特产"，可以摘了送人。但似乎不受欢迎。没有什么用处，只好听它自己碧绿地垂在枝头。到了冬天，皮色变黄了，放在盘子里，摆在水仙花旁边，也还有点意思，其时已近春节了。总之，香

310

橼不是什么佳果。

香橼皮晒干，切片，就是中药里的枳壳。

花园里有一棵木瓜，不过不大结。我们所玩的木瓜都是从水果摊上买来的。所谓"玩"，就是放在衣口袋里，不时取出来，凑在鼻子跟前闻闻。——那得是较小的，没有人在口袋里揣一个茶叶罐大小的木瓜的。木瓜香味很好闻。屋子里放几个木瓜，一屋子随时都是香的，使人心情恬静。

我们那里木瓜是不吃的。这东西那么硬，怎么吃呢？华南切为小薄片，制为蜜饯。——厦门人是什么都可以做蜜饯的，加了很多味道奇怪的药料。昆明水果店将木瓜切为大片，泡在大玻璃缸里。有人要买，随时用筷子夹出两片。很嫩，很脆，很香。泡木瓜的水里不知加了什么，否则这木头一样的瓜怎么会变得如此脆嫩呢？中国人从前是吃木瓜的。《东京梦华录》载"木瓜水"，这大概是一种饮料。

佛手的香味也很好。不过我真不知道一个水果为什么要长得这么奇形怪状！佛手颜色嫩黄可爱。《红楼梦》贾母提到一个蜜蜡佛手，蜜蜡雕为佛手，颜色、质感都近似，设计这件摆设的工匠是个聪明人。蜜蜡不是很珍贵的玉料，但是能够雕成一个佛手那样大的蜜蜡却少见，贾府真是富贵人家。

佛手、木瓜皆可泡酒。佛手酒微有黄色，木瓜酒却是红色的。

橡栗

橡栗即"狙公赋茅"的茅，不知道为什么我们小时候却叫它"茅栗子"。这是"形近而讹"么？不过我小时候根本不认得这个"茅"字。橡即栎。我们也不认得"栎"字，只是叫它"茅栗子树"。我们那里茅栗子树极少，只有西门外小校场的西边有一棵，很大。到了秋天，茅栗子熟了，落在地下，我们就去捡茅栗子玩。茅栗子有什么好玩的？形状挺有趣，有一点像一个小坛子，不过底是尖的。皮色浅黄，很光滑。如此而已。我们有时在它的像个小盖子似的蒂部扎一个小窟窿，插进半截火柴棍，成了一个"捻捻转"。用手一捻，它就在桌面上旋转，像一个小陀螺。如此而已。

小校场是很偏僻的地方，附近没有什么人家。有一回，我和几个女同学去捡茅栗子，天黑下来了，我们忽然有些害怕，就赶紧往城里走。路过一家孤零零的人家门外，门前站着一个岁数不大的人，说："你们要茅栗子么？我家里有！"我们立刻感到：这是个坏人。我们没有搭理他，只是加快了脚步，拼命地走。我是同学里的唯一的男子汉，便像一个勇士似的走在最后。到了城门口，发现这个坏人没有跟上来，才松了一口气。当时的紧张心情，我过了很多年还记得。

梧桐

一叶落而知天下秋，梧桐是秋的信使。梧桐叶大，易受风。叶柄甚长，叶柄与树枝连接不很结实，好像是粘上去的。风一吹，树叶极易脱落。立秋那天，梧桐树本来好好的，碧绿碧绿，忽然一阵小风，欻的一声，飘下一片叶子，无事的诗人吃了一惊：啊！秋天了！其实只是桐叶易落，并不是对于时序有特别敏感的"物性"。梧桐落叶早，但不是很快就落尽。《唐明皇秋夜梧桐雨》证明秋后梧桐还有叶子的，否则雨落在光秃秃的枝干上，不会发出使多情的皇帝伤感的声音。据我的印象，梧桐大批地落叶，已是深秋，树叶已干，梧桐籽已熟。往往是一夜大风，第二天起来一看，满地桐叶，树上一片也不剩了。

梧桐籽炒食极香，极酥脆，只是太小了。

我的小学校园中有几棵大梧桐，大风之后，我们就争着捡梧桐叶。我们要的不是叶片，而是叶柄。梧桐叶柄末端稍稍鼓起，如一小马蹄。这个小马蹄纤维很粗，可以磨墨。所谓"磨墨"，其实是在砚台上注了水，用粗纤维的叶柄来回磨蹭，把砚台上干硬的宿墨磨化了，可以写字了而已。不过我们都很喜欢用梧桐叶柄来磨墨，好像这样磨出的墨写出字来特别的好。一到梧桐落叶那几天，我们的书包里都有许多梧桐叶柄，好像这是什么宝贝。对于这样毫不值钱的东西的珍视，是可以不当一回事的么？不啊！这里凝聚着我们对于时序的感情。这是"俺们的秋天"。

一九八八年十一月九日

北京的秋花

桂花

桂花以多为胜。《红楼梦》薛蟠的老婆夏金桂家"单有几十顷地种桂花"，人称"桂花夏家"。"几十顷地种桂花"，真是一个大观！四川新都桂花甚多。杨升庵祠在桂湖，环湖植桂花，自山坡至水湄，层层叠叠，都是桂花。我到新都谒升庵祠，曾作诗：

桂湖老桂发新枝，

湖上升庵旧有祠。

一种风流谁得似，

状元词曲罪臣诗。

杨升庵是才子，以一甲一名中进士，著作有七十种。他因"议大礼"获罪，充军云南，七十余岁，客死于永昌。陈老莲曾画过他的像，"醉则簪花满头"，面色酡红，是喝醉了的样子。从陈老莲的画像看，升庵是个高个儿的胖子。但陈老莲恐怕是凭想象画的，未必即像升庵。新都人为他在桂湖建祠，升庵死若有知，亦当欣慰。

北京桂花不多，且无大树。颐和园有几棵，没有什么人注意。我曾在藻鉴堂小住，楼道里有两棵桂花，是种在盆里的，不到一人高！

我建议北京多种一点桂花。桂花美阴，叶坚厚，入冬不凋。开花极香浓，干制可以做元宵馅、年糕。既有观赏价值，也有经济价值，何乐而不为呢？

菊花

秋季广交会上摆了很多盆菊花。广交会结束了，菊花还没有完全开残。有一个日本商人问管理人员："这些花你们打算怎么处理？"答云："扔了！"——"别扔，我买。"他给了一点钱，把开得还正盛的菊花全部包了，订了一架飞机，把菊花从广州空运到日本，张贴了很大的海报："中国菊展"。卖门票，参观的人很多。他捞了一大笔钱。这件事叫我有两点感想：一是日本商人真有商业头脑，任何赚钱的机会都不放过，我们的管理人员是老爷，到手的钱也抓不住。二是中国的菊花好，能得到日本人的赞赏。

中国人长于艺菊，不知始于何年。全国有几个城市的菊花都负盛名，如扬州、镇江、合肥，黄河以北，当以北京为最。

菊花品种甚多，在众多的花卉中也许是最多的。

首先，有各种颜色。最初的菊大概只有黄色的。"鞠有黄华"、"零落黄花满地金"，"黄华"和菊花是同义词。后来就发展到什么颜色都有了。黄色的、白色的、紫的、红的、粉的，都有。挪威的散文家别伦·别尔生说各种花里只有菊花有绿色的，也不尽然，牡丹、芍药、月季都有绿的，但像绿菊那样绿得像初新的嫩蚕豆那样，确乎是没有。我几年前回乡，在公园里看到一盆绿菊，花大盈尺。

其次，花瓣形状多样，有平瓣的、卷瓣的、管状瓣的。在镇江焦山见过一盆"十丈珠帘"，细长的管瓣下垂到地，说"十丈"当然不会，但三四尺是有的。

北京菊花和南方的差不多，狮子头、蟹爪、小鹅、金背大红……南北皆相似，有的连名字也相同。如一种浅红的瓣，极细而卷曲如一头乱发的，上海人叫它"懒梳妆"，北京人也叫它"懒梳妆"，因为得其神韵。

有些南方菊种北京少见。扬州人重"晓色"，谓其色如初日晓云，北京似没有。"十丈珠帘"，我在北京没见过。"枫叶芦花"，紫平瓣，有白色斑点，也没有见过。

我在北京见过的最好的菊花是在老舍先生家里。老舍先生每年要请北京市文联、文化局的干部到他家聚聚，一次是腊月，老舍先生的生日（我记得是腊月二十三）；一次是重阳节左右，赏菊。老舍先生的哥哥很会莳弄菊花。花很鲜艳；菜有北京特点（如芝麻酱炖黄花鱼、"盒子菜"）；酒"敞开供应"，既醉既饱，至今不忘。

我不赞成搞菊山菊海，让菊花都按部就班，排排坐，或挤成一堆，闹闹嚷嚷。菊花还是得一棵一棵地看，一朵一朵地看。更不赞成把菊花缚扎成龙、成狮子，这简直是糟蹋了菊花。

秋葵、鸡冠、凤仙、秋海棠

秋葵我在北京没有见过，想来是有的。秋葵是很好种的，在篱落、石缝间随便丢几个种子，即可开花。或不烦人种，也能自己开落。花瓣大、花浅黄，淡得近乎没有颜色，瓣有细脉，瓣内侧近花心处有紫色斑。秋葵风致楚楚，自甘寂寞。不知道为什么，秋葵让我想起女道士。秋葵亦名鸡脚葵，以其叶似鸡爪。

我在家乡县委招待所见一大丛鸡冠花，高过人头，花大如扫地笤帚，颜色深得吓人一跳。北京鸡冠花未见有如此之粗野者。

凤仙花可染指甲，故又名指甲花。凤仙花捣烂，少入矾，敷于指尖，即以凤仙叶裹之，隔一夜，指甲即红。凤仙花茎可长得很粗，湖南人或以入臭坛腌渍，以佐粥，味似臭苋菜秆。

秋海棠北京甚多，齐白石喜画之。齐白石所画，花梗颇长，这在我家那里叫做"灵芝海棠"。诸花多为五瓣，惟秋海棠为四瓣。北京有银星海棠，大叶甚坚厚，上洒银星，秆亦高壮，简直近似木本。我对这种孙二娘似的海棠不大感兴趣。我所不忘的秋海棠总是伶仃瘦弱的。我的生母得了肺病，怕"过人"——传染别人，独自卧病，在一座偏房里，我们都叫那间小屋为"小房"。她不让人去看她，我的保姆要抱我去让她看看，她也不同意。因此我对我的母亲毫无印象。她死后，这间"小房"成了堆放她的嫁妆的储藏室，成年锁着。我的继母偶尔打开，取一两件东西，我也跟了进去。"小房"外面有一个小天井，靠墙有一个秋叶形的小花坛，不知道是谁种了两三棵秋海棠，也没有人管它，它到秋天竟也开花。花色苍白，样子很可怜。不论在哪里，我每看到秋海棠，总要想起我的母亲。

黄栌、爬山虎

霜叶红于二月花。

西山红叶是黄栌，不是枫树。我觉得不妨种一点枫树，这样颜色更丰富些。日本枫娇红可爱，可以引进。

近年北京种了很多爬山虎，入秋，爬山虎叶转红。

沿街的爬山虎红了，

北京的秋意浓了。

一九九六年中秋

徐文长论书画

文长书画的来源

徐文长善书法。陶望龄《徐文长传》谓：

> 渭于行草书尤精奇伟杰。尝言吾书第一，诗二，文三，画四，识者许之。

袁宏道《徐文长传》云：

> 文长喜作书，笔意奔放如其诗，苍劲中姿媚跃出。予不能书，而谬谓文长书决当在王雅宜、文徵仲之上。不论书法而论书神，先生者诚八法之散圣，字林之侠客也。

陶望龄谓文长"其论书主于运笔，大概仿诸米氏云"。黄汝亨《徐文长集序》谓："书似米颠，而棱棱散散过之，要皆如其人而止。"文长书受米字的影响是明显的，但不主一家。文长题跋，屡次提到南宫，但并不特别地推崇，以为是天下一人。他对宋以后诸家书的评价是公正客观的，不立门户。《徐文长逸稿·评字》：

> 黄山谷书如剑戟，构密是其所长，潇散是其所短。苏长公书专以老朴胜，不似其人之潇洒，何耶？米南宫书一种出尘，人所难及，但有生熟，差不及黄之匀耳。蔡书近二王，其短者略俗耳。劲净而匀，乃其所长。孟頫虽媚，犹可言也。其似算子率俗书，不可言也。尝有评吾书者，以吾薄之，岂其然乎？倪瓒书从隶入，辄在钟元常荐季直表中夺舍投胎。古而媚，密而散，未可以近而忽之也。吾学索靖书，虽梗概亦不得。然人并以章草视之，不知章稍逸而近分，索则超而仿篆。……

文后有小字一行："先生评各家书，即效各家体，字画奇肖，传有石文。"这行小字大概是逸稿的编集者张宗子注的。据此，可以知道他是遍览诸家书，且能学得很像的。

徐文长原来是不会画画的。《书刘子梅谱二首》题有小字："有序。此予未习画之作。"他的习画，始于何时，诗

322

文中皆未及。他是跟谁学的画，亦不及。他的画受林良的影响是有目共睹的。他对林良是钦佩的，《刘巢云雁》诗劈头两句就是："本朝花鸟谁第一，左广林良活欲逸。"林良喜画松鹰大幅，气势磅礴。文长小品秀逸，意思却好。如画海棠题诗："海棠弄春垂紫丝，一枝立鸟压花低。去年二月如曾见，却是谁家湖石西。""一枝立鸟压花低"，此林良所不会。文长诗也提到吕纪，但其画殊不似吕。文长也画人物。集中有《画美人》诗，下注："湖石、牡丹、杏花，美人睹飞燕而笑"，诗是：

> 牡丹花对石头开，
>
> 两燕低飞杏杪来。
>
> 勾引美人成一笑，
>
> 画工难处是双腮。

这诗不知是题别人的画还是题自己的画的。我非常喜欢"画工难处是双腮"，此前人所未道。我以为这是徐渭自己的画，盖非自己亲画，不能体会此中难处。即此中妙处。文长亦偶作山水，不多，但对山水画有精深的赏鉴。他给沈石田写过几首热情洋溢的诗。对倪云林有独特的了解。《书吴子所藏画》："阅吴子所藏红梅双鹊画，当是倪元镇笔，而名姓印章则并主王元章，岂当时倪适王所，戏成此而遂用其章耶？"倪元镇画花鸟，世少见，文长的猜测实在是主观武断，但非深知云林者不能道也。此津津于印章题款之鉴赏家所能梦见者乎！但是文长毕竟是花卉画家，他的真正的知交是陈道复。白阳画得熟，以熟胜。青藤画得生，以生胜。

论书与画的关系

《书八渊明卷后》云：

> 览渊明貌，不能灼知其为谁，然灼知其为妙品也。往在京邸，见顾恺之粉本曰斫琴者殆类是。盖晋时顾陆辈笔精，匀圆劲净，本古篆书家象形意，其后为张僧繇、阎立本，最后乃有吴道子、李伯时，即稍变，犹知宗之。迨草书盛行，乃始有写意画，又一变也。卷中貌凡八人，而八犹一，如取诸影，僮仆策杖，亦靡不历历可相印，其不苟如此，可以想见其人矣。

"书画同源"、"书画相通"，已成定论，研究美学，研究中国美术史者都会说，但说不到这样原原本本。"迨草书盛行，乃始有写意画"，尤为灼见。探索写意画起源的，往往东拉西扯，徒乱人意，总不如文长一刀切破，干净利索。文长是画写意画的，有人至奉之为写意花卉的鼻祖，扬州八家的先河，则文长之语可谓现身说法，夫子自道矣。袁宏道说："先生者诚八法之散圣，字林之侠客也。间以其馀旁溢为花草竹石，皆超逸有致"，是直以写意画为行草字之"馀"，不吾欺也。

论庄逸工草

文长字画皆豪放。陶望龄谓其行草书"尤精奇伟杰"；袁宏道谓其书"奔放如其诗"。其作画，是有意识的写意，笔墨淋漓，取快意于一时，不求形似，自称曰"涂"，曰"抹"，曰"扫"，曰"狂扫"。《写竹赠李长公歌》："山人写竹略形似，只取叶底潇潇意。譬如影里看丛梢，那得分明成个字！"《画百花卷与史甥，题曰漱老谑墨》："葫芦依样不胜揩，能如造化绝安排，不求形似求生韵，根拨皆吾五指栽。胡为乎，区区枝剪而叶裁？君莫猜，墨色淋漓两拨开！"他画的鱼甚至有三个尾巴。《旧偶画鱼作此》："元镇作墨竹，随意将墨涂（自注音搽），凭谁呼画里，或芦或呼麻。我昔画尺鳞，人问此何鱼，我亦不能答，张颠狂草书。"

《书刘子梅谱二首序》云：

刘典宝一日持己所谱梅花凡二十有二以过余请评，予不能画，而画之意则稍解。至于诗则不特稍解，且稍能矣。自古咏梅诗以千百计，大率刻深而求似多不足，而约略而不求似者多有馀。然则画梅者得无亦似之乎？典宝君之谱梅，其画家之法必不可少者，予不能道之，至若其不求似而有馀，则予之所深取也。

"不足"、"有馀"之说甚精。求似会失去很多东西，而不求似则能保留更多东西。

但他并不主张全无法度。写字还得从规矩入门。《跋停云馆帖》云：

待诏文先生，讳徵明。摹刻停云馆帖，装之，多至十二本。虽时代人品，各就其资之所近，自成一家，不同矣。然其入门，必自分间布白，未有不同者也。舍此则书者为痹，品者为盲。

《评字》亦云："分间有白，指实掌虚，以为入门"。在此基础上，方能求突破。"迨布匀而不必匀，笔态入净媚，天下无书矣"。

徐文长不太赞成字如其人。《大苏所书金刚经石刻》云："论书者云，多似其人。苏文忠人逸也，而书则壮。"《评字》云："苏长公书专以老朴胜，不似其人之潇洒，何耶？"他自作了解释：庄和逸不是绝对的，庄中可以有逸。"文忠书法颜，至比杜少陵之诗、昌黎之文、吴道子之画。盖颜之书，即庄亦未尝不逸也"（《大苏所书金刚经石刻》）。

同样，他认为工与草也是相对的，有联系的。《书沈徵君周画》：

> 世传沈徵君画多写意，而草草者倍佳，如此卷者乃其一也。然予少客吴中，见其所为渊明对客弹阮，两人躯高可二尺许，数古木乱云霭中，其高再倍之，作细描秀润，绝类赵文敏、杜惧男。比又见姑苏八景卷，精致入丝毫，而人眇小止一豆。惟工如此，此草者之所以益妙也。不然，将善趋而不善走，有是理乎？

"善趋而不善走，有是理乎？"是一句大实话，也是一句诚恳的话。然今之书画家不善走而善趋者亦众矣，吁！

论"侵让"·李北海和赵子昂

《书李北海帖》：

> 李北海此帖，遇难布处，字字侵让，互用位置之法，独高于人。世谓集贤师之，亦得其皮耳。盖详于

肉而略于骨，辟如折枝海棠，不连铁干，添妆则可，生意却亏。

"侵让"二字最为精到，谈书法者似未有人拈出。此实是结体布行之要诀。有侵，有让，互相位置，互相照应，则字字如亲骨肉，字与字之关系出。"侵让"说可用于一切书法家，用之北海，觉尤切。如字字安分守己，互不干涉，即成算子。如此书家，实是呆鸟。"折枝海棠，不连铁干"，也是说字是单摆浮搁的。

徐文长对赵子昂是有微词的，但说得并不刻薄。《赵文敏墨迹洛神赋》云：

> 古人论真行与篆隶，辨圆方者，微有不同。真行始于动，中以静，终以媚。媚者盖锋稍溢出，其名曰姿态，锋太藏则媚隐，太正则媚藏而不悦，故大苏宽之以侧笔取妍之说。赵文敏师李北海，净均也，媚则赵胜李，动则李胜赵。夫子建见甄氏而深悦之，媚胜也，后人未见甄氏，读子建赋无不深悦之者，赋之媚亦胜也。

徐文长这段话说得恍恍惚惚，简直不知道是褒还是贬。"媚"总是不好的。子昂弱处正在媚。文长指出这和他的生活环境有关。《书子昂所写道德经》云：

> 世好赵书，女取其媚也，责以古服劲装可乎？盖

帝胄王孙，裘马轻纤，足称其人矣。他书率然，而道德经为尤媚。然可以为樆涩顽粗，如世所称枯柴蒸饼者之药。

论变

书画家不会总是一副样子，往往要变。《跋书卷尾二首·又》记了一个有趣的故事：

> 董丈尧章一日持二卷命书，其一沈徵君画，其一祝京兆希哲行书，钳其尾以余试。而祝此书稍谨敛，奔放不折梭，余久乃得之曰："凡物神者则善变，此祝京兆变也，他人乌能辨？"丈弛其尾，坐客大笑。

"变"常是不期然而得之，如窑变。《书陈山人九皋氏三卉后》云：

> 陶者间有变，则为奇品，更欲效之，则尽薪竭钧，而不可复。予见山人卉多矣，曩在日遗予者，不下十数纸，皆不及此三品之佳。瀹然而云，莹然而雨，泫泫然而露也，殆所谓陶之变耶？

书画豪放者，时亦温婉。《跋陈白阳卷》：

> 陈道复花卉豪一世，草书飞动似之。独此帖既纯

完，又多而不败。盖余尝见闽楚壮士袭马剑戟，则凛然若罴，及解而当绣刺之绷，亦颓然若女妇，可近也。此非道复之书与染耶？

一九九二年六月酷暑中作

谈题画

　　题画是中国特有的东西。西方画没有题字的。日本画偶有题句，是受了中国的影响，中国的题画并非从来就有，唐画无题字者，宋人画也极少题字。一直到明代的工笔画家如吕纪，也只有在画幅不引人注意的地方写上一个名字。题画之风开始于文人画、写意画兴起之时。王冕画梅，是题诗的。徐文长题画诗可编为一卷。至扬州八怪，几乎每画必题。吴昌硕、齐白石题画时有佳句。

　　题画有三要。

　　一要内容好。内容好无非是两个方面：要有寄托；有情趣。郑板桥画竹，题诗："客窗卧听萧萧竹，疑是民间疾苦声。些许吾曹州县吏，一枝一叶总关情。"关心民瘼，出于至性。齐白石一小方幅，画浅蓝色藤花，上下四旁飞着无数野蜂，一边用金冬心体题了几行字："借山吟馆后有野藤一株，花时游蜂无数。孙幼时曾为蜂螫。今孙亦能画此藤花矣。静思往事，如在目底。"（白石此画只是匆匆过眼，题记凭记忆录出，当有讹字）这实在是一则很漂亮的小品文。白石为荣宝斋画笺纸，一朵淡蓝色的牵牛花，两片叶子，题曰："梅畹华家牵牛花碗大，人谓外人种也。余画其最小者。"此老幽默。寻常画家，哪得有此！

二要位置得宜。徐文长画长卷，有时题字几占一半。金冬心画六尺梅花横幅，留出右侧一片白地，极其规整地写了一篇题记。郑板桥有时在丛篁密竹竿之间由左向右题诗一首。题画无一定格局，但总要字画相得，掩映成趣，不能互相侵夺。

三最重要的是，字要写得好一些。字要有法，有体。黄瘿瓢题画用狂草，但结体皆有依据，不是乱写一气。郑板桥称自己的字是"六分半书"，他参照一些北碑笔意，但是长撇大捺，底子仍是黄山谷。金冬心的漆书和方块字是自己创出来的，但是不习汉隶，不会写得那样均。

近些年有不少中青年画家爱在中国画上题字。画面常常是彩墨淋漓，搞得很脏，题字尤其不成样子，不知道为什么，爱在画的顶头上横写，题字的内容很无味，字则是叉脚舞手，连起码的横平竖直都做不到，几乎不成其为字。这样的题字不是美术，是丑术。我建议美术学院的中国画系要开两门基础课：一是文学课，要教学生把文章写通，最好能做几句旧诗；二是书法课，要让学生临帖。

一九九二年九月二十五日

题画二则

（一）

　　梅畹华家牵牛花碗大，人谓外人种也，余画其最小者。

　　　　　　　　　　齐白石为荣宝斋画笺纸并题

白石题语很幽默，很有风趣。

白石老人尝谓：吾诗第一，字第二，画第三。此言有些道理。画之品味高低决定画中是否有诗，有多少诗。画某物即某物，即少内涵，无意境，无感慨，无嬉笑怒骂，苦辣酸甜。有些画家，功力非不深厚，但恨少诗意。他们的画一般都不题诗，只是记年月。徐悲鸿即为不善题画而深深遗憾。

我一贯主张，美术学院应延聘名师教学生写诗，写词，写散文。一个画家，首先得是诗人。

（二）

天竹是灌木，别有草本者。齐白石曾画。他爱画草本天竹，因为是他乡之物。而我宁取木本者，以其坚挺结实，果粒色也较深。齐白石自画其草本天竹，我画我的。谁也管不着谁。

天竹和蜡梅是春节胜景，天然的搭配。我的家乡特重白色花心的蜡梅，美之为"冰心蜡梅"，而将紫色花心的一种贬之为"狗心蜡梅"。古人则重紫心的，称为"磬口檀心"。对花木的高低褒贬也和对人一样，一人一个说法，只好由他去说。

一九九六年一月

齐白石的童心

曾见齐白石册页四开，都很有趣，内一开画淡蓝色的藤花数穗，很多很多野蜜蜂，在花间上下乱飞，用金冬心体作了颇长的题跋：

> 家山有野藤，花时游蜂无数，×孙小时曾为蜂所螫。此×孙能作此藤花矣。静思往事，如在目底。

题跋似明人小品，极有风致。"静思往事，如在目底"，用老人的家乡话说："此言说得有味。"

事隔多年，画和题跋都不忘。题跋字句或小有出入，老人的孙子的名已模糊，只好以"×"代之。此画已印为单页，倘或有缘再见，当逐字核对。

此画之美，在于有一片温情，一片童心，一片人道主义。第一流的画家所以高出平庸的（尽管技法很熟练）的画家，分别正在一个有童心，一个"冇"。

岁朝清供

　　"岁朝清供"是中国画家爱画的画题。明清以后画这个题目的尤其多。任伯年就画过不少幅。画里画的、实际生活里供的，无非是这几样：天竹果、腊梅花、水仙。有时为了填补空白，画里加两个香橼。"橼"谐音圆，取其吉利。水仙、腊梅、天竹，是取其颜色鲜丽。隆冬风厉，百卉凋残，晴窗坐对，眼目增明，是岁朝乐事。

　　我家旧园有腊梅四株，主干粗如汤碗，近春节时，繁花满树。这几棵腊梅磬口檀心，本来是名贵的，但是我们那里重白心而轻檀心，称白心者为"冰心"，而给檀心的起一个不好听的名字："狗心"。我觉得狗心腊梅也很好看。初一一早，我就爬上树去，选择一大枝——要枝子好看，花蕾多的，拗折下来——腊梅枝脆，极易折，插在大胆瓶里。

这枝腊梅高可三尺，很壮观。天竹我们家也有一棵，在园西墙角。不知道为什么总是长不大，细弱伶仃，结果也少。我不忍心多折，只是剪两三穗，插进胆瓶，为腊梅增色而已。

我走过很多地方，像我们家那样粗壮的腊梅还没有见过。

在安徽黟县参观古民居，几乎家家都有两三丛天竹。有一家有一棵天竹，结了那么多果子，简直是岂有此理！而且颜色是正红，——一般天竹果都偏一点紫。我驻足看了半天，已经走出门了，又回去看了一会。大概黟县土壤气候特宜天竹。

在杭州茶叶博物馆，看见一个山坡上种了一大片天竹。我去时不是结果的时候，不能断定果子是什么颜色的，但看梗干枝叶都作深紫色，料想果子也是偏紫的。

任伯年画天竹，果极繁密。齐白石画天竹，果较疏；粒大，而色近朱红。叶亦不作羽状。或云此别是一种，湖南人谓之草天竹，未知是否。

养水仙得会"刻"，否则叶子长得很高，花弱而小，甚至花未放蕾即枯瘪。但是画水仙都还是画完整的球茎，极少画刻过的，即福建画家郑乃珖也不画刻过的水仙。刻过的水仙花美，而形态不入画。

北京人家春节供腊梅、天竹者少，因不易得。富贵人家常在大厅里摆两盆梅花（北京谓之"干枝梅"，很不好听），在泥盆外加开光丰彩或景泰蓝套盆，很俗气。

穷家过年，也要有一点颜色。很多人家养一盆青蒜。这也算代替水仙了吧。或用大萝卜一个，削去尾，挖去肉，空壳内种蒜，铁丝为箍，以线挂在朝阳的窗下，蒜叶碧绿，萝卜皮通红，萝卜英翻卷上来，也颇悦目。

广州春节有花市，四时鲜花皆有。曾见刘旦宅画"广州春节花市所见"，画的是一个少妇的背影，背兜里背着一个娃娃，右手抱一大束各种颜色的花，左手拈花一朵，微微回头逗弄娃娃，少妇著白上衣，银灰色长裤，身材很苗条。穿浅黄色拖鞋。轻轻两笔，勾出小巧的脚跟。很美。这幅画最动人之处，正在脚跟两笔。

这样鲜艳的繁花，很难说是"清供"了。

曾见一幅旧画：一间茅屋，一个老者手捧一个瓦罐，内插梅花一枝，正要放到案上，题曰："山家除夕无他事，插了梅花便过年"，这才真是"岁朝清供"！

一九九二年十二月三十一日

一技

珠花

北门口有一家穿珠花的。我小时候，妇女出家都还兴戴珠花。每次放学路过，我总愿意到这家穿珠花的作坊里去看看。铺面很小，只有一个老师傅带两个徒弟做活。老师傅手艺非常熟练。穿珠花一般都是小珠子，——米珠。偶尔有定珠花的人家从自己家里拿来大珠子，比如听说有一个叫汪炳的，他娶亲时新娘子鞋尖的四颗珍珠有豌豆大！一般都没有用这样大的珠子穿珠花的，那得做别的用处，比如钉在"帽勒子"上。老师傅用小镊子拈起一颗一颗米珠，用细铜丝一穿，这种细铜丝就叫做"花丝"。看也不看，就穿成了一串，放在一边（我到现在还不明白那么小的珠子怎样打的孔）。珠串做齐，把花丝扭在一起，左一别，右一别，加上铜托，一朵珠花就做成了。珠花有几种式样，以"凤穿牡丹"、"丹凤朝阳"最多。

现在戴珠花的几乎没有了，只有戏曲旦角演员的"头面"上还用。但大都是玻璃料珠。用真的"珍珠头面"的恐怕很少了。

发蓝点翠

"发蓝"是在银首饰（主要是簪子）上，錾出花纹，在花纹空处，填以彩料，用吹管（这种吹管很简单，只是一个豆油灯碗，放七八根灯草，用一根铜管呼呼地吹）吹得珐琅彩料与银器熔为一体，略经打磨，碱水洗净，即成。

"点翠"是把翠鸟的翅羽剪成小片，按首饰的需要，嵌在银器里，加热，使"翠"不致脱落，即可。

齐白石题画翠鸟："羽毛可取"。翠鸟毛的颜色确实无可代替。但是现在旦角头面没有"点翠"的，大都是化学药品染制的绸料贴上去的了。

真的点翠现在还不难见到，十三陵定陵皇后的凤冠就是点翠的。不过大概是复制品，不是原物。

葡萄常

葡萄常三姐妹都没有嫁人。她们做的葡萄（作为摆设）别的倒也没有什么稀奇：都是玻璃作出来的，很像，颜色有紫红的，绿的；特异处在葡萄皮外面挂着一层轻轻的粉，跟真葡萄一样。这层薄薄的粉是怎么弄上去的？——常家不是刷上去或喷上去的。多少做玩器的都捉摸过，捉摸不出来。这是常家的独得之秘，不外传。这样，才博得"葡萄常"的名声。

常家三姐妹相继去世："葡萄常"从此绝矣。

昆明年俗

铺松毛

昆明春节，很多人家铺松毛——马尾松的针叶。满地碧绿，一室松香。昆明风俗，亦如别处，初一至初五不扫地，——扫地就把财气扫出去了。铺了松毛不唯有过节气氛，也显得干净。

昆明城外，遍地皆植马尾松，松毛易得。

贴唐诗

昆明有些店铺过年不贴春联，贴唐诗。

昆明较小的店铺的门面大都是这样：下半截是砖墙，上半截是一排四至八扇木板，早起开门卸下木板，收市后上上。过年不卸板，板外贴万年红纸，上写唐诗各一首。此风别处未见。初一上街闲逛，沿街读唐诗，亦有趣。

劈甘蔗

春节街头常见人赌赛劈甘蔗。七八个小伙子，凑钱买一堆甘蔗，人备折刀一把，轮流劈。甘蔗立在地上，用刀尖压住甘蔗梢，急掣刀，小刀在空中画一圈，趁甘蔗未倒，一刀劈下。劈到哪里，切断，以上一截即归劈者。有人能一刀从梢劈通到根，围看的人都喝采。

掷升官图

掷升官图几个人玩都可以。正方的皮纸上印回文的道道，两道之间印各种官职。每人持一铜钱。掷骰子，按骰子点数往里移动铜钱，到地后一看，也许升几级为某官，也可能降几级。升官图当是清代的玩意，因为有"笔帖式"这样的满官。至升为军机处大臣，即为赢家，大家出钱为贺。有的官是没有实权的，只是一种荣誉，如"紫禁城骑马"。我是很高兴掷到"紫禁城骑马"的，虽然只是纸上骑马，也觉得很风光。

嚼葛根

春节卖葛根。置木板上，上蒙湿了水的蓝布。葛根粗如人臂。给毛把钱，卖葛根的就用薄刃快刀横切几片给你。葛根嚼起来有点像生白薯，但无甜味，微苦。本地人说，吃了可以清火。管它清火不清火，这东西我没有尝过（在中药店里倒见过，但是切成棋子块的），得尝尝，何况不贵。

博雅

德熙写信来，说吴征镒到北京了，希望我去他家聚一聚。我和吴征镒——按辈份我应当称他吴先生，但我们从前都称他为"吴老爷"，已经四十年不见了。他是研究植物的，现在是植物研究所的名誉所长。我们认识，却是因为唱曲子。在陶光（重华）的倡导下，云南大学组织了一个曲会。参加的是联大、云大的师生。有时还办"同期"，也有两校以外的曲友来一起唱。吴老爷是常到的。他唱老生，嗓子好，中气足，能把《弹词》的"九转货郎儿"一气唱到底，苍劲饱满，富于感情。除了唱曲子，他还写诗，新诗旧诗都写。我们见面，谈了很多往事。我问他还写不写诗了，他说早不写了，没有时间。曲子是一直还唱的。我说我早就想写一篇关于他的报告文学，他连说"不敢当，不敢当！"已经有好几篇关于他的报告文学了，他都不太满意。这也难怪，采访他的人大都侧重在他研究植物学的锲而不舍的精神，不大了解我们这位吴老爷的诗人气质。我说他的学术著作是"植物诗"，他没有反对。他说起陶光送给他的一副对联：

为有才华翻蕴藉

每于朴素见风流

这副对子很能道出吴征镒的品格。

当时和我们一起拍曲子的，不止是中文系、历史系的师生，也有理工学院的。数学系教授许宝騄就是一个。许家是昆曲世家，许先生唱得很讲究。我的《刺虎》就是他教的。生物系教授崔芝兰（女，一辈子研究蝌蚪的尾巴）几乎是每"期"必到，而且多半是唱《西楼记》。

西南联大的理工学院的教授兼能文事，——对文艺有兴趣，而且修养极高的，不乏其人。华罗庚先生善写散曲体的诗，是大家都知道的。有一次我在一家裱画店里看到一幅不大的银红蜡笺的单条，写的是极其秀雅流丽的文徵明体的小楷。我当时就被吸引住了，走进去看了半天，一边感叹：现在能写这种文徵明体的小字的人，不多了。看了看落款，却是：赵九章！赵九章是地球物理专家，后来是地球物理研究所的所长。真没想到，他还如此精于书法！

联大的学生也是如此。理工学院的学生大都看文学书。闻一多先生讲《古代神话》、罗膺中先生讲《杜诗》，大教室里里外外站了很多人听。他们很多是工学院的学生，他们从工学院所在的拓东路，穿过一座昆明城，跑到"昆中北院"来，就为了听两节课！

有人问我，西南联大的学风有些什么特点，这不好回答，但有一点可以提一提：博、雅。

解放以后，我们的学制，在中学就把学生分为文科、理科。这办法不一定好。

听说清华大学现在开了文学课，好！

张郎且莫笑郭郎

　　我从小就爱看漫画。家里订了老《申报》,《申报》有杂文版,杂文版每天有一幅漫画,漫画的作者是杨清磬和丁悚。丁悚即丁聪的父亲,人称"老丁"。丁聪所以被称为"小丁",大概和他的令尊被称为"老丁"有关。杨清磬和丁悚好像是包了这块地盘,"轮流值班",一天不落。他们作画都很勤,而画风互异,一望而知。杨清磬用笔柔细飘逸,而丁悚则比较奔放老辣,于人事有较深的感慨。我曾经见过一张老丁的画,画面简练:一个人在扬袖而舞;另一人据案饮酒,神情似在对舞者的嘲笑。画之右侧题诗一首:

　　　　张郎当筵笑郭郎,
　　　　笑他舞袖太郎当。

若教张郎当筵舞，

　　恐更郎当舞袖长。

　　不知道是谁的诗，是老丁自己的大作还是借用别人的？诗是通俗好懂的，但是很有意思，读起来也很好听，因此我看过就记住了，差不多过了七十年了，还记得。人的记忆也很怪。不过主要还是因为诗和画都好。

　　现在能画这样的画——笔意在国画和漫画之间，能题这样也深也浅，富于阅历的诗的画家似乎没有了。这样的画家要具备两个条件：一是得是画家，二是得是诗人。

　　我曾把老丁题画诗抄给小丁，他说他一点印象也没有，岂有此理！

　　小丁说他对老大人的画，一张也没有保留下来。我建议丁聪在其"家长"协助下，把丁悚的作品搜集搜集，出一本《丁悚画集》。这对丁悚是个纪念，同时也可供医学界研究小丁身上的遗传基因是怎样来的。

继母

林则徐的女儿嫁沈葆桢，病笃，自知不治，写了一副对联留给沈葆桢和她的女儿：

> 我别良人去矣，大丈夫何患无妻。若他年重结丝罗，莫对生妻谈死妇。

> 汝从严父戒哉，小妮子终当有母。倘异日得蒙扶养，须知继母即亲娘。

引自一九九三年十一期《女声》杂志

这实际上是一篇遗嘱。病危之时，不以自己的生死萦怀，没有多少生离死别的悲悲切切，而是拳拳以丈夫和继室，女儿和后母处好关系为念，真是难得。老是继室面前谈前妻，总是会使继室在感情上不舒服的。前娘的女儿对后娘总不会那么亲，久之，便会产生隔阂。使她放心不下的，唯此二事，所以言之谆谆，话说得既通达，又充满人情。这真是大家风范，不愧是林则徐的女儿。

由此我想起一个与后娘有关的评剧小戏，《鞭打芦花》，是写闵子骞的。闵子骞的母亲死了，他父亲又续娶了一房。后房生了两个儿子。一天，下大雪，闵子骞的父亲命三个儿子驾车外出。闵子骞的父亲看见大儿子抱肩耸背，不使劲，很生气，抽了他一鞭。一鞭下去，闵子骞的上袄裂开了，闵子骞的父亲怔了：袄里絮的不是棉花，是芦花！闵子骞的父亲大为生气，怎么可以对前房的儿子这样呢！他要把这个后老伴休了。闵子骞说千万使不得，跪在雪地上说了两句话：

> 母在一子单，

> 母去三子寒。

这是两句非常感人的话。

闵子骞是孔子的学生，是个孝子。孔子称赞他说："孝哉闵子骞！人不间于其父母昆弟之言。"（《论语·先进》）"鞭打芦花"有没有这回事，未见记载。我想是民间艺人编出来的戏，这样富于生活气息的细节，也只有民间艺人能够想得出。这是一出说教的戏，但是编得很艺术，很感人。过去在农村演出，到"母在一子单，母去三子寒"，有的妇女会流泪，甚至会哭出声来的。

继母
353

继母是不好当的。"继母"在旧社会一直是一个不好解决的家庭问题、社会问题、伦理道德问题。一般继母对自己生的儿女即便是打是骂，也还是疼的，因为照京郊农村小戏所说，这是"我生的，我养的，我锄的，我榜的！"而对前房的子女，则是"隔层肚皮隔重山"。这种关系，需要协调。怎么协调？"亦唯忠恕而已矣"。

林则徐的女儿的遗联，《鞭打芦花》的情节，直接间接都受了儒家思想的影响。林则徐的女儿出身书香门第，曾读孔孟之书，自不必说。《鞭打芦花》的编剧艺人未必读过《论语》（但是一出土生土长的民间小戏却以一个孔夫子的弟子作主角，这是值得深思的），但是这位（或这些）剧作者掌握了儒家思想最精粹的内核：人情。

现在实行一对夫妻只生一个孩子的政策，"继母"问题已经不那么尖锐，不那么普遍了，但是由此涉及的伦理道德问题并没有解决，即如何为人母。

有些与"继母"毫不相干的社会现象，从伦理道德角度来看，即所谓"人际关系"，其实是相通的，即怎样"做人"。

一个国家，一个民族，一个时代，总要有它的伦理道德观念。我们今天的伦理道德观念从什么地方取得？我看只有从孔夫子那里借鉴，曰仁心，曰恕道，或者如老百姓所说：讲人情。如果一个时代没有道德支柱，只剩下赤裸裸的自私和无情，将是极其可怕的事。我们现在常说提高民族的素质，什么素质？应该是文化素质、心理素质、伦理道德素质。

我觉得林则徐的女儿的遗联、《鞭打芦花》，对提高民族伦理道德素质，是有作用的。

一九九三年十一月十八日

名实篇

我浑身上下无名牌，除了口袋里有时有一盒名牌烟。叫我谈名牌，实在是赶鸭子上架。我只能说一点极其一般的老生常谈。

"牌子"是外来语，中国原先没有这个东西。"牌子"是商标，更精确一点是"注册商标"。原文是 Trade mark。最初引进的可能是广东人。广东四五十年前出了一种花露水，瓶子上贴了印了两个广东妞的图画，有字："双妹唛"——后来为了通行全国，改成了"双妹老牌花露水"。但是"唛"这个字并未消失。有一种长方形扁铁桶装的花生油，还叫做"骆驼唛"。我的女儿管这种油叫做"骆驼妈"。

中国没有牌子，但有字号。有的字号标明××为记，这"为记"实近似商标。如北京后门桥一家卖酱菜的在门口挂一个大葫芦，这本是一个幌子，但成了这一家的字号，有一个时期与六必居、天源鼎足而立，后来不知道为什么歇业了。有的药品以创制的人为记。昆明云南白药的仿单印着曲焕章的照片，北京长春堂的避瘟散的外包装上印着发明这种药的老道的像。曲焕章、老道的玉照，实起了牌子的作用。老字号、名牌，有时是分不清的。王麻子、张小泉，是字号，也是商标。

牌子的兴起，最初大概是香烟。人买烟，都得认准了是什么牌子的。一时从南到北到处充斥各种中外名牌烟：555、三炮台、绞盘牌、老刀牌、红锡包；骆驼牌、Lucky strike、吉士斐儿、万宝路……中国烟则有大前门、美丽牌。其后才出现别种名牌商品。最初是"天虚我生新发明"的无敌牌牙粉、三友实业社的三角牌床单、天厨味精、奇异牌电灯泡……这些名牌，有的退步了，有些消失了。考察一下名牌的兴衰史，可以作为今天创保名牌的借鉴。

名的基础是实。"名者实之宾"，"实至名归"，这是常识，也是真理。要出名，先得东西地道。北京人的俗话说："人叫人千声不语，货叫人点手就来"，说得很形象。

创名牌不易，保名牌尤难。关键是质量。昆明吉庆祥的火腿月饼我以为是天下第一。前几年有人给我带了一盒

"四两砣"（旧秤四两一个），质量和我四十年前在昆明吃的还是一样。而过桥米线、汽锅鸡则完全不是那么一回事了！

以烟卷为例。"红塔山"现在已经是无可争议的国产烟的头块牌了。原来可不是这样。在云南名烟中，"红塔山"只是位居第三。为什么能够力挫群雄，扶摇直上呢？因为玉溪卷烟厂非常重视质量，厂的领导认为质量是企业的生命。他们严格把好两道质量关。一是保证烟叶的质量。他们说玉烟的第一车间不在厂里，而在田间。厂方对烟农在农药、化肥等方面给予很大的帮助，但有一个条件：你得给我一级烟叶。第二是烟叶在制造前一定要储存二年至二年半，这样才能把烟叶中的杂味挥发掉。中药铺的制药作坊挂着一副对子："修合虽无人见，存心自有天知。"制烟也是这样。烟叶的质量、储存时间，是没有人看见的。但是烟也有"天"，这个"天"就是烟民的感觉。

名牌是要靠宣传的，就是做广告。"桃李不言，下自成蹊"是过于古典的说法。"酒好不怕巷子深"未必然。小酒铺贴对联："隔壁三家醉，开坛十里香"，是宣传，是广告，而且很夸张。广告，总要夸张，但是夸张得有谱。有的广告实在太离谱。上海过去有一个叫黄楚九的人，此人全靠广告起家。他发明了一种药叫"百龄机"，大做广告。

他出过一本画册，宣传百龄机"有意想不到之功效"，请上海的名画家作画，图文并茂，每一页宣传意想不到的功效中的一项。有一页画的是一个人在小便，文曰："小便远射有力。"因为这种功效真是"意想不到"，给我留下的印象很深。但是我不会去买百龄机的，因为小便是否远射有力，关系不大。现在有许多高级补药，我看到广告言过其实，总不免想到百龄机，想到小便远射有力。

广告是一门艺术。广告语言要有点文学性。广告语言中最好的，我以为是丰田汽车广告牌上的"车到山前必有路，有路便有丰田车"，头一句运用中国谚语很巧妙，下接"有路便有丰田车"，读起来非常顺口。美丽牌香烟在申报、新闻报作全幅广告，只是两句话——"有美皆备，无丽不臻"，虽然两句的意思是一样的，在诗律中是"合掌"，但是简单明了。而且大家看得多了，便记得住。其次是图像。万宝路在各画报杂志上登的广告，都是同一个牛仔。这个牛仔的形象，气质和万宝路的烟味有相通处，是一幅成功的广告，听说这个牛仔前两年死了，那万宝路以后靠谁来做广告呢？广告上出现的人物形象得讨人喜欢。七喜电视广告上的那个女孩就很可爱。康莱蛋卷广告上那个男孩，"康莱，把营养和美味，卷起来！"看了那个孩子，叫人很想买一盒康莱蛋卷嚼嚼。有的广告是失败的，如一个风雨衣厂的广告，看了叫人莫名奇妙。

随着商品经济的发展，名牌的破土解箨，应该培养人们的名牌意识，有些观念需要改变。比如"价廉物美"，在高消费的时期，就不适用，应该代之以"价高物美"。现在"价廉物美"的陈旧观念，还在束缚着一些企业的手脚。

名牌意识的普及，有几个方面，一是企业家，一是消费者，一是工商业的领导。名牌需要保护，需要特殊照顾。最重要的是保障原料的供应。举一个例，昆明的汽锅鸡、过桥米线为什么质量下降？因为汽锅鸡、过桥米线过去用的鸡都是"武定壮鸡"——一种动了特殊手术的肥母鸡，现在武定壮鸡几乎没有了，用人工饲养的肉鸡，怎么能做得出不减当年的汽锅鸡和过桥米线呢？要恢复当年的汽锅鸡、过桥米线，首先应恢复武定壮鸡的生产。

一九九三年八月

富贵闲人,风雅盟主

——企业家我对你说

全美保险公司是一个很大的企业,我参观了它在衣阿华州的分公司。这家公司的经营管理全部电脑化。大办公室里几百张办公桌,每张桌上一架电脑,电脑正在运作,室内却没有一个人。小写字间的工作人员也很少。使我觉得奇怪的是到处都是现代抽象艺术作品。会客室、展览厅、办公室,墙壁上、桌上、茶几上、楼梯口,都是,油画、丙烯画、木雕、金属雕饰……

后来参观了别处的几家企业,情况也大体相似。

这是怎么回事呢?为什么这些企业主对艺术,特别是现代抽象艺术,那样感兴趣?

后来知道,美国政府有一条政策:凡企业花钱购买美国艺术家的抽象派的艺术作品,这笔钱可以从应缴税款中扣除，即企业家可以免缴部分税，白得一件艺术作品。以企业养艺术，这是一条好政策！

企业主着眼的似乎不全在可以免税，一半也表现出他们扶植艺术的热情，显示他们的艺术欣赏的品味。

江·迪尔是一个很大的农机厂，它的厂房是一道风景。主建筑是钢结构，钢的自然的锈色和透明的钢化玻璃门窗，造成极为疏朗的视觉效果。一切都是经过精心设计的。走道阶级，布置得宜。连院中铺地的方石之间种的草都是从国外高价选购移植的。主建筑前有一个圆形小湖，湖中有岛，岛上安置着亨利·摩尔的雕塑。

亨利·摩尔是个可以与毕加索相提并论的大艺术家。像是青铜的，是抽象雕塑，很难确认表现的是什么，但是不论从哪一个方向看，都很美。其思想内涵，照我的感觉是：母亲——爱。买这样的杰作，是要很多钱的，而且这一大笔钱是不能顶税的，——美国政府允许购买艺术品的政策，只限于对美国艺术家，作品的用费可以于税款内扣除。亨利·摩尔不是美国人。但是江·迪尔不惜巨款买下了，而且特为挖了一口小湖，堆出一座小岛，农机厂主对艺术鉴赏的眼光魄力真是"镇了"。亨利·摩尔的雕塑现已成为江·迪尔的骄傲，它的形象成了农机厂的标志。我们看过介绍江·迪尔的纪录片，第一个镜头就是亨利·摩尔的雕塑。

艺术是要靠钱养活的。高级的艺术需要真正的"大款"的扶持，这是天经地义的事。

在中国也是这样。

起初，艺术与宗教密切相关。没有那样多的"供养人"出钱，就不可能有云冈石窟、龙门石窟、敦煌的壁画和彩塑，不可能有戴逵、吴道子。

后来，艺术成了皇家占有的精神享受。黄筌、徐熙、马远、夏珪、苏汉臣……都曾供职画院，领取俸禄。元明都设画院。清有如意馆，罗致了一大批画家、书家，随时待诏。蒋南沙、冷枚、邹一桂都是御用画家。

到了清中叶以后情况有些改变。中国经济走进了前资本主义时期，出现了一批资力雄厚、规模不小、网络纵横的企业，纺织业、丝绸业以及山西的票号、扬州的盐商……。经营官盐的贩运也可算是一种企业，而且是非常发财的企业。盐商有一特点：爱钱，也爱艺术。他们乐于结识文人、书家、画家，待之如上宾，酬之以重金。在他们的照拂下，扬州一时名士云集。可以说没有扬州盐商，就没有"扬州八怪"。"扬州八怪"的形成是一个复杂的问题，但与扬州盐商分不开。我很希望有人写出一本《扬州八怪和扬州盐商》，从经济角度、文化角度分析企业和艺术的关系。我觉得盐商之于书画，不只是"附庸风雅"，他们实是风雅的盟主，艺术的保护神。

我希望中国的企业家能够继承播扬风雅的传统，借鉴外国的经验，给中国的艺术家更多的支援、帮助。

扶植艺术，对企业家本人有什么意义？

一是可以从书画的奔放豪迈的气势中受到启示，引发激情，成为办企业的真正的大手笔。

二是可以得到一点精神上的休息，于汹涌而不免污浊的商海搏击中找到一分清凉的绿荫，于浮躁中得到慰藉。

三、最重要的是可以提高自己的文化品味，文化素质，少一点市侩气、暴发户气，多一分书卷气，文质彬彬，活得更潇洒一些。

一九九七年四月十一日

羊上树和老虎闻鼻烟儿

这都是华北俗话。

有一个相声小段,题目叫《羊上树》:

    甲:哐那令哐令令哐(口作弹三弦声)。

(唱)

太阳出来亮堂堂,

出了东庄奔西庄,

抬头看见羊上树,

低头……

    乙:你等等!"抬头看见羊上树!"这羊怎么上的
        树呀?

    甲:你问这羊怎么上的树?

    乙:对!

甲：哐那个令哐令令哐。

　　抬头看见羊上树……

乙：羊怎么上的树？

甲：羊吃什么？

乙：草。"羊吃百样草，看你找不找。"

甲：吃树叶不？

乙：吃！杨树叶，榆树叶，都吃。

甲：对了！羊爱吃树叶，它就上了树咧！

乙：它怎么上的树？

甲：羊上树，

　　树上羊，

　　哐那令哐令令哐……

乙：羊怎么上的树！

甲：你问的是羊怎么上的树呀？

乙：对，怎么上的树！

甲：羊上树，

　　树上羊，

　　哐那个令哐令令哐……

乙：羊怎么上的树？

甲：哐那个令哐令令哐，

　　羊上树，

366

树上羊……

"羊上树"，意思是不可能的事。北京人听说不可能实现的，没影儿的事，就说："这是羊上树的事儿！"

为什么不说马上树，牛上树，骆驼上树？这些动物也都是不能上树的。大概是因为人觉得羊似乎是应该能上树的。

羊能上山。我在张家口跟羊倌一块放过羊，羊特爱登上又陡又险的山，听羊倌说，只要是能落住雨点的石头，羊都能上去。

羊特别能维持身体的平衡。杂技团能训练羊走钢丝。

然而羊是不能上树的。没有人见过羊上树。

相声接着往下说：

甲：羊上树，

树上羊，

嗯那个令嗯令令嗯……

乙：羊怎么上的树？

甲：你这人怎么认死理儿呢？

乙：羊怎么上的树！

甲：嗯那令嗯令令嗯……

乙：羊怎么上的树？

甲：它是我给它抱上去的。

问题原来如此简单。只要有人抱，羊也是可以上树的。

"老虎闻鼻烟儿"意思和"羊上树"差不多，不过语气更坚决。北方人听到什么根本不可能发生的事，就说："老虎闻鼻烟儿——没有那八宗事！"当初创造这句歇后语的人的想象力实在是惊人。一只老虎，坐着，在前掌里倒一撮鼻烟，往鼻孔里揉？这可能么？

不过也不是绝对的不可能。我曾在电视里看过一只猩猩爱抽雪茄。猩猩能抽雪茄，老虎就许会闻鼻烟儿。

老虎闻鼻烟，有这种可能？它上哪儿弄去呀？自己买去？——老虎走到卖鼻烟的铺子里，攥着一把钞票，往柜台上一扔，指指货架上搁鼻烟的瓷坛子……

操那个心！老虎闻鼻烟儿，不用自己掏钱买。

…………

会有人给它送去。

一九九一年十二月二十五日

多此一举

信封上印画

我每次到文具店，问："有没有纯白的信封？"售货员摇摇头。"为什么要在信封上印画？"售货员白了我一眼，她大概觉得这个人莫名其妙。

中国的信封有三大缺点。一是纸质太坏，不结实。二是尺寸太小，只有一张明信片那样大，多写了几张纸，折起来，塞进去，一不小心，就会胀破。三是左下角都印了画：任率英的仕女，曹克英的猫，徐悲鸿的马……信封是装信的，有地方写下收信人和寄信人的姓名、地址、邮政编码，清清楚楚，就很好，为什么要印画呢？也许有些小姑娘喜欢，她们买信封时还会挑来挑去，挑几个最好看的。但是多数寄信的人在封信前后不会从容欣赏这些画。收信人接到信也都嗤拉一声把信封扯破，不会对信封上的画爱惜珍藏。为了照顾小姑娘们的审美趣味，在少量信封上印一点画也可以，但是所有信封一概印画，实是一种浪费。而且说实在的，印画的信封，小气得很。

上海最近出了一种白信封，纸质比较坚实，大小也合适：8 寸 × 3 寸。国际通用的信封，大都是这样的规格。我希望北京的印封厂也能出这样的信封。信封的封口处最好能刷一层胶，沾水即可粘住。

附带说一句，邮票背面也应该刷胶。现在是邮局大都设一张人造石面的桌，置胶水一器，由寄信人用小刷自己去涂，这张桌面于是淋漓尽致，一塌糊涂。

工艺菜

很多人反对工艺菜，有人写了文章。但是你反对你的，特一级厨师照样做，酒席上照样上，杂志里照样登上彩色照片，电视上还详详细细介绍工艺菜的全部制作过程，似乎这是中国值得骄傲的文化。

菜是吃的，不是看的。菜重色、香、味，当然也要适当地考虑形。苏州的红方，要把五花硬肋切成正方形。镇江的肴蹄要切成同样大小的厚片。广州的白斩鸡要把鸡脯鸡腿鸡翅在盘里安排妥贴。南方的拌荠菜上桌时堆成塔形。菜不能没个形，这样做，是为了引起人的食欲，见到这样的形，立刻就想到熟悉的、预期的滋味。

把煮得七八成熟的瘦猪肉片、鸡片、鸡蛋皮、胡萝卜、紫菜头、樱桃、黄瓜皮，在大白磁盘里拼出一条龙、一只凤，有什么意思？既不好看，也不好吃，只能叫人倒胃口。

工艺菜不是烹调艺术的正路，而是邪门歪道。

酒瓶诗画

　　阿城送我一瓶湘西凤凰的酒，说："主要是送你这只酒瓶。酒瓶是黄永玉做的。"是用红泥做的，形制拙朴，不上釉。瓶腹印了一小方大红的蜡笺，印了两个永玉手写的漆黑的字；扎口是一小块红布。全国如果举行酒瓶评比，这个瓶子可得第一。

　　茅台酒瓶本不好看，直筒筒的，但是它已创出了牌子。许多杂牌酒也仿造这样的瓶子，就毫无意义，谁也不会看到这样的酒瓶就当作茅台酒买下来。

　　不少酒厂都出了瓷瓶的高级酒。双沟酒厂的仿龙泉釉刻花的酒瓶，颜色形状都不错，喝完了酒，可以当花瓶，插两朵月季。杏花村汾酒厂的"高白汾酒"瓶做成一个胖鼓鼓的小坛子，釉色如稠酱油，印两道银色碎花，瓶盖是一个覆扣的酒杯，也挺好玩。"瓷瓶汾酒"颈细而下丰，白瓷地，不难看，只可惜印的图案稍琐碎。酒厂在酒瓶包装上做文章，原是应该的。

一般的瓷瓶酒的瓶都是观音瓶，即观音菩萨用来洒净水的那样的瓶。如果是素瓷，还可以，喝完酒，摆在桌上也不难看。只是多要印上字画：一面是嫦娥奔月或麻姑献寿或天女散花，另一面是唐诗一首。不知道为什么，写字的人多爱写《枫桥夜泊》，这于酒实在毫不相干。这样一来，就糟了，因为"雅得多么俗"。没有人愿意保存，卖给收酒瓶的，也不要。

论精品意识

——与友人书

　　"精品意识"是一个很好的提法。

　　写字作画，首先得有激情。要有情绪，为一人、一事、一朵花、一片色彩感动。有一种意向、一团兴致，勃勃然郁积于胸中，势欲喷吐而出。先有感情，后有物象。宋儒谓未有此事物，先有此事物之理，是有道理的。张大千以为气韵生动第一，其次才是章法结构，是有道理的。气韵是本体，章法结构是派生的。

　　作画写字当然要有理智、要练笔，要惨淡经营，有时要打草稿。曾见过齐白石画棉花草稿，用淡墨勾出棉花的枝叶，还注明草的朵瓣，叶的颜色。他有一张搔背图稿子，自己批注曰："手臂太长"。此可证明老人并不欺世，"作业"做得很认真。但是练笔起稿不是创作，只是创作的准备。创作时还是首先得"运气"。得有"临场发挥"。郑板桥论画竹：谓"胸中之竹已非园中之竹，纸上之竹又非胸中之竹矣"，良是。文与可、朱升之竹觉犹过于理智，过于严谨，少随意性，反不如明清以后画竹之萧散。曾看齐白石画展，见一册页，画荔枝，不禁驻足留连。时李可染适在旁边，说老人画此开时，李可染是看着他画的。画已接近完成，老人拈笔涂了两个黑荔枝，真是神来之笔。老人画荔枝多是在浅红底子上以西洋红点成。荔枝也没有黑的。老人只是觉得要一点黑，便濡墨飞了两个墨黑的小球，而全画遂跳出，红荔枝更加鲜活水灵。老人画黑荔枝是原先完全没有想到的，是一时兴起，是谓"天成"。黄永玉在蓝印染布上画了各式各样的鸟，有一只鸟，永玉说："这只鸟我自己也不知道是怎么画出来的。"

写字画画是一种高度兴奋的精神劳动，需要机遇。形象随时都有，一把抓住，却是瞬息间事。心手俱到，纸墨相生，并非常有。"殆乎篇成，半折心始"，有时也会产生超过预期的艺术效果。"惬意"的作品，古人谓之"合作"，——不是大家一起共同画一张画，而是达到甚至超过预期效果的作品。"合作"，也就是今天所说的"精品"。搞出一个精品，是最大的快乐。"提刀却立，四顾踌躇"，虽南面王不与易也。

必须有"精品意识"，才能有"精品"。现在是商品经济时代，艺术是有偿劳动，是要卖钱的。但是在进入艺术创作时，必须把这些忘掉。艺术要卖钱，但不能只是想卖钱，而是想要精品。

搞出一件精品，便是给此世界一点新东西，开拓了一个新的艺术品种，要创造。世界上本没有"抒情记录片"，有之，自伊文斯开始。他拍了《鹿特丹之雨》，才开始有"抒情记录片"这玩意。吾师乎！吾师乎！

老是想钱，制造出来的不会是精品，而是"凡品"。萝卜快了不洗泥，是糟踏自己。老是搞凡品，是白活了一场。

生年不满百，能著几双屐。不要浪费生命。

言不尽意，诸惟保重不宣。

颜色的世界

鱼肚白

珍珠母

珠灰

葡萄灰（以上皆天色）

大红

朱红

牡丹红

玫瑰红

胭脂红

干红（《水浒》等书动辄言"干红"，不知究竟是怎样
地红）

浅红

粉红

水红

单杉杏子红

霁红（釉色）

豇豆红（粉绿地泛出豇豆红，釉色，极娇美）

天竺

湖蓝

春水碧于蓝

雨过天青云破处（釉色）

鸭蛋青

葱绿

鹦哥绿

孔雀绿

松耳石

"嘎巴绿"

明黄

赭黄

土黄

藤黄（出柬埔寨者佳）

梨皮黄（釉色）

杏黄

鹅黄

老僧衣

茶叶末

芝麻酱（以上皆釉色，甚肖）

世界充满了颜色

一九九六年三月二十七日

本命年和岁交春

今年是猴年，我属猴，是我的本命年。北方把本命年很当一回事，以为是个"坎儿"，这一年要系一条红裤腰带。南方似无此说道。全国属猴的约占十二分之一。即使这一年对属猴的都不利，那么倒霉的也只是十二分之一的人口，小意思！

今年又是"岁交春"，大年初一立春。语云："千年难得龙华会，万年难得岁交春"，难得的。据说岁交春大吉大利，这一年会风调雨顺，国泰民安。

假如猴年对我不利，而岁交春则非常吉利，那么，至少可以两抵。

北方人，尤其是北京人，很重视立春，那天要吃春饼。生葱、嫩韭、炒豆芽、炒菠菜、炒鸡蛋，与清酱肉、腊鸭，卷于薄面饼中食之。很好吃。管他吉利不吉利，今年初一，我下定决心：吃一次春饼！

偶笑集

烧糊了洗脸水

《红楼梦》里一个丫头无端受到责备，心中不服，嘟嘟囔囔地说："我又怎么啦？我又没烧糊了洗脸水！""我又没烧糊了洗脸水"，此语甚俊。

职业习惯

瓦岗寨英雄尤俊达，是扛大斧给人劈柴出身。每临阵，见来将必先问："顺丝儿还是横丝儿的？"答云："顺丝儿的。"就很高兴；若说是"横丝儿的！"就搓着斧柄，连声叫苦："横丝儿的！哎呀，横丝儿的！"劈大块柴，顺丝的一斧就能劈通；横丝的，劈起来费劲。

济公的幽默

县官王老爷派两个轿夫抬着一顶小轿，接济公来给王老爷的娘子看病。济公不肯坐轿，说："我自己走。我从来不坐轿子，从来不让别人抬着我。"轿夫说："您不坐轿子，我们对老爷不好交待呀！"济公想了想，说："这样吧，你们把轿底打掉了。你们在外面抬，我在里面走。"济公这个主意实在很幽默。两个轿夫，一前一后，抬着一乘空轿子，轿子下面，一双光脚，趿着破鞋，忽忽闪闪，整齐合拍，光景奇绝！

世界通用汉语

我们到内蒙伊克昭盟去搜集材料，要写一个剧本。党委书记带队。我们开了吉普车到一个"浩特"去接一个曾在王府当过奴隶的牧民到东胜去座谈。这位奴隶已经等在路边。车一停，上来了。我们的书记，非常热情，迎了上去，握住奴隶的手，说："你好！你的，会讲汉语？"我们这位书记以为这种带日本味儿的汉语是所有的外国人和所有的少数民族都懂的。这位奴隶也很对得起我们的书记，很客气答道："小小的！"这位奴隶肯定以为我们的书记平常就是讲这样的话的。

以为这样的话是全世界的人都懂的，大有人在。名丑张××，到瑞士，刚进旅馆，想大便，找不到厕所，拉住服务员，比划了半天，服务员不懂，他就大声叫道："我的，要大大的！"服务员眼睛瞪得大大的，还是不懂。

一九九二年二月二十四日

秘书

　　某首长，爱讲话，而常信马由缰，不知所云。

　　首长对年轻干部讲学习，说："要学习嘛，要虚心嘛，要虚心学习嘛。要拜老师嘛。不管你有多大本事，也要有老师嘛。毛主席也有老师嘛。毛主席的老师是谁？林则徐嘛！"

　　林则徐怎会是毛主席的老师呢？——哦，是林伯渠！

　　他的战友劝他，以后讲话，最好请秘书写个稿。首长觉得很对。

　　他讲国际形势，秘书在讲话上写道："国际形势一片大好，不是小好。"写到"不是"，恰到了一页的最后几个字，就加了一个括弧：(接下页)，首长照实念了出来："国际形势一片大好不是，接下页，小好！"

他讲阶级斗争的重要性，秘书的稿子上写的是"千万不要忘记阶级斗争"，他念成"千万忘记阶级斗争"，秘书在旁边提醒："不要！不要！"他赶快纠正："千万不要阶级斗争。"秘书叹了一口气："唉！乱了套了！"——"乱了套了！"

"文化大革命"期间时兴在讲话前面引用两句毛主席诗词。他又要讲话，叫秘书赶快写一个讲稿。秘书首先引用两句诗词："四海翻腾云水怒，五洲震荡风雷激。"因为手里正在急事，未写全文，在"四海翻腾"和"五洲震荡"下面各点了三个点，以为这两句家喻户晓，谁都知道，不会有错。讲稿上是这样写的：

　　四海翻腾…

　　五洲震荡…

首长拿起稿子就念：

　　四海翻腾腾腾腾，

　　五洲震荡荡荡荡。

记梦

一

三只兔子住在兔圈里。他们说:"咱们写小说吧。"

两只兔子把一只兔子托起来扔起来,像体操技巧表演"扔人"那样扔起来,这只兔子向兔圈外面看了一眼,在空中翻了一个跟头,落地了。

他们轮流扔。三个人都向兔圈外面看了。

他们就写小说。

小说写成了,出版了。

二

在昆明，连日给人写字。

做了一个梦。写了一副对联，隶书的。一转脸，看见一个人，趴在地上，用毛笔把我写的字的飞白地方都填实了，把"蚕头"、"燕尾"都描得整整齐齐的，字变得很黑。

醒来告诉燕祥，燕祥说：此人是一个编辑。

我们同行者之中，有几位是当编辑的。

三

梦中到了一个地方，这地方叫佳集鱻，有一张木刻的旧地图上有这三个字。地图纸色发黄。当地人念成"符集集"。梦里想："佳"字怎么能读成"符"呢？且想：名从主人，随他们吧。

这地方有一条河，河上有一座灰色的桥。河水颇大。

醒来，想：怎么会做了这样一个梦呢？又想：这可以用在一篇小说里，作为一个古镇的地名。

把这个梦记在一张旧画上，寄与德熙。

四

马路对面卖西瓜的棚子里有一条狗，夜里常叫，叫起来没完，每一次时间很长，声音很难听，鬼哭狼嚎，不像狗叫。我夜里常被它叫醒。今天夜里，叫的次数特多，醒来后，很久睡不着。真难听。睡着了，净做怪梦。

梦见毕加索。毕加索画了很多画。起初画得很美，也好懂。后来画的，却像狗叫。

晨醒，想：恨不与此人同时，——同地。

附录：

《塔上随笔》初版本目录

---

* 《塔上随笔》，群众出版社，一九九三年十一月第一版第一次印刷。

编后记

一九八三年八月，汪曾祺一家从甘家口搬到丰台区蒲黄榆路九号楼十二层一号，是新华社的宿舍楼。"塔上随笔"之"塔"，即指这座十五层的塔楼。汪曾祺的女儿汪朝回忆，搬家后，"父亲终于有了一间自己的屋子。尽管极小，尽管集写作、睡觉、待客于一室，但他已经很知足了。原来他想写作，已经构思好了，却没有一张桌子，有时我上夜班睡觉刚起来，他就急急忙忙冲进来，铺开稿纸就写。我们都笑说，老头就像只鸡，憋好了一个蛋，却没有窝来下"。作者在自序中说，这本书里的文章都是在塔楼上写的。此重编本增加了一些后来的篇目，但是不多。判断是不是"随笔"，仍遵循作者自定的标准，没有收游记、带点学术性的论文。补充的文章里，"夹叙夹议"的短文居多。

李建新

二〇一七年四月十日